古典文獻研究輯刊

二十編

曾永義 主編

第 2 冊

孔子文學思想考論

党萬生 著

國家圖書館出版品預行編目資料

孔子文學思想考論／党萬生 著 — 初版 — 新北市：花木蘭文
化事業有限公司，2019〔民108〕
目 4+186 面；19×26 公分
（古典文學研究輯刊 二十編；第 2 冊）
ISBN 978-986-485-876-7（精裝）
1.（周）孔丘 2. 學術思想 3. 中國文學
820.8   108011723

ISBN-978-986-485-876-7

9 789864 858767

古典文學研究輯刊
二十編　第 二 冊
ISBN：978-986-485-876-7

孔子文學思想考論

作　　者	党萬生
主　　編	曾永義
總 編 輯	杜潔祥
副總編輯	楊嘉樂
編　　輯	許郁翎、王筑、張雅淋　美術編輯　陳逸婷
出　　版	花木蘭文化事業有限公司
發 行 人	高小娟
聯絡地址	235 新北市中和區中安街七二號十三樓
	電話：02-2923-1455／傳眞：02-2923-1452
網　　址	http://www.huamulan.tw 信箱 hml810518@gmail.com
印　　刷	普羅文化出版廣告事業
初　　版	2019 年 9 月
全書字數	165035 字
定　　價	二十編 19 冊（精裝）新台幣 40,000 元

孔子文學思想考論

党萬生　著

作者簡介

党萬生，1970 年出生，甘肅古浪人。河西學院文學院副教授、副院長，中國古代文學專業博士，甘肅省古代文學學會理事，甘肅省先秦文學與文化研究中心會員。主講《古代文學》、《先秦兩漢文學專題》等課程。近年來在《寧夏大學學報》、《甘肅社會科學》等刊物上發表學術論文 10 餘篇，參編《歷代賦評注》等專著 2 部。

提　　要

　　中國古代文學的很多觀念和範疇，是由孔子奠定的。對於孔子的不少與文學相關言說的具體涵義，古今學人的解說分歧較多，有時甚至會讓人產生這些言說本身相互矛盾的感受或看法。本書從「溫柔敦厚」與「興觀群怨」、「文質彬彬」與「修辭立誠」、「鄭聲淫」與「思無邪」及「述而不作」與「春秋筆法」等相關言說或觀念的考論切入，立足於對孔子學說的整體理解，盡可能還原它們的產生語境和立說目的，揭示其本來所指，分析其中所體現的文學觀念的實質和意義，並在此基礎上進一步研討孔子文學思想的內在邏輯，揭示其潛在的理論體系。

目

次

前　言

　　作爲中國歷史上無人能及的「先師」和「聖人」，孔子對中國傳統文化和學術思想的影響，是至巨至深的。柳詒徵在其《中國文化史》中說：「孔子者，中國文化之中心也。無孔子則無中國文化。自孔子以前數千年之文化，賴孔子而傳，自孔子以後數千年之文化，賴孔子而開。」〔註1〕此語極言孔子在中國文化的樹立和傳承上無遠弗屆的建樹和貢獻，常爲論者所引用。作爲儒家的學派的創始人和儒學的建立者，孔子的學說不但一直是中國古代政治統治的主導思想淵源和理論根據，而且也成爲學術思想的核心理念和基本內容。就文學思想、理論方面來看，孔子也有著這樣的承前啓後、樹立基本思維模式、思想資源和理論根據的地位和影響。雖然他在文藝理論方面的見解，僅留下片言隻語式的零散的言論，並無專門的論著，但對中國古代文學的發展及文學批評理論的形成起了極爲關鍵而深遠的影響。在孔子對古代文獻的整理、闡述和傳授當中，在他一生的政治、文化、宗教和道德實踐活動中，體現、包含著豐富的文學思想。在《孔子詩論》等新的孔門《詩》學文獻先後出土並經深入討論和研究後，結合古今學人對傳世文獻的研究，對孔子文學思想相關問題作更深入的挖掘和探討，仍是必要的。

　　本文擬就「溫柔敦厚」與「興觀群怨」，「文質彬彬」與「修辭立誠」，「鄭聲淫」與「思無邪」和「述而不作」與「春秋筆法」八個四對古今學人熱烈討論而異見迭出的概念、言說進行探索和討論，以期對孔子文學思想的研究有所貢獻，也試圖在此基礎上進一步認識和論證孔子文學思想的內在邏輯和整體精神，體現一定的創新和進步。

〔註1〕柳詒徵：《中國文化史》，上海：東方出版中心，1988 年版，第 231 頁。

一、選題的學術價值和學術意義

（一）學術史回顧及研究現狀

由於古人傳統上形成的宗師孔子和依經立說的著述模式和習慣，孔子的幾乎任何觀點和言論，都成爲歷代文人學士的闡說對象或立論依據；而每當新的社會思潮興起，孔子往往又成爲爭鳴和攻訐的對象，自戰國時道、墨、法家的譏孔非儒，直至「五四」時期打倒「孔家店」及「文革」時的「批林批孔」，莫不如此。

在文學思想領域，每當新思潮的興起，要麼視孔子爲復古的典範和依據，要麼把他作爲變革和揚棄的對象，也是文學史上常有的現象。在古代文學思想及文學批評理論漸漸成熟的過程中，孔子的相關言論始終是思想資源、理論根據或揚棄對象、批判目標。因此關於孔子文學思想研究和討論的文獻材料是十分豐富和複雜的。

1. 古人對孔子文學思想的認識

秦漢以前是中國古代文學思想的萌芽和成長期，傳統文論的思維方式、基本精神和主要範疇的提出和醞釀時期。從儒家方面說，隨著孔子所刪述的「六經」的傳授、闡說不斷強化和豐富，「七十子」及其後學收集、整理和保存了很多孔子論及「文學」、「《詩》教」、「修辭」等方面的論說；孟子「性善」、「充實爲美」、「知人論世」、「以意逆志」乃至「養氣」、「知言」等思想和觀點提出，均直接或間接受到孔子學說的啓發；荀子「明道」、「徵聖」、「宗經」的儒家文學觀的核心理念，以禮制欲、以樂感人的主張，也是對孔子思想的繼承和發展。其他各家中，如墨子之「非樂」、「節用」，莊子之「絕聖棄知」、「滅文章、散五采」，韓非子之「取情去貌」、「好質惡飾」等，其實都包含對儒家尤其孔子文藝觀的反對。

漢代學者綜合先秦儒家和當時經師言說寫成的《毛詩序》，可視爲我國古代詩論的第一篇專著。〔註2〕從新出土的《孔子詩論》看，其中的很多論說傳承自孔門詩教活動。司馬遷著《史記》，隱然以孔子修《春秋》自期，他對孔子著述「六經」尤其是《春秋》的宗旨和方式的論說，對後世影響很大；其「發憤著書」說的提出，不但以孔子作《春秋》爲榜樣，而且也是對孔子「《詩》可以怨」之說的發展。東漢王充《論衡》「疾虛妄」、「爲世用」之說，《超奇》、

〔註2〕蔣凡、郁源主編：《中國古代文論教程》，北京：中國書籍出版社，1994年版，第59頁。

《藝增》等篇，也多引孔子事蹟和言論作爲立論的依據。

　　魏晉南北朝時期，是中國古代文學理論的成熟期。曹丕《典論・論文》稱詩賦、散文爲「文章」，並視之爲「經國之大業，不朽之盛事」，把文學提到了與事功並立的地位。他說：「年壽有時而盡，榮樂止乎其身，二者必至之常期，未若文章之無窮。是以古之作者，寄身於翰墨，見意於篇籍，不假良史之辭，不託飛馳之勢，而聲名自傳於後。故西伯幽而演《易》，周旦顯而制《禮》，不以隱約而弗務，不以康樂而加思。」〔註3〕這段話雖然未提及孔子，但曹丕應該也是視孔子爲「古之作者」的。據《太平御覽》卷五九五所存《典論》佚文，曹丕評西漢賈誼《過秦論》云：「余觀賈誼《過秦論》，發周秦之得失，通古今之滯義，洽以三代之風，潤以聖人之化，斯可謂作者矣。」〔註4〕隱然有以孔子作《春秋》比方賈誼著《過秦論》的意思。鍾嶸《詩品》專論五言詩，而其《序》中著名的「若乃春風春鳥，秋月秋蟬」一段，不單明引「詩可以群，可以怨」之言，且在總體上是依據孔子「興觀群怨」論而發揮的。至於劉勰著《文心雕龍》，其論「文之樞紐」凡五個方面中，「本乎道」、「師乎聖」、「體乎經」，自不必說是以孔子爲依歸；「酌乎緯」，是以「經」正「緯」；而「辨乎騷」論屈原，也有「去聖未遠」之說。至於《明詩》以下四十餘篇，也無不明引暗依孔子之言。如「《三百》之蔽，義歸『無邪』」（《明詩》），「韶響難追，鄭聲易啓」（《樂府》），「文雖新而有質，色雖糅而有本」（《詮賦》），「修辭立誠，在於無愧」（《祝盟》），「褒見一字，貴逾軒冕；貶在片言，誅深斧鉞」（《史傳》），「若乃尊賢隱諱，固尼父之聖旨」（《史傳》），「披肝膽以獻主，飛文敏以濟辭，此說之本也」（《論說》），「志足文遠，不其鮮歟」（《議對》），「斟酌乎質文之間」（《通變》），「情固先辭，勢實須澤」（《定勢》），「文附質也……質待文也」（《情采》），「質文沿時，崇替在選」（《時序》），「彼揚馬之徒，有文無質，所以終乎下位也」（《程器》），……在在皆是，篇篇可見。在《序志》篇中，劉勰更是爲聖人垂夢而欣喜不已：「齒在踰立，則嘗夜夢執丹漆之禮器，隨仲尼而南行。旦而寤，乃怡然自喜：大哉，聖人之難見哉，乃小子之垂夢歟！」，他由衷地讚歎「自生人以來，未有如夫子者也！」顯然是以繼踵「夫子」自期的。僅以這些材料論，那些說孔子有關文學的言論還

〔註3〕　曹丕：《典論・論文》，郭紹虞主編：《歷代文論選》（第一冊），上海：上海古
　　　　　籍出版社，1979 年版，第 159 頁。
〔註4〕　（宋）李昉等：《太平御覽》卷五九五，北京：中華書局，1960 年影宋版，第
　　　　　1696 頁。

談不上「思想」或「文學思想」的看法，就顯然是站不住腳的。

唐宋至清，是古代文學理論的演變沉澱期，這一時期的文論著作尤以詩話、詞話及各種評點之作爲最富特色。一般認爲此類隨感體悟式的文論形式的出現和興盛，與孔門論《詩》傳統方式的影響分不開。其他散見於詩、文、筆記、小說、戲劇及書信序跋、經傳訓詁等的文論篇章和片段，更數不勝數。它們當中許多都是依經立說或直接討論孔子文學言論的。如「韓柳」之論「載道」、「明道」，歐陽修之論「詩窮而後工」，蘇軾之論「辭達」之難，朱熹之說「鄭聲」與「淫詩」，王夫之、袁枚、沈德潛等論「溫柔敦厚」等，大都依孔子思想和言論而發。現代以來討論和研究孔子文藝思想及其具體問題的過程中，他們的解說和論述又成爲立論的依據，或者研討的對象。

總的來說，古人對於孔子文學思想相關言論和材料的解讀和討論，已非常細緻深入，留下來的研究成果、文獻資料非常紛繁豐富。總體上的特點是，一、對某些具體問題的思考廣泛而深入，討論很熱烈，紛爭多。如對「思無邪」、「鄭聲淫」、「溫柔敦厚」、「興觀群怨」等。二、研究和討論的角度和目的多是經學、政治學、哲學的。文學向度的探討，也多就具體言論、問題而發，且多是局部性的或論據性的；從整體上討論和總結孔子文學思想的論著，尚未出現。這主要是因爲孔子言說和典籍的經典地位和現代意義上的「文學」概念尚未建立造成的。

2. 現代文學觀念下的孔子文學思想研究

眞正把孔子學說和思想作爲一個對象進行學術研究，是從上個世紀初封建王朝統治結束，科舉廢止、經學式微，西學傳入，現代學術思想和方法興起，才開始的。對孔子文學思想的總體特徵、成就、影響以及局部理論觀點、問題在現代文學觀念基礎上的學理研究，則是「文學革命」運動前後才開始的。以下主要參考劉紹瑾、朱華英《孔子文藝思想研究百年回顧》〔註5〕一文，將近百年來的孔子文學思想研究狀況分三個階段概述如下：

第一階段：20 世紀前半葉，孔子文學思想研究的起步階段。

這個階段發表的有關孔子文學思想的論文有二十餘篇，專門的論著則尚未出現。比較重要的論文有：朱希祖《研究孔子文藝思想及其影響》（《北京大學月刊》第 2 期，1919 年 2 月）、郭紹虞《儒道二家論「神」與文學批評之關係》（燕京學報第 4 期，1928 年 12 月）、《先秦儒家之文學觀》（《睿湖》第

〔註 5〕劉紹瑾、朱華英：《孔子文藝思想研究百年回顧》，《孔子研究》，2002 年第 6 期。

1 期，1929 年 6 月）、徐凌霄《孔子的詩歌音樂》（《劇學月刊》第 3 卷第 10
期，1934 年 10 月）、陳佳车《孔子的文學思想及其影響》（《正風》半月刊 2
卷 12 期，1936 年 8 月）、廢名《孔子說詩》（《北平世界日報》，明珠 18 期，
1936 年 10 月 16 日）、廢名《孔門之文》（《北平世界日報》，明珠 40 期，1936
年 11 月 9 日）、阜東《孔子詩歌考證》（《盛京時報》，1939 年 15～22）、履中
《先秦文學思想中之倫理觀──「文以載道」思想根源》（《新東方》1 卷 1、
2 期，1940 年 2 月、3 月）、于賡虞《孔子的詩文觀》（《西北月刊》創刊號，
1943 年 7 月）、王進珊《孔子的文藝觀──〈論語〉「興、觀、群、怨」講札》
（《申報》1947 年 8 月 27 日）、張須《論詩教》（《國文月刊》69 期，1948 年
7 月）等。一些關於《詩經》比興及通論中國文學批評傳統的文章，也涉及到
孔子在這些方面的看法、言論及其影響。

　　這個時期先後出版的幾種文學批評史著作，如陳鍾凡《中國文學批評史》
（1927 年）、羅根澤《中國文學批評史》（1934 年）、郭紹虞《中國文學批評史》
（上卷 1934 年）、方孝岳《中國文學批評》（1934），朱東潤《中國文學批評史
大綱》（1944 年）等，大多設專章或專節論述孔子的文學思想，這些著作大多
認為孔子或孔門尚無嚴格意義上的文學觀。如陳著謂：「孔門所謂『文章』，實
經籍之通稱也」，又認為孔子「無邪」、「溫柔」、「興觀群怨」諸說均屬「純道
德之批評」，「蓋儒家重倫理，每以政教眼光衡量一切藝文，不知文學有其價值
也。」「儒家蓋以文章為緣飾禮樂之工具，不認其有獨立價值也。」〔註6〕而郭
著雖對孔子文學觀的「尚文」特徵有較深入認識，卻也說：「在周秦諸子的學
說中，本無所謂文學批評，但因其學術思想在後世頗有權威，故其及於文學批
評者，也未嘗不有相當的影響；──尤其以素主尚文之儒家為尤甚。蓋後人以
崇奉儒學之故，遂亦宗其著述；以宗其著述奉為文學模範之故，遂更聯帶信仰
其文學觀念：於是這種文學觀遂成為傳統的勢力而深入人心。」〔註7〕

　　朱東潤《大綱》亦云：「孔子論文，皆指學問而言，與後世之文學者不同。」
「大抵孔子言文，要在應用。」〔註8〕羅著也因強調孔子文學觀的政教功能，
於其尚文一類的話，多傾向作實用的解釋。如認為孔子雖然重修辭，但其目

〔註6〕陳鍾凡：《中國文學批評史》，北京：中華書局，1927 年初版，1936 年第 6 版，
　　　第 4、11、14 頁。
〔註7〕郭紹虞：《中國文學批評史》，北京，商務印書館，1934 年版，第 11 頁。
〔註8〕朱東潤：《中國文學批評史大綱》，上海：上海古籍出版社，2001 年版，第 4
　　　頁，第 5 頁。

的「不在修辭，而在正名」，「我們知『辭，達而已矣』是孔子的話，則『言之無文，行而不遠』不出於孔子可知。」〔註9〕相較而言，郭紹虞《中國文學批評史》在材料之詳實和論證之深入方面，甚稱典範。其所提出孔子能折中「尚用」與「尚文」，達到一種巧妙的平衡的觀點，考訂細密，不落窠臼。方孝岳強調「孔門授詩已偏重文義一方面了」，並認爲孔門論文較其他各家更有系統，也更有深度和針對性，「比較古書上那些單義孤證更值得梳理和研究」，都是很實際的看法。他以總集、選集編選批評的角度去理解孔子之刪述「六經」，很有見地。〔註10〕

另外，一些美學、詩學研究專著，也涉及到孔子文學觀或其具體問題。如：

徐慶譽《美的哲學》一書，在其第七章《詩歌》部分中，專題討論《孔子與詩歌》，用較長篇幅論證孔子在美學和文學史上的地位和貢獻，爲當時「少有人想到孔子是美學元祖，和人類的美術大師。不但富於美的思想，且富於美的天才」而遺憾，並以當時尚較爲樸素的美學理論和美學視角解說了孔子「興觀群怨」的說詩言論。〔註11〕又如朱自清《詩言志辨》一書，所疏理「詩言志」、「比興」、「詩教」、「正變」四條傳統詩論的歷史演變，均與孔子有關；他的研究方法和結論，在今天仍有極高的借鑒意義。

這一時期孔子文學思想的研究，已從經學當中脫離，開始具有現代學術研究的範式，隨著政治風雲和社會思潮的變幻激盪，在「打倒孔家店」、「整理國故」、「尊孔運動」等運動中，人們對孔子的認識和態度變化起伏，破除迷信的同時，誤解和隔膜也在加深。總體上來說，孔子文學思想的研究是隨著新的文學觀的建立而不斷豐富和深化的。如早期的幾部文學史，對孔子文學思想的論說就很少。林傳甲《中國文學史》（1904 年），朱希祖《中國文學史略》（1920 年）〔註12〕，都未曾專門提及孔子在文學史上的地位和貢獻。而

〔註 9〕 羅根澤：《中國文學批評史》，上海：上海書店出版社，2003 年版，第 47 頁，第 46 頁。

〔註 10〕 方孝岳：《中國文學八種第七種・中國文學批評》，世界書局，1936 年版，第 17 頁。

〔註 11〕 徐慶譽：《美的哲學・第七章 詩歌・（三）孔子與詩歌》，世界學會，1928 年 4 月版，第 100～116 頁。他還討論了孔子的重樂精神和樂教情況，見同書第六章《音樂・（四）孔子與音樂》，第 76～81 頁。

〔註 12〕 據作者《敘》，此書爲民國五年（1916 年）爲北大所編講義，至出版時作者對「文學」的理解已由廣義轉爲狹義。朱希祖：《中國文學史略敘》，見陳平原輯：《早期北大文學史講義三種》，北京：北京大學出版社，2005 年版。

曾毅《中國文學史》1915 年初版時，對孔子文學思想無甚述說，至 1932 年四版時，對孔子及孔門文學活動有了較多篇幅的論述。〔註 13〕

這個時期孔子文學思想的認識和研究中出現的問題和偏差的影響，直至今天還未完全糾正。

第二階段：20 世紀 50 年代至 70 年代中後期。

這一階段的社會科學研究基本籠罩在極左意識形態和機械的階級分析方法的影響之下，孔子被看作舊文化舊思想的總代言人，幾乎在歷次政治運動中都被批判。這一階段，孔子文學思想的研究總體上呈現簡單化、片面化的傾向，到「文革」時期，就變成徹底的否定和批判了。這一時期發表的論文數量並不少，但大多採取形而上學思想方法和歷史虛無主義的態度，以過於政治化的馬列主義文藝觀衡量孔子文學思想，或用後者迎合附會前者，或以前者爲唯一標准否定甚至全盤否定後者。相對來說，1964 年出版的劉大杰《中國文學批評史》，從孔子論文、論詩、興觀群怨和中和之美四個方面論述孔子文學思想的內涵和特徵，還談到《易傳》的文學思想，觀點較爲客觀、全面，仍難得地顯示了較高的學術價值。〔註 14〕

這個階段對孔子文學思想的研究，總體上是極端意識形態化，大多並不在正常的學術研究的理念和方法的軌道上，而且造成了長久的不良影響。

第三階段：20 世紀 70 年代末至今。

這個階段是孔子文學思想研究的反思、深化、拓展和繁榮期。

以廖仲安《孔子文藝思想漫筆》（《北京師院學報》1979 年第 1 期）、朱大剛《試論孔子文學思想的積極意義》（《上海師大學報》1979 年第 1 期）、張文勳《孔子文學觀及其影響的再評價》（《古代文學理論研究》第一輯，上海古籍出版社，1979 年 12 月）等爲代表，學術界對「文革」及以前的孔子文學思想研究和評介開始了反思和反正。張岱年先生曾於 1983 年指出：「尊孔的時代已經過去了，反孔的時代也已經過去了，或者說應該過去了，現在應科學地研究孔子、評介孔子。」〔註 15〕隨著改革開放的展開和思想解放的深入，

〔註 13〕曾毅：《訂正中國文學史》，上海：泰東圖書局，1932 年 1 月第 1 版，第 35～50 頁。

〔註 14〕參劉大杰《中國文學批評史》（上），第一編第一章：《先秦的文學批評》，第二節：《孔子》，北京：中華書局，1964 年第 1 版，1979 年新 1 版，第 14～21 頁。

〔註 15〕張岱年：《張岱年全集》（第八卷），石家莊：河北人民出版社，1996 年版，第 616 頁。

孔子的歷史貢獻和地位得到重新認識和肯定。20 世紀 80、90 年代以來，孔子
文學思想研究的熱潮也逐漸到來，從孔子文學思想的整體特徵、成就影響等
宏觀研究，到「思無邪」、「興觀群怨」、「文質彬彬」等具體論說的含義等微
觀考論、專題研究，據不完全統計，平均每年發表的相關論文在 40 篇左右，
近年來更是數量驟增。新出的文學史、文學批評史、美學史的著作中，關於
孔子的篇幅大大增加，討論的深度和廣度也大大增加。如敏澤《中國文學理
論批評史》（人民文學出版社，1981 年），蔡鍾翔、成復旺、黃保真的《中國
文學理論史》（北京出版社，1987 年），王運熙、顧易生主編的《中國文學批
評通史》（上海古籍出版社，1989 年），陳良運《中國詩學體系論》（中國社會
科學出版社，1991 年），陳良運的《中國詩學批評史》（江西人民出版社，1995
年），張少康、劉三富的《中國文學理論批評發展史》（北京大學出版社，1995
年），李澤厚、劉綱紀的《中國美學史（先秦卷）》（安徽文藝出版社，1999 年），
王培元、廖群的《中國文學精神·先秦卷》（山東教育出版社，2003 年）等，
都以較大篇幅論述了孔子的美學、詩學、文論思想，有許多深入的研究和發
展。如李澤厚、劉綱紀《中國美學史》對先秦美學史的歷史發展和邏輯過程
有較為清晰的疏理，對孔子在其中的關鍵地位和貢獻有充分的認識和肯定。
此書分先秦美學發展為西周末至春秋末、戰國前期、戰國後期三個階段，而
把孔子視為第一個階段的總結和集大成者。指出「孔子總結發展了前人的觀
點，最後創立了以他的『仁學』為基礎的美學，第一次對美與藝術的問題作
出了明確、集中、深刻的說明，並把它提到重要的地位。」在敘述這一過程
中，處處以孔子時期與「孔子之前」及「孔子之後」相比較，顯然是把孔子
作為中國美學思想的奠基者來看待的。在本書中，又有專章對孔子美學思想
進行論述，就孔子美學思想的「仁學」基礎、「成於樂」「游於藝」的藝術觀、
「興」「觀」「群」「怨」的藝術作用、文質統一的審美觀及中庸的美學批評尺
度及孔子美學的歷史地位等方面的問題，進行了深入而獨到的研究和論述。
〔註16〕此書對中國美學尤其是孔子美學思想論述是開創性的，其後，藝術學、
文學上的探討受其影響很大。

　　這個時期，也出現了不少研究孔子及其思想的專著。如蔡尚思《孔子思

〔註16〕李澤厚：《中國美學史》，《第一章　先秦美學概觀·第二節　先秦美學的發展
　　　　過程》，及《第二章　孔子以前的美學思想》、《第三章　孔子的美學思想》。
　　　　合肥：安徽文藝出版社，1999 年版，第 68～69 頁，第 107～152 頁。

想體系》（上海人民出版社，1982 年）、鍾兆鵬《孔子研究》（中國社會科學出版社，1990 年），楊朝明《孔子與孔門弟子研究》（齊魯書社，2004 年）等，對孔子文學思想也有論及。如鍾著專章論述《孔子的文藝和美學思想》，所論較爲深入。

關於儒家文藝、文學思想的研究著作中，李生龍《儒家文化與中國古代文學》（花城出版社，2003 年）、張毅《儒家文藝美學——從原始儒家到新儒家》（南開大學出版社，2004 年）、周衛東《先秦儒家文學思想研究》（中央編譯出版社，2005 年）、俞志慧《君子儒與詩教——先秦儒家文學思想考論》（三聯書店，2005 年），朱恩彬《文壇百代領風騷——儒家的文學精神》（嶽麓書社，2009 年）等，對孔子文學思想都有較多探討。尤其俞志慧的《君子儒與詩教》以孔門言語科及詩教爲切入，對孔子「雅言」、「修辭立其誠」、「辭達而已」、「思無邪」、「鄭聲淫」等問題和言說有細緻新穎的分析論說，給本文的啓發頗大。

以孔子的美學或文學思想爲對象的研究專著，以筆者耳目所及，主要有以下幾種：鄧承奇《孔子與中國美學》（齊魯書社，1995 年），蔡先金《孔子詩學研究》（齊魯書社，2006 年）、趙玉敏《孔子文學思想研究》（北京大學出版社，2010 年）數種。上博簡《孔子詩論》發現後，有劉信芳《孔子詩論述學》（安徽大學出版社，2003 年）、陳桐生《〈孔子詩論〉研究》（中華書局，2004 年）、蕭兵《孔子詩論的文化推繹》（湖北人民出版社，2006 年）等專著問世。鄧承奇後來提出了孔子美學「潛體系」的說法，認爲孔子有關美學的見解雖只是片言隻語，但他對美的本質、形態、標準以及審美教育等問題都有深入思考和深刻論說，並能用「仁」的思想統貫，在美學史上影響極爲深遠。就思想的深度、廣度和影響力的久遠和巨大看，很難說沒有自己的美學體系。但因爲孔子的相關言論多爲散金碎玉，未形成系統的文字論述，所以他稱之爲「潛體系」。〔註17〕蔡先金則認爲，孔子對詩有著自己獨到的見解和認識，也形成了一個完整的詩學體系，可謂是中國詩史上第一位具有完整的、自覺的詩學思想的人物；其詩學思維深邃、縝密、凝練，可謂領亞里士多德（公元前 384～前 322 年）保存下來的《詩學》之先，而賀拉斯（公元前 65～前 8 年）傳下來的《詩藝》則只能望其項背，不可與之媲美。〔註18〕他們

〔註17〕鄧承奇：《孔子美學的潛體系》，《孔子研究》，2000 年第 1 期，第 59～65 頁。
〔註18〕蔡先金：《孔子詩學研究》，濟南：齊魯書社，2006 年版，第 2 頁。

的創見，對於我們對孔子文學思想進行整體性把握和研究，是很有啓發的。趙玉敏的著作是國內出版的第一個以「孔子文學思想研究」爲名的著作。他主要通過鈎稽整合傳世文獻與出土文獻，對「文言」、「詩亡隱志」、「興觀群怨」、「春秋筆法」等語詞進行考證梳理，試圖展示孔子文學思想生成的文化背景、言說方式和詩學精神，所涉及的問題比較廣泛，所論也較深入。

比較文學視角和方法的研究的論著發表也較多。最值得注意的是曹順慶《中外比較文論史——上古時期》（山東教育出版社，1998 年）和余虹《中國文論與西方詩學》（三聯書社，1999 年）二書。曹順慶專以一章六節的篇幅談孔子文論對中國文學及文論傳統確立的主導性影響，因爲比較文學的視角和方法，顯得格外深致有見。〔註 19〕如他對「春秋筆法」和「述而不作」的觀點，就常被研究者重視和引用。余虹對柏拉圖非詩與孔子刪詩及「興與表現」、「道與理念」等問題的對照研究讓人耳目爲之一新，而他對於由西方審美詩學所主導的對中國傳統文論的闡釋言路提出的批評，讓我們警醒和反思：

> 流行的推論是「文論」即「文學理論」的簡稱，由「文學理論」
> 即「詩學」，因此，中國古代「文論」即中國古代「詩學」。〔註 20〕

確實，上個世紀的中國文論研究，被努力納入西方文論的譜系和樣式，基本上是對西方詩學的「化歸式」附庸，而中國傳統的「文」的知識譜系，就其所關涉的意義空間的廣闊性、衍射性和多維性而言，並不亞於西方現代詩學。而在西方審美詩學的引領和限制下，在對傳統文論的研究中，這種本土文化特徵及其合理性往往是被忽視的。〔註 21〕余虹是較早提出這一問題，並以有力的論證引起學界的關注和反思的學者。這對於孔子文學思想的重新認識和評價也有深刻的啓示。

總的來說，近三十餘年的孔子文學思想研究可以說是古代文學及文論研究的熱點和重鎮，參與的學者之眾多，獲成果之豐碩，是以往難以企及的。新材料的發現、新理論的引入、新方法的使用、新視野的拓展，使這一時期的研究在傳統的恢復發揚與現代的新變開拓方面均有進步和收穫。隨著郭店、上博及清華等新出土儒家簡內容的陸續公佈，以及上世紀 90 年代以來重

〔註 19〕曹順慶：《中外比較文論史——上古時期》，第二編《中外文論濫觴與奠基》，第二章《孔子》，濟南：山東教育出版社，1998 年版，第 400～456 頁。

〔註 20〕余虹：《中國文論與西方詩學》，北京：生活・讀書・新知三聯書店，1999 年版，第 1 頁。

〔註 21〕吳興明：《中國傳統文論的知識譜系》，成都，巴蜀書社，2001 年版。

建本土文論範疇體系的思想逐漸成爲共識，結合民族傳統文化復興的大背景和大趨勢，孔子文學思想研究的繁榮和熱潮仍將繼續。

（二）選題的學術價值和意義

對於先秦時代的文學和文學理論，有一些總體性的認識和看法，往往成爲研究者的知識背景和指導思想。如認爲「屈宋」以前，成熟的文學只有《詩經》，卻處在詩樂舞合一的混沌狀態；先秦的學術是文史哲不分，不單敘事和說理之文只是史傳載記和諸子哲學的附庸，尚未完全成熟，就連文學意味最濃的《詩經》，在其傳播和應用中，也主要是用於政治交際、宗教禮儀等場合的賦誦和諫說立論的義理論據和語言材料，幾乎沒有人注意和重視它的文學性質和審美價值，總之，這個時期離通常所說的「文學的自覺」的魏晉時代還很遙遠。文學既然尚未覺醒，那麼成熟的文學思想和文學批評也就無從談起了。又如說到孔子對《詩》、《書》、《禮》、《樂》、《易》、《春秋》「六經」的編訂、講習和傳播，往往認爲那只是經學的、倫理的、政教的功利應用，無關乎文學價值和審美意識；而且，對於中國古代文學重現實、重教化和輕視純藝術、反對過分形式雕飾的傳統，也主要溯源或歸因於孔子的影響，還常常將此視爲古代文學和文學批評遲遲不能自覺和獨立的緣由。這些思想和觀點，有其發生和提出的特定時代氛圍和學理依據，也都是在反映一定的事實和現象的基礎上成立的，當然都是有道理的，所以才會爲人們廣泛接受，一定程度上成爲研究者的共識。但是，某些說法相沿已久，也會成爲陳陳相因的教條，在本旨理解和具體應用上，免不了出現一些偏頗乃至謬誤。一般而言，大多認爲孔子時代文學遠未覺醒、文學僅限於實用及文學批評尚未開展、文學思想毫無體系的看法，主要就是緣於上述關於先秦文學發展狀況的總體上未成熟的觀念。長久以來，這些看法流傳既廣，往往在某種程度上變成了成見和教條，限制和妨礙了對於孔子文學活動和文學思想的實際狀況、水平的認識和評價，影響到相關研究的客觀性和深入性。

事實上，到孔子所處的春秋時代末爲止，中國古代文學與文學思想都已經有了相當豐富的積累。趙逵夫先生在他所主編的《先秦文學編年史·前言》中，分六個方面（先秦佚詩與先秦詩歌發展總貌，先秦時代賦、辭令與諸子散文成就，先秦時代的講史、故事和小說，先秦寓言的成就，先秦時代的文學活動，先秦時代的詩論、文體觀念與文學思想）梳理了先秦時代的文學和文學思想的實際狀況和巨大成就；在《先秦文論全編要詮·前言》中，又對

先秦時代尚未形成文學觀念、尚無明確的文體觀念、先秦時代尚未出現專業作家、孔子的文學觀是功利主義文學觀等看法提出了不同意見，認爲中國文學從西周末年開始逐漸走向自覺，並在戰國末年基本完成自覺的。在這個由不自覺向自覺的較長歷史里程中，關於文學尤其是詩學方面提出的不少十分深刻的見解，雖然不是以長篇大論的形式出現的，但已形成了我國傳統文論的基本特徵和一些基本範疇、基本概念，接觸到了一些基本的理論問題，對兩千多年來的中國文學發展產生了深遠的影響。〔註 22〕趙先生還在《拭目重觀，氣象壯闊——論先秦文學研究》、《試論先秦儒道兩家在文學理論探索上的成就》等文章中對這些問題和意見作過深入論證。按照趙先生的上述思想和觀點，考察孔子時代的文學和文學思想的實際狀況和特徵，我們發現其由不自覺向自覺過渡的特點是很明顯的。這也是爲何孔子在詩的解讀和應用、言辭的修飾、文質關係等方面都提出了非常豐富和深刻的論說的原因。郭英德《中國古代文人集團與文學風貌》一書認爲，先秦時期諸子百家的學術派別是中國古代「文人集團的原始形態」。〔註23〕孔子最重視「六藝」經典的講習，孔門「四科」包括「文學」和「言語」的事實，反映出先秦諸子各派中，顯然以孔子及其弟子最具「文人集團」的形態和特徵。趙逵夫先生認爲，「大體說來，孔門『言語科』以辭令爲主，後來之散文創作和文章學發端於此；『文學科』以整理、闡釋文獻爲主，後來的文獻學與泛文學之研究發端於此。」〔註 24〕據徐復觀的意見，現代意義的純文學，也是由《論語・先進》中所說的孔門四科中的「言語」發展而來，他說：「孔門四科中的所謂『文學』，乃指古典文學而言。四科中的所謂『言語』，則發展爲後來的所謂文學。因爲在孔子時代，表達人的思想和感情的，主要還是語言而不是後世所謂文學或文章。當時及其以前的文字記錄，多出於史官或學徒之手。孔子曾說『不學詩，無以言』（《論語・季氏》），我想，這是注重語言的藝術性；推廣了說，也即是注重文學的藝術。」〔註 25〕我們認爲，僅此一事，就說明孔子的文學活動

〔註 22〕趙逵夫主編：《先秦文論全編要詮・前言》，北京：人民文學出版社，2010 年版，第 2～7 頁，第 45～49 頁。

〔註 23〕郭英德：《中國古代文人集團與文學風貌》，北京：北京師範大學出版社，1998 年版，第 3 頁。

〔註 24〕趙逵夫主編：《先秦文學編年史（上）・前言》，北京：商務印書館，2010 年版，第 65 頁。

〔註 25〕徐復觀：《中國藝術精神》，上海：華東師範大學出版社，2001 年版，第 20 頁。

和文學思想決不是用「未成熟」、「未成立」或「政教化」、「功利主義」等說法所能簡單概括和評價的。

　　龔鵬程談到清代文人對《詩經》的詩學認識時曾指出，雖然《詩》爲群經之首，但清代論《詩》者基本上把《詩》視爲「歷史性的最高點、最前端，是最早的詩；而且同時也是審美價值上最好的，是最高的典範」。〔註26〕由此現象，我們可以推論，《春秋》、《書》與《詩》情況略有不同，但也被看作是敘事記言文字的源頭，且大致也是被許爲「最高點、最前端、最早的」文的，在審美價值上的評價，也常是推到最高最優的。這個情況不光是清代有，在此之前的漢魏至明歷代都很普遍。筆者認爲，在孔子時代說到「詩」、「文」，也應該有這樣的認識和觀念，或至少大致相同的思想。不能因爲此時《詩》、《書》、《春秋》（主要指周史志）的功能的政教禮樂性，就否認這一點。孔子一定有以《詩》《書》爲天下至文的感受和觀念。所以他的教《詩》《書》，不能簡單視爲完全出於純功利的外交政事辭令應對的實用性目的。孔子整理、編定、解說和傳授「六經」，事實上是系統地纂輯了自上古至春秋留存和流行的主要文學作品，即使其纂輯和應用目的和宗旨是非文學標準的或非審美目的，從全面整理、編輯、保存和傳播當時已有式微傾向和失傳可能的詩歌、散文文本的角度看，他對古代文學發展的貢獻，和後來劉向編《楚辭》、蕭統纂《文選》相比，絕不遜色。若再考慮到孔子留下的相關論說和思想的深遠影響，從某種程度上說，他對古代文學及文學理論發展的貢獻，甚至遠在劉、蕭二人之上。從選本批評的角度看，孔子的刪述「六經」，必然有一定的編選原則和標準，當然也包含了一定的文學思想。

　　雖然我們不否認春秋時包括孔門所謂「文」、「文章」、「文學」，是指包括典章禮儀服飾、文辭在內的全部禮文體系，或者最多是經籍的通稱〔註27〕，但我們也應承認，孔子所處的春秋時代，文學雖然尚未完全獨立和覺醒，但文學現象早已發生，且在某些階層和人群中蔚然成風，貴族士大夫普遍學習《詩》、《書》、《志》等文籍，普遍重視解讀應用歷史文獻，講究詩文倡和（雖然大多是引用或賦誦《詩》《書》，不屬於造篇之義）和應對修辭，孔子時相當於後世賦詩命辭作爲文章的事實業已發生，而且已經發展到了相當的成熟

〔註26〕龔鵬程：《詩話詩經學》，《北京大學學報》（哲學社會科學版），2005 年第 3期，第 44 頁。
〔註27〕陳鍾凡：《中國文學批評史》：「孔門所謂『文章』，實經籍之通稱也。」北京：中華書局，1927 年版，第 2 頁。

程度和水平。一種社會現象已出現並在社會生活中產生巨大影響和扮演重要角色，人們對它進行研究和思考，揭示其特點、發現其規律，提出一些原則和標準，是非常自然的事。孔子最早興辦私學，又以培養德言俱佳的「君子」為辦學宗旨，他最早對言語辭章現象及其重要特徵、規律進行深入思考，並有相對較多較系統的論說，就是必然之事了。為什麼他的這些論說，幾乎全都發展成為我國文學創作和文學批評領域的基本要求和核心觀念？除了孔子和儒家為後人尊奉無二的歷史地位的原因外，最重要、最具決定性的原因，恐怕還要說是這些論述和觀念反映了文學現象的一般規律和民族傳統。從這個意義上說，把孔子視為文章之學的始祖或先行者，或者至少視作為傳統文學理論作出首要貢獻的早期覺醒者和思考者，是完全可以的。

對於孔子文學思想是否有體系或系統的問題，不少學者持比較保守或悲觀的看法，但也有學者持較為積極和肯定的態度。如，劉守安認為：「孔子的文藝思想是極為豐富的、成體系的。其內容涉及到文藝的基本特徵、社會功用、內容與形式、審美標準等，在當時達到了理論的最高水平，以後對中國文學藝術的發展、文藝理論的發展的影響之大，也沒有能與之相比的，這也是孔子其人在中國文學藝術的發展中具有重要地位的重要原因之一。」〔註28〕蔡先金《孔子詩學研究》說：「孔子對詩有著自己獨到的見解和認識，也形成了一個完整的詩學體系，可謂是中國詩史上第一位具有完整的、自覺的詩學思想的人物；其詩學思維深邃、縝密、凝練，可謂領亞里士多德（公元前384～前322年）保存下來的《詩學》之先，而賀拉斯（公元前65～前8年）傳下來的《詩藝》則只能望其項背，不可與之媲美。」〔註29〕可能會有人認為這樣的提法有拔高之嫌。鄧承奇認為，孔子有關美學的見解雖只是片言隻語，但他對美的本質、形態、標準以及審美教育等問題都有深入思考和深刻論說，並能用「仁」的思想統貫，在美學史上影響極為深遠。就思想的深度、廣度和影響力的久遠和巨大看，很難說沒有自己的美學體系。但因為孔子的相關言論多為散金碎玉，未形成系統的文字論述，所以他稱之為「潛體系」。〔註30〕類似的認識和觀點，蕭兵、蕭華榮、劉道瑾、饒龍隼等人也提出

〔註28〕劉守安：《孔子》，《中國歷代著名文學家評傳》續編一，濟南：山東教育出版社1988年版，第15頁。

〔註29〕蔡先金：《孔子詩學研究》，濟南：齊魯書社，2006年版，第2頁。

〔註30〕鄧承奇：《孔子美學的潛體系》，《孔子研究》，2000年第1期，第59～65頁。

過。〔註31〕其實中西方早期哲人的思想都有綜合性、總體性的特徵，這也是當時社會分工尚不細緻，意識形態渾然一體的社會狀況決定的。通常所說先秦學術文史哲不分，藝術領域詩樂舞合一，就是指此時文藝尚未完全發展成爲獨立的意識形態部門，尚與社會政治、宗教、倫理渾而不分的狀況而言的。此時的思想家們沒有現代人那樣嚴密而系統的文藝觀，自屬正常。借用鄧承奇的思路和說法，我們也完全可以說，在文學思想方面，孔子的相關論說，雖然零散，但也完全可以構成一個自足自給的潛理論體系。

　　趙逵夫先生說：「要全面認識先秦時代的文學思想、文學批評理論，一方面要從歷史文獻中去爬梳，整理，另一方面要通過對先秦文學實踐的理論化來完成。……有沒有理論是一回事，其理論是否寫出來是另一回事。」〔註32〕從這一意義說，基於孔子所處的春秋時代的文學及文學批評的實際狀況的新發現和新看法，通盤考慮孔子和孔門文學活動的全貌，結合學者們對《孔子詩論》等新出土孔門詩學文獻的研究成果，對孔子的文學思想研究中的一些關鍵問題進行整體思考和論述，提出更爲客觀和全面的觀點，不僅是有可能和有必要的，而且也是很有價值和意義的。

二、研究思路和方法

　　（一）以原始文獻的考證和辨析爲基礎，盡可能充分地搜集和利用前人研究成果，力求研究和論證材料詳實，論據充分，不蹈空立說。選取幾個歷

〔註31〕蕭兵：「中國古代有美學思想而無美學」，「中國古代的『美學』實際上主要是一種『潛美學』。」見蕭兵：《中國的潛美學》，湖北省美學學會編：《中西美學藝術比較》，湖北人民出版社 1986 年版，第 125 頁。蕭華榮：「我將先秦那種雖非論詩而理通於詩，對於後世詩學有深遠影響的思想和言論，稱爲『潛詩學』。其實，《易》象與『傳』、子史著作中有關『譬喻』的論述與實踐，皆屬『潛詩學』。即使孔子『吾與點也』的稱賞與『逝者如斯』的感慨，以及孟子的『浩然之氣』與『大丈夫』之節，也都有詩學因素，但這不是他們詩學思想的主流。在先秦最富有『潛詩學』意義的，還應數老莊道家思想，特別是莊子的思想。」見蕭華榮：《中國詩學思想史》，上海：華東師大出版社，1996 年版，第 22 頁。劉紹瑾借蕭華榮「潛詩學」指稱道家復元古主義的美學傾向。見劉紹瑾：《復古與復元古：中國復古文學理論的美學探源》，北京：中國社會科學出版社，2001 年版，第 124 頁。饒龍隼則以「前文學觀」指諸子《詩》學、神怪論及「小說」觀，雖然以「前」爲名，其實含有「潛」之義。見饒龍隼：《先秦諸子與中國文學》，南昌：百花洲文藝出版社，2001 年版，第 244 頁。

〔註32〕趙逵夫主編：《先秦文學編年史（上）·前言》，北京：商務印書館，2010 年版，第 61 頁。

來論爭較多的代表性問題進行論述，就孔子文學思想中「溫柔敦厚」的詩教論、「興觀群怨」的詩學觀、「文質彬彬」的文質論、「修辭立誠」與「辭巧」、「辭達」的修辭論、「述而不作」的述作觀及「思無邪」與「鄭聲淫」的詩樂論等言說的緣由和本質進行考證和討論，提出自己的見解，以求在總體上展現孔子文學觀的體系和特徵。

（二）將研究對象置於特定的歷史進程和時代背景中去考察、探究，先從宏觀上認識和把握孔子的文學活動和文學思想產生的社會環境和現實生活的基礎緣由，避免淺嘗輒止或以偏概全。如何正確把握孔子時代文學活動的實際形態與文學觀念的實際狀況，較明確地探討、說明和論證孔子文學思想的來源與變化，揭示其繼承性和建設性的關係，揭示孔子在先秦文學及文學思想發展演變走向獨立的過程中的獨特貢獻，同時把握應有的分寸，是本文能否呈現一定新意和價值乃至成敗的關鍵問題。

（三）正視孔子相關言論的廣泛、零散與文學思想的深刻、全面之間的矛盾給研究帶來的困難和挑戰，運用文獻考證與理論闡述相結合的研究方法，深入挖掘各種言說和主張的具體所指、理論背景，細緻分析它們之間的因變理脈和邏輯關係，力求說明孔子文學思想理論體系的相關內容和範疇。

第一章 「溫柔敦厚」與「興觀群怨」
——孔子「詩教」的特點及詩學觀念

　　孔子的「溫柔敦厚」與「興觀群怨」二論，遠承上古至西周的詩樂教育和春秋時代的官學《詩》教而來，深刻而具體地反映出孔門「詩教」的宗旨、內容、方法，奠定了儒家《詩經》闡釋學的理論和方法，對我國古代詩歌創作和詩歌批評，乃至整個文學理論傳統和民族特色的形成，影響極其深遠。中國古代對詩歌的政治和道德教化功能極為重視，這一特點一般認為由孔子奠定，本章將通過考察先秦「詩教」發生、演變的過程和特點，追溯其形成的遠古淵源。歷來對「溫柔敦厚」與「興觀群怨」之間關係的理解存在一些矛盾和裂隙，有必要進行辨析；孔門《詩》教其實包含著極為豐富的審美意味和文學觀念，本章也將進行重點論述。

第一節 「詩教」淵源概說

　　古人通常所說的「詩教」，是指以《詩經》為教材的教學活動，並不是今天以詩歌的賞讀和創作為內容的文學教育。孔子時代的「詩教」，當然是以《詩經》的傳習和應用為前提和內容的。但是，以「詩」為教其實是一種非常古老的傳統。傳說上古歷代帝王皆有自己的樂舞，諸如伏羲有《扶來》，神農有《扶持》、黃帝有《咸池》，少皞有《大淵》、顓頊有《六莖》，帝嚳有《無英》，堯有《大章》，舜有《大韶》、禹有《大夏》、湯有《大濩》等。這些古樂當然

也需要教學傳習。俞正燮《癸巳存稿》卷二云：「通檢三代以上書，樂之外無所謂『學』。」〔註1〕上古詩樂舞合一，與上述樂舞相配的歌辭，今已不可考。傳說時期的樂舞的歌詩可能極簡單，但總應該有。所以樂教自然包含詩教。《尚書・堯典》所載堯舜時「典樂」的夔，其職責為「教冑子」，所採用方式便是「言志」「永言」之「詩」「歌」。〔註2〕徐復觀說：「據《國語・周語》召公諫厲王的話，陳詩本以作教戒之資。此即古人所謂『詩教』。」〔註3〕周厲王時，今本《詩經》中的不少篇章尚未形成或尚未被收集成編。

　　正如臺灣大學的吳昌政所指出的，「在『詩教』的初始階段，《詩》是否已經編輯成書，或者是否已經出現『詩』的名稱，均尚存疑問。」他謹慎地推想說，「早期創作與流傳的『詩』篇很可能也被納入了後來結集成書的《詩》文本當中。」所以他在討論「詩教」問題時，論及「詩」的指稱，實際上也指涉了西周初年可能尚未集結成書的零散詩篇，其中包括後來被編入《三百篇》的詩篇，也包括「可能曾經被記錄、流傳但並未收錄於《三百篇》的性質相近的詩作。」〔註4〕

　　李凱也曾區分過「《詩》教」與「詩教」的不同。他說：

>　　……存在兩種不同的「詩教」，一是加書名號的「《詩》教」，指的是先秦時期的「教《詩》」和學《詩》的文化活動；一是不加上書名號的「詩教」，指的是兩漢以來視為文學創作原則的「詩教」。目的是將孔子的《詩》教（廣義的文化活動）和《禮記》中的「《詩》教」（文藝的教化活動和教化效果）與漢儒以及後人理解的「詩教」（一種創作原則）區分開來。這種區分，是要把儒家元典中的「《詩》教」和作為兩漢創作原則的「詩教」分別對待，從而對兩種不同的「詩教」作出恰當的評價。〔註5〕

　　這樣的區分當然是必要的。受他們的啟發，本文稱孔門及後世的《詩經》

〔註1〕（清）俞正燮：《癸巳存稿》，瀋陽：遼寧教育出版社，2003年版，第65頁。
〔註2〕《尚書・堯典》：帝（舜）曰：「夔！命汝典樂，教冑子，直而溫，寬而栗，剛而無虐，簡而無傲。詩言志，歌永言，聲依永，律和聲。八音克諧，無相奪倫，神人以和。」
〔註3〕徐復觀：《中國經學史的基礎》，臺北：學生書局，1982年版，154頁。
〔註4〕吳昌政：《孔子詩教的歷史淵源：試探周代禮官制度中的詩教》，臺灣大學文學院碩士論文，2007年7月，第3頁。
〔註5〕李凱：《儒家元典與中國詩學》，北京：中國社會科學出版社，2002年版，第87頁。

教習活動為「《詩》教」，在討論周代的《詩經》開始結集至編定前後的官學教《詩》活動為「《詩》之教」或「《詩》教」，而在指稱更早期的類似活動時用「詩教」，對泛詩學意義上的詩歌教育，則用不加引號的詩教。

若要追溯孔子「《詩》教」的淵源，自遠言之，需自上古樂舞歌謠的政教特徵說起；自近而言，則須自《詩經》的編定及其在周王朝政教秩序及國子教育中的作用和功能說起。

一、「詩」「志」同源與上古詩歌的政教功能

劉勰《文心雕龍・明詩》：「在心為志，發言為詩，舒文載實，其在茲乎。」沈約《宋書・謝靈運傳論》：「歌詠斯興，宜自生民始。」從發生學角度看，詩的產生，最早可追溯到人類產生的初期。若從現象學角度論，以韻語為表現形式的古人的「感物吟志」之作，應當出現在人類語言較為成熟的時代；而文本意義上的「詩」，則產生得更晚。鄭玄《詩譜序》說：「詩之興也，諒不於上皇之世，大庭軒轅，逮於高辛，其時有亡，載籍亦蔑云焉。《虞書》曰：『詩言志，歌永言，聲依永，律和聲。』然則詩之道，放於此乎？有夏承之，篇章泯棄，靡有孑遺，迤及商王，不《風》不《雅》。」〔註6〕把詩之興起放在堯舜時代，大致也是符合歷史實際的。但鄭玄說商代「不《風》不《雅》」，夏代則《風》、《雅》、《頌》均泯沒無餘，再往前說，就連是否有詩也難說了。這實際主要是從載籍存滅論詩之有無，並不是說詩之產生。

「詩」與「志」同源，已為學者們所公認。高田忠周進一步指出：

> 𡥀是最古「持」字，凡手部字古文多從「又」，「又」、「手」同意也。持字已從「又」，又從「手」，為復矣。又寺聲字，古文從𡳿，時作𡳿，詩作𧨾，持元作𢮓、作𡙻可知己。「持」下曰：「握也，從手寺聲。」《荀子・正名》「猶引繩墨以持曲直」，注：「制也。」《漢書・劉向傳》「及丞相御史所持」，注：「謂相扶持佐助也。」夫審固也，制也，佐助也，固當有法度也。〔註7〕

這裡指示的從「寺」之字如「時」、「詩」、「持」（還有「等」、「峙」等）諸字均有與「規正」、「法度」相關的意義，給我們理解「詩言志」之說的來

〔註6〕（漢）毛亨傳；（漢）鄭玄箋；（唐）孔穎達疏：《毛詩正義》，北京：北京大學出版社，2000年版，第4～5頁。
〔註7〕高田忠周：《古籀篇》卷五十七，第2頁。轉引自周法高、張日昇等編纂：《金文詁林》（三），香港：香港大學出版社，1974年版，第1855～1856頁。

源以有益的啓發。這說明，「詩」字、「志」字的造字之義，本來就指重要的思想、意見及當遵守的法度、規制等。「志」是思想規制本身，發爲言辭，便稱「詩」。《毛詩序》所謂「在心爲志，發言爲詩」，正隱含這個意思。有學者甚至認爲，在此意義上，「詩」字是在指代諷諫之辭的意義上產生出來的。〔註8〕正是由於這一背景，決定了我國上古的詩歌都具有或被加上濃厚的賦政意義和色彩，詩歌闡釋觀念和理論先天地被賦予了教化和諷諭的功能和要求。《淮南子·詮言訓》：「詩之失僻」，高誘注曰：「詩者，衰世之風也，故邪而以之正。」又《氾論訓》注曰：「詩所以刺不由王道。」〔註9〕孔穎達《毛詩正義》引《詩含神霧》云：「詩者持也。」成伯璵《毛詩指說》亦引其文云：「詩者持也，在於敦厚之教，自持其心；諷刺之道，可以扶持邦家者也。」〔註10〕《漢書》卷二十二《禮樂志》：「省其詩而志正。」卷三十《藝文志》：「詩以正言，義之用也。」〔註11〕《文心雕龍·明詩》：「詩者，持也，持人性情。」〔註12〕《毛詩正義》：「爲詩所以持人之行，使不失墜。」《淮南子·氾論訓》：「王道缺而詩作。」《漢書·禮樂志》云：「周道始缺，怨刺之詩起。」〔註13〕都表明了「詩」之名實均有扶正、守道及諫邪勸正的意義和目的。

「志」字從「𡳿」從「心」，與「止」、「是」、「正」、「定」等字本義相通。〔註14〕《左傳·昭公十二年》右尹子革對楚王云：「昔穆公欲肆其心，周行天下，將皆必有車轍馬跡焉。祭公謀父作《祈招》之詩以止王心。」這裡的「止」有定、靜之義，「止王心」，即使王者之心定於正道，靜守法度。由此可見，所謂「詩言志」，從「詩」、「志」二字造字義考查，確實均含有「詩」是用來表達扶正守正，使人不偏離規制法則之言的意思。更進一步說，「政」與「正」通，「政者，正也」，那麼「詩」的「賦政」功能的規定性，可追溯到「詩」

〔註8〕 馬銀琴：《兩周詩史》，北京：社會科學文獻出版社，2006年版，第12頁。

〔註9〕 劉文典撰；馮逸，喬華點校：《淮南鴻烈集解》，北京：中華書局，1989年版，第485頁，第427頁。《泛論訓》「王道缺而詩作」句下高注原作「詩所以刺王道」，校云：「『刺』下疑脫『不由』二字。」當是。

〔註10〕（唐）成伯璵：《毛詩指說·解說第二》，（清）納蘭性德輯：《通志堂經解》第7冊，揚州：江蘇廣陵古籍刻印社，1996年3月第2版，第201頁。

〔註11〕（漢）班固：《漢書》，北京：中華書局，1964年版，第1038頁，第1723頁。

〔註12〕（梁）劉勰著；郭晉稀注譯：《白話文心雕龍》，長沙：嶽麓書社，1997年版，第48頁。

〔註13〕（漢）班固：《漢書》，北京：中華書局，1964年版，第1042頁。

〔註14〕《說文·正部》：「正，是也」，「是，直也。」《爾雅·釋詁下》：「定，止也。」《字彙·宀部》：「定，正也。」

與「政」本來聯繫極緊密的上古時代。

從典籍中所載的上古傳說中歷代王者均有樂舞傳世的現象看，周代之前的夏商有樂歌作爲國家政權威儀的體現，自無疑問。這一點從孔子說到的杞、宋之文獻不足徵殷夏之禮就可看出。因爲殷、夏之禮當然不會是徒禮，一定會有與之相配的音樂。雖然不能說夏商時期有了周代那樣的禮樂文化，但彼時有「禮」有「樂」，當無疑問。儘管周代文、武王和周公之前的「禮樂」的內在精神實質重天道鬼神，也可能不像周代那樣包涵著濃重的「親親尊尊」的宗法制義和道德精神。但彼時存在的祭鬼祀神之「禮」與歌舞娛神之「樂」，其在國家政治和民間生活中的重要性，可能一點也不低於周代。從古代歌、樂、舞一體的情況看，一般而言，那時的各種樂舞也不能沒有歌辭，即「詩」。「詩」與「志」同源，正說明「詩言志」的遠古實質是，當時社會生活的主要內容和人群的歷史記憶，都要以「詩」的形式總結和傳承。《尚書‧堯典》中透露的「擊石拊石，百獸率舞」的古樂舞的圖騰崇拜色彩及其所要達到的「神人以和」的巫術宗教功能，即顯示出三代之前的「詩」的教習和應用的情況。《呂氏春秋‧古樂篇》所載的「葛天氏之樂」，以總共八闋的宏偉結構，包含著有關人類起源、部族祖先與圖騰崇拜，種植、畜牧業的開創，天體崇拜、土地崇拜及古帝頌歌等豐富的先民的自然、社會知識與生產實踐知識的內容。〔註15〕這類樂歌在原始時期產生的數量應當不少，傳承方式可能主要由部族長老和巫覡人員來承擔，就不能不存在教授傳習的問題。另外，從古樂舞的舉行往往是部族全體行爲看，它們的傳習也應當有較強的集體性特徵。這可以看作是古代「詩教」的發生因素。

一般認爲，周滅殷商不僅是朝代的更替，而且是制度的巨大變革，更重要的，是文化模式由宗教巫術文化向禮樂文化的根本轉變。但就禮樂制度的實際內容和實施形式而言，周因於夏商者其實有很多。如所謂「詩之教」，就絕不是《詩經》編訂後才有，甚至也不是《三百篇》中周初作品產生時才有的。在《詩經》中最早的作品產生之前，必然已經存在著一種爲後世「詩」教制度所承傳的古老傳統和久遠習慣。在夏商先民及其統治者那裡，謠諺與祭歌在政治和日常生活中的重要性，恐怕一點也不比後世小。

當然，我們並不是把孔子時代的《詩》之教習看作是對上古宗教儀式樂

<hr>

〔註15〕趙沛霖：《關於葛天氏八闋樂歌的時代性問題》，《興的源起——歷史積澱與詩歌藝術》，北京：中國社會科學出版社，1987年版，第165～178頁。

歌的傳承方式的近似沿襲。事實上，整個周代都是後者向前者轉變的漫長過程。從與前代的區別看，周代「詩教」的禮樂化是巨大變革，但從《詩經》文本及其在周代禮制中的實際應用看，這一轉變又是極緩慢的。即使到了春秋時代，《詩經》中某些樂歌的宗教性和儀式性仍是很明顯的。孔子的貢獻，恰恰在於促成了「詩教」的道德修養功能的定型和文學言語範式的開創。這對於《詩經》在賦引傳統逐漸式微之後仍能保持在國家政教系統和君子人格養成及文學言語中的重要典範地位，是至關重要的。「溫柔敦厚」的「《詩》教」傳統，就既是政治的，又是道德倫理的，又是文學創作、解讀及運用的特徵和要求了。可以說，孔子「《詩》教」在中國人性格形成和文藝美學觀念的樹立方面起到了某種決定性的促成和固化的作用。

二、《詩經》的編定與《詩》教的成立

早期樂舞和歌詩的傳承和教習，說明「詩教」是古代國家政治、文化發展演變中的一種傳統。但《詩經》的編定和頒行，較多地改變了春秋時代「詩教」的具體內容，同時，由於周王室權威的衰落，「禮崩樂壞」的發生，實際上也改變了「詩教」的傳統目的和風格，促成了春秋前期《詩》教和孔子《詩》教的應用和傳習方式。

《詩經》中的樂歌產生的時間，早者可至商代、周初，如三《頌》和二《雅》的部分作品；晚者則遲至孔子之前數十年，如《秦風・無衣》、《陳風・株林》等。所以今本《詩經》在最後編定之前，一定有一個漫長而複雜的收集、傳承和編輯的過程。在此過程中，《詩經》的《風》、《雅》、《頌》中較早產生的作品，應該已經由早期王官分別和先後收集、應用、傳承著，成為早期「詩教」的重要組成部分。而嚴格意義上的「《詩》教」的成立，至少要到相對較為完整的《詩》結集之後。

劉毓慶認為，《詩經》在成書過程中，最少進行過三次重大編輯整理。第一次編輯在周宣王時，所結皆為典禮用詩，即所謂「正經」部分。第二次編輯在平王時，所編主要為「變雅」及「三衛」。第三次為孔子手定，主要增「變風」部分與魯、商二《頌》。據他的研究，宣王時對於典禮樂詩的編輯，當是歷史上第一次系統整理典禮樂詩。宣王「修政」，「法文、武、成、康之遺風」，將歷史上所傳的典禮樂詩與其時所改編的典禮樂歌合為一編，所編為《周頌》、《正大雅》，均為西周早、中期的作品，可能原來本有樂師保存的底本。

平王初年王權未盡失，又以衛武公最爲老臣，德高望重，故此時所增補爲「變雅」與「三衛」之風。關於「二南」，劉氏似對其編定時間頗不確定。言其可能「初成於宣王」時，但其篇籍擴充及地位之大幅提升，仍應在平王東遷之初，目的是反思褒姒之禍，防止女禍再生。第三次爲孔子編詩，「除對『二雅』、《周頌》、『二南』、『三衛』有所增補外，最主要的還是編定了《王風》以下十國的詩」。〔註16〕按，歷史上第一次系統整理典禮樂詩是否爲周宣王，較難證實；「二南」、「三衛」及《王風》以下各國《風》詩，應該在孔子之前就已經編成。所以上述說法頗有可疑之處。

《呂氏春秋·音初篇》載夏禹時期塗山氏之女的《候人歌》，指其爲「南音」之始；又說「周公、召公取風焉，以爲《周南》、《召南》。」〔註17〕這說明古人對《風》詩收集的開端的估計也是極早的。另外，經學家們將二《南》系之周公、召公，將其與「文王之化」聯繫起來，未必不是因爲對其中作品由其流傳地域而作靜態的歷史化的解釋。也就是說，古人關於樂歌的產生，並不像今天一樣要明確地界定具體時代的語言特色、曲調風格和形式特徵。我們今天的研究者多認爲二《南》作品產生於東周初年，這可能是事實。但在這些作品初被編集的時代，它們是被視作對江漢間周召故地傳承久遠的古樂古歌而收集、欣賞的。馬銀琴認爲，「二南」音樂早在西周時代收集於周召二公在岐南的采邑，而其樂歌的「主體部分的創作完成期在西周末至春秋初約一百年間。」〔註18〕這種「詩」、「樂」產生於不同時代、地位也不同的現象，或許是有的，但西周時代南樂不應是徒樂，春秋初「二南」中的作品也不當是徒歌。所以無論周初還是春秋時，《詩》文本與音樂都很難分離。這也是爲什麼《詩》文本的讀賞在很長的時期裏一直與樂教緊密聯繫，甚至是後者的附庸的重要原因。

另外，《詩經》編訂之初，可能就含有追懷祖先德跡與功勞，爲現實政治追紹遠緒以增強合法性和號召力的目的。郭晉稀先生指出，《詩·國風》中的《周南》、《召南》被《詩》序「繫之周公」，「繫之召公」，本來就有「頌今推古之義」。他說：

〔註16〕 劉毓慶：《〈詩經〉結集歷程之研究》，《文藝研究》，2005 年第 5 期，第 73～84 頁。
〔註17〕 （戰國）呂不韋著；陳奇猷：《呂氏春秋新校釋》，上海：上海古籍出版社，2002 年版，第 338 頁。
〔註18〕 馬銀琴：《兩周詩史》，北京：社會科學文獻出版社，2006 年版，第 258 頁。

周定、召穆本周公旦、召公奭之子孫。《關雎》序云「繫之周公」,「繫之召公」,措詞審慎,實含頌今推古之義。二《南》詩多言「文王之化」、「后妃之化」、「夫人之德」,實則多男女分別相思之義,蓋因定公、穆公既夾輔王室又總戎江漢,元戎既夫妻契闊,士卒亦室家離散,故抒怨情者極多也。〔註19〕

郭先生所提出《詩序》的「頌今推古之義」,說明《詩經》編訂目的的現實政治的考量與世族傳統追認之間的聯繫,造成其篇章來源和內容的複雜性,也造成其《詩》教在解讀與應用中的鮮明的政教功利色彩和功能的多樣性。

趙逵夫先生認為,孔子是《詩經》的最後編定者;在此之前,除西周樂師整理歷代所傳詩歌,進行了基本分類外,先後發生的有意識的《詩》的編集至少有兩次。第一次編集包括《周》《召》二《南》、三《衛》(《邶》、《鄘》、《衛》)五《風》及《小雅》的作品。第二次則增編《王》、《鄭》至《豳》十《風》及《大雅》和三《頌》。經過這兩次結集,《詩三百》編定才初步完成。

趙先生還進一步推論,認為《詩經》最早的版本,是由周定公或召穆公的子孫編成的,編訂的目的,是為了緬懷周定公和召穆公在厲王「國人暴動」之後的挽救危局、輔佐宣王達成中興的功勞,宣傳祖先的光輝業績。因此,《詩經》篇首是《周南》、《召南》,而不是《周頌》或《大雅》中的《生民》、《公劉》等歌頌周族祖先的作品。《詩經》最初編集時,《國風》部分只是《周》、《召》二《南》,及後世通視為《衛》風的《邶》、《鄘》、《衛》三地歌謠。而《衛》風的收入,則是因為衛康叔在厲王、宣王、幽王、平王時均有輔佐、安定之功。頌揚衛康叔,也可以突出召伯(召穆公)在西周末年的功勳。《詩經》的第二次編集,趙先生認為,「可以肯定在公元前六世紀前期」,具體為鄭國子罕當政(前582~前570)及以後的一二十年中,主持編集者為子罕之子子展(?~前544),當時尚年輕的鄭國著名政治家子產可能也參與其事。此次編入《王》、《齊》以下至《豳》風部分及《大雅》、三《頌》部分。這些樂歌,可能是鄭桓公得之於周王室太師或太史所藏的樂、詩材料,也可能包括有少量鄭國樂官的收集。此次編《詩》的目的,主要是為了弘揚文德、和諧人心,完善和增強貴族子弟的《詩》學教育;也為了弘揚鄭桓公的功德,

---

〔註19〕郭晉稀:《詩經蠡測》,成都:巴蜀書社,2006年版,第15頁。

突顯鄭同周王室的親近的血緣關係。〔註20〕

　　趙先生對《詩三百》的編集時間和目的的推論，慧眼獨具，挖掘並闡明了歷史事實情況，可以很好地解釋《詩經》組成及成書過程中的種種令人迷惑不解的現象和問題。趙先生對《詩三百》正式形成前後「陳詩諷諫」的傳統的變化和「賦詩言志」風尚的形成及它們的具體內容和形式的考論，十分細緻、深入、獨到，發人深思。這樣，對於《詩》在前七世紀末至前六世紀初編定後，如何在較短時間內成為周王室和各諸侯國國子教育的固定教材，並且形成「不學詩，無以言」的風尚，我們就可以據此作出較為合理的解釋了。

　　說到周代「《詩》教」的內涵和實質的歷史演變，馬銀琴的看法也值得一提。她對於《頌》詩編入《詩》較晚的主張，與趙先生相近。不同的是，她認為《詩經》中的《頌》詩產生雖早，但被納入《詩》文本卻是東周初年齊桓公稱霸時代的事。她的《齊桓公時代〈詩〉的結集》一文說：「《頌》之入《詩》，其意義是不可低估的，它標誌著一個時代的終結，也就是說，以樂教為主導的周代禮樂制度的儀式化時代隨著《頌》之被納入詩文本而走向了終結。中國文學萌芽於宣王時代，奠基於平王時代的以美刺為核心的政教傳統至此確立，中國文化史進入了以德義之教為主導的歷史階段。與《頌》之入《詩》具有同樣的標誌意義的事件是，在僖公二十七年（前 633 年）出現了『《詩》《書》，義之府也』的說法，這是文學的政教傳統已經確立並得到時人肯定的有力證明。自此之後，中國文學徹底走上了與政治聯姻的不歸之路，在兩千年之後的今天，仍然無法完全擺脫政治的影響而走自己的路。傳統是一條河，下游流淌的水中，將永遠保留源頭的影子。」〔註21〕

　　《頌》詩在齊桓公時代「被納入詩文本」的說法，是否符合歷史事實，尚有可疑。不過，馬銀琴認為《詩》的最初文本起於西周康王、穆王時代，經宣王、平王時代的累次編輯，形成以《詩》為名，以《風》《雅》合集為內

〔註20〕趙逵夫：《詩的採集與〈詩經〉的成書》，見韓高年編：《隴上學人文存・趙逵夫卷》，蘭州：甘肅人民出版社，2010 年 12 月版，第 313～364 頁。趙先生關於《詩經》結集問題的較早看法，參《論〈詩經〉的編集與〈雅〉詩分為「大」「小」兩部分》及《周宣王中興功臣詩考論》等文，前文載《河北師院學報》1996 年第 1 期，後收入他的《古典文學論叢》一書，北京：中華書局，2003 年版；後文見《中華文史論叢》總第 55 輯，上海：上海古籍出版社，1996 年版。

〔註21〕馬銀琴：《齊桓公時代〈詩〉的結集》，《文學遺產》，2004 年第 3 期，第 19 頁。

容的初步規模和構成。事實上直到平王死後的齊桓公稱霸時期，包括《召南・何彼襛矣》在內的大部分《風》詩才被採集和編集，與二《雅》二《南》一起形成《詩經》與今本一致的文本定型，這一思路與趙逵夫先生的看法有同有異，但大致也可以解釋《詩經》樂歌的多重來源及文本採集編訂至最後寫定的複雜過程，是目前關於此問題較爲細緻和看來較爲合理的論說。尤其是她所指出齊桓霸業之成與周王室地位因「尊王」之術而復盛，周禮在一度衰落之後又得到空前尊奉，是春秋時代《詩》文本編輯流傳以及賦引風氣流行的背景和原因，也是較合乎歷史邏輯的；對於我們理解爲何諸侯爭霸時代周王室的禮樂仍空前受重視，《詩經》爲何成爲當時政治生活和官學私學教育中的重要科目，很有啓發和幫助。

三、周代的「六詩」之教與早期《詩》教的特徵

《禮記・王制》云：「有虞氏養國老於上庠，養庶老於下庠。夏后氏養國老於東序，養庶老於西序。殷人養國老於右學，養庶老於左學。」夏以前是否有成熟的國家官學制度，因爲文獻有闕，我們不得其詳。殷商時有大學，是可以從甲骨卜辭中的材料得以證實的。〔註22〕商代的官學教育中，存在祭禮、樂舞教學，其中應有相當於「詩教」的環節，也應屬於必然之事，只是其所教習的具體內容與方式，同樣因爲文獻闕佚，今天已難知詳情。而周代「《詩》教」的內容和關目，則有較爲豐富的文獻爲我們提供瞭解和探究的線索。《周禮・春官・大司樂》：

> 大司樂掌成均之法，以治建國之學政，而合國子之子弟焉。凡有道者，有德者，使教焉……以樂德教國子中、和、祗、庸、孝、友。以樂語教國子興、道、諷、誦、言、語。以樂舞教國子舞《雲門》、《大卷》、《大咸》、《大磬》、《大夏》、《大濩》、《大武》。〔註23〕

以樂舞教國子，當然不是周代才有的事。「樂德」、「樂語」、「樂舞」分辨，表明周代國學對上古樂教的詩、樂、舞合一的特徵已有了巨大的改變。《禮記・

〔註22〕 王貴民：《從殷墟甲骨文論古代學校教育》，《人文雜誌》，1982 年第 2 期，第21～29 頁。

〔註23〕 本文凡引用《十三經》原文，均據李學勤主編《十三經注疏》整理本繁體版，北京：北京大學出版社，2000 年版。爲避繁複，以下此類引文一般僅隨文注明書名、篇名，不詳注頁碼；若引用注疏文字，則不在此例，但整理者、審定者之名亦從略。

王制》：「樂正崇四術，立四教。順先王《詩》、《書》、《禮》、《樂》以造士。春秋教以《禮》、《樂》，冬夏教以《詩》、《書》。以六律、六同、五聲、八音、六舞大合樂，以致鬼示神，以和邦國，以諧萬民，以安賓客，以說遠人，以作動物。」「四術」、「四教」中，《詩》與《樂》的關係如何？與上面《周禮》所說的「樂德」、「樂語」、「樂舞」的聯繫怎樣？這些問題較難考究明白。秦惠田《五禮通考》以爲，「樂正即《周禮》『大司樂』之職。其所教之『四術』，《詩》則『樂語』是也，《樂》則『樂舞』是也，《書》與《禮》則《大司樂》未及焉。《大司樂》主於論樂，《王制》主於論教也，二文相兼乃備。」〔註24〕

從這些記載看，「詩教」雖爲周代國子教育中重要的一科，但還是樂教的一部分，由大司樂掌管。而大司樂手下的大師，則是專門教《詩》的教官。《周禮·春官·大師》：

> 大師……教六詩：曰風、曰賦、曰比、曰興、曰雅，曰頌。以六德爲之本，以六律爲之音。

我們注意到，這裡所謂「六詩」即後世通常所說的《詩》之「六義」；不過與我們通常見到的「風、雅、頌」爲體，「賦、比、興」爲用的分類和次序不同。《詩大序》中說到「詩有六義」，其次序倒是與《周禮》「六詩」相同；但之後的論說，卻只涉及「風、雅、頌」，且將這三者看作是從功用方面對《詩》的分類，所以不能算是對「六義」的完整解說。

一般認爲，《詩序》的「六義」源於《周禮·春官·大師》中的「六詩」，其次序排列正顯示了周代國子教育中《詩》的教授由低級到高級，由簡單而複雜的過程。因爲後文的論述有些要以此爲基礎，以下先綜合古今學者的意見和觀點作簡要陳述：

「風」。「風」本是樂調歌曲之總名，本不單指「鄉土之音」或《詩經》中的《國風》；用作動詞，與「歌」（《大雅·卷阿》：「矢詩不多，維以遂歌」）、「倡」（即唱，《鄭風·蘀兮》：「蘀兮蘀兮，風其吹女。叔兮伯兮，倡予和女」，即是以「風」喻倡（唱））同義，就是《墨子·公孟》篇所說的「歌詩三百」的「歌」，也就是教國子按曲調學唱《詩》的全部歌辭。《毛詩故訓傳》：「古者教以詩樂，誦之、歌之、弦之、舞之。」似乎是以「誦」放在「歌」之前，這可能是漢代《詩》樂基本失傳後的新看法，同時也可能

〔註24〕 （清）秦惠田：《五禮通考》卷170，文淵閣四庫全書，臺灣商務印書館1983年版，第139冊，第73頁。

「誦」的意義已偏重於念誦之「誦」後的新說法。因為按常理，無論在什麼時候，《詩》、《書》、《禮》、《易》、《春秋》等的教學，都應該是始於文本之辭的識記和念誦，並非《詩》的教學所獨有，所以不應當作為《詩》教的一個特有階段提出。當然，一般的念誦和「六詩」、「六義」說中的「賦」（「不歌而誦」）有區別。

「賦」。《漢書·藝文志》：「不歌而誦謂之賦。」就是朗誦《詩》的歌辭。這種「誦」，應該和一般開始學習樂歌時先要識詞辨句的念誦不同，是按照一定的聲調抑揚頓挫地朗誦，已經側重於對《詩》各篇的各章意旨取義的細緻把握與表現的方法，主要是為在公關交際場合選擇合適的詩章及領會他人所賦詩章進行訓練和做好準備。「賦」與「風」相比，顯然更偏重於「義」的揣摩和領悟。當然，這時的「賦」，大概主要還是限於對《詩》的本身篇義章旨的理解、辨析和篇章的賦誦。

「比」。比喻，本來指借物喻物或借物喻情以達到通情達意的曉諭目的。但大師的「比」之教並不是指簡單的「以彼物比此物」的比喻，而是指教國子如何借《詩》的章句打比方，作比擬，以指稱現實事物，表達當下情志。班固《漢書·藝文志》：「古者諸侯卿大夫，交接鄰國，以微言相感，當揖讓之時，必稱《詩》以諭其志，蓋以別賢不肖而觀盛衰焉。故孔子曰『不學《詩》，無以言』也。」〔註25〕班固所說「稱《詩》以諭志」，正是「比」的確切含意。「比」之教的關鍵，應該在於學會如何斷章取義，借詩喻意。在具體的情事中，如果可以借已有的《詩》的篇、章、句去表達現實的意願、態度和打算，託事於《詩》，借《詩》言志，就是學《詩》而能「比」了。〔註26〕

「興」。「六詩」之中，「興」最難言之。作為大師「《詩》教」的環節，究竟是教國子如何用《詩》來「興」，頗令人費解，歷來解說的分歧也最多。本文認為，「興」以起意，很可能是一種更高級的借《詩》喻意的應用之法。從根本上說，「興」與「比」相近，都要以比喻能力和手法為基礎。但正如古人所言，「比顯而興隱」〔註27〕。作為用《詩》之法的「興」和「比」，也可

〔註25〕（漢）班固：《漢書》，北京：中華書局，1962年版，第1755～1756頁。

〔註26〕此處論說，主要參考了章必功《「六詩」探故》一文，見章必功等：《先秦兩漢文學論集》，北京：學苑出版社，2004年7月，第10～29頁。此文最早發表於《文史》第22輯，北京：中華書局，1984年，第165頁。

〔註27〕（梁）劉勰著；郭晉稀注譯：《白話文心雕龍》，長沙：嶽麓書社，1997年版，第398頁。

以由所憑藉之「物」（借《詩》的成句表明）與所言之情志之間關聯的隱晦和顯明來分辨。孔子所說的「不學《詩》，無以言」，當然也可以從這個角度理解。周大師所教的「興」，應是借《詩》的章義句意，引申出更爲深刻的認識和道理。這主要是一種借《詩》的觸動生發新的義理的過程，更重視的是認識能力、思想水平的培養和訓練，與處在現實的情志境況下擇《詩》言志的「比」不同，「興」是要在《詩》的文本中挖掘意味，更翻深一層，引申出關於修身治國的大道。《詩》的啓發民智、增進德義的作用，到了這一階段，才算是真正達成。從教育的規律看，「《詩》教」到了這一步，才算到了融會貫通、化外爲內的一步。

「雅」。從先秦典籍引《詩》的情況看，有稱《小雅》、《大雅》中的詩作「《周詩》」的〔註28〕，也有以《魏風》、《豳風》及《周南》、《召南》、《齊風》、《商頌》中的詩作雅樂的。〔註29〕所以所謂「雅樂」，並不完全等於二《雅》的音樂。而「六詩」之教中的「雅」，應該是教國子們學會在會同宴饗的場合如何恰當地使用合適的《詩》篇及音樂，按禮制規矩行禮、舉樂。也就是說，在除了需要使用《頌》的宗廟祭祀以外的正式場合依禮舉樂，都可稱「雅」。這可以從《周禮》等典籍中關於《詩》樂應用於賓射、饗燕之禮的記載得到證明。

「頌」。同「雅」相似，「頌」應是教國子掌握在宗廟祭祀儀式中的《詩》樂使用及禮容儀節的採用等。古人重祭祀，《左傳·成公十三年》說「國之大事，在祀與戎」，表明了《頌》的使用的重要性。

無論是「雅」還是「頌」，其應用的主導者都是成年的王侯貴族士大夫，儀式細節的規定更趨專門和繁瑣，很多時候關乎國體和國運，一點也不能馬虎，所以就得放在「風」、「賦」、「比」、「興」之後再教授和學習了。

以上是周代國子教育中「《詩》教」的大致內容和環節。其教《詩》與音樂、禮儀和德義相結合的特點，是十分明顯的。這雖然是官學教《詩》的情況，但對孔門《詩教》的影響卻是決定性的。因爲即使在「禮崩樂壞」的春秋時代，《詩》在當時上層社會生活中的應用，仍不外儀式、德行與言語等情形。不過從前文引述的《周禮·春官·大司樂》中的記載，我們也看到，周

〔註28〕 如《國語·晉語》引《小雅·皇皇者華》曰：「《周詩》曰：『莘莘征夫，每懷靡及。』」引《大雅·靈臺》，曰：「故《周詩》曰：『經始靈臺，經之營之……』」
〔註29〕 《大戴禮記·投壺》：「凡雅二十六篇，八篇可歌：歌《鹿鳴》、《狸首》、《鵲巢》、《采蘋》、《采繁》、《伐檀》、《白駒》、《騶虞》；八篇廢，不可歌；七篇《商》、《齊》可歌也；三篇間歌。」《周禮·春官》稱《豳風》爲《豳雅》。

代早期的「《詩》教」雖然整體上仍在樂教的籠罩之下，但已經發展出一整套明確與「樂德」與「樂舞」的「興、道、諷、誦、言、語」的「樂語」教育，正如金寶《早期詩教研究》所論：「雖然詩的教授，在西周禮樂文化的背景下，還屬於『樂教』中的一項內容，但是詩的教授已有了自己的教授原則、教授內容，具有了與音樂教授、舞蹈教授分立的相對的獨立性。」所以我們可以稱之爲「樂教」統轄下的「詩教」。〔註30〕

四、「溫柔敦厚」——孔子對春秋《詩》教的總結與繼承

「溫柔敦厚」之說，出自《禮記·經解》：

> 孔子曰：入其國，其教可知也。其爲人也，溫柔敦厚，《詩》教也。疏通知遠，《書》教也。廣博易良，《樂》教也。絜靜精微，《易》教也。恭儉莊敬，《禮》教也。屬詞比事，《春秋》教也。故《詩》之失愚，《書》之失誣，《樂》之失奢，《易》之失賊，《禮》之失煩，《春秋》之失亂。其爲人也，溫柔敦厚而不愚，則深於《詩》者也。疏通知遠而不誣，則深於《書》者也。廣博易良而不奢，則深於《樂》者也。絜靜精微而不賊，則深於《易》者也。恭儉莊敬而不煩，則深於《禮》者也。屬詞比事而不亂，則深於《春秋》者也。

以「六經」稱《詩》、《書》、《禮》、《樂》、《易》、《春秋》，學者多以爲至漢代才確立，至早爲戰國開始出現。《莊子·天運篇》載孔子「治《詩》、《書》、《禮》、《樂》、《易》、《春秋》六經」，爲「六經」之名最早見於文獻者。不少人認爲《詩》、《書》等儒家典籍稱「經」是漢代方有之事，對先秦典籍中出現「六經」之名，甚至只是列舉「六經」的文字，也一概加以懷疑，或者徑視爲後人假託附會之說。因此，《禮記·經解》所引孔子論一國之教，雖未明確提到「六經」之名，但其羅列《詩》、《書》、《樂》、《易》、《禮》、《春秋》之教，又合於「六經」之實。因此，許多學者認爲以「溫柔敦厚」論《詩》教，爲戰國或漢代儒者假託孔子所作。〔註31〕因爲《淮南子·泰族訓》有一段與上引孔子之言相近的言論，朱自清《詩言志辨·詩教》推測「溫柔敦厚」之論「寫定在《淮南》之後」；甚至認爲「溫柔敦厚」一語是由漢代人從孔子

〔註30〕金寶：《早期詩教研究》，吉林大學 2010 年博士論文，第 35 頁。
〔註31〕霍松林主編，漆緒邦等撰：《中國詩論史》（上），合肥：黃山書社，2006 年版，第 30 頁。

「興觀群怨」及「事父」、「事君」之說中「提煉出來的」。〔註32〕這樣的做法，未免疑古太甚。據王鍔《〈禮記〉成書考》，《經解》篇爲戰國中期儒家文獻。其所引孔子語，也絕非向壁虛造。〔註33〕孔子治《詩》、《書》等六種典籍並以之教授弟子，是確鑿無疑的事實。孔子時代是否已將它們合稱「六經」，雖然難以確定，但連羅列「六經」名稱的言論，也認定其必然不出於孔子，恐怕也過於武斷。另外，即使認爲「溫柔敦厚，詩教也」並非孔子的原話的學者，也大多依然認定它無疑反映了孔子及其門徒們的思想，認爲它「正是孔子提出的『中庸』之道在文藝上的反映」。〔註34〕從「溫柔敦厚」曾長期地被視爲孔子及儒家乃至整個中國古代的《詩》教觀念及《詩》學和詩學批評標準這個事實來看，在沒有確實的證據證明《禮記·經解》篇的作者假造孔子言論的情況下，我們認爲，把「溫柔敦厚」說的創論權歸諸孔子，要更合理一些。

那麼什麼是「溫柔敦厚」呢？孔穎達疏曰：「『溫』謂顏色溫潤，『柔』謂情性和柔。《詩》依違諷諫，不指切事情，故云溫柔敦厚是詩教也。」又說：「故《詩》之失愚者，《詩》主敦厚，若不節之，則失在於愚。」又說：「其爲人也，溫柔敦厚而不愚，則深於《詩》者也。此一經以《詩》化民，雖用敦厚，能以義節之，欲使民雖敦厚不至於愚，則是在上深達於《詩》之義理，能以《詩》教民也，故云：深於《詩》者也。」〔註35〕所謂「依違諷諫，不切指事情」，一般被理解爲孔子對作詩或借《詩》對君主進行政治諷諭時要「主文譎諫」〔註36〕、謹守臣道的要求的接受和強調。受此影響，後世對於「溫柔敦厚」之說的解說和接受，往往多偏於文學上柔美含蓄之風，對於那些壯烈激切的作品，就常認爲不符合「溫柔敦厚」的原則。也有人因此以爲「溫柔敦厚」與孔子所提出的「思無邪」、「詩可以怨」等思想不甚相符，與《詩

〔註32〕 朱自清：《詩言志辨·詩教》，華東師範大學出版社，1996年版，第105頁，123頁。《淮南子·泰族訓》：「溫惠柔良者，《詩》之風也；淳龐敦厚者，《書》之教也；清明條達者，《易》之義也；恭儉尊讓者，《禮》之爲也；寬裕簡易者，《樂》之化也；刺幾辨義者，《春秋》之靡也。《易》之失鬼，《樂》之失淫，《詩》之失愚，《書》之失拘，《禮》之失忮，《春秋》之失訾。」

〔註33〕 王鍔：《〈禮記〉成書考》，北京：中華書局，2007年版，第206頁。

〔註34〕 敏澤：《中國文學理論批評史》（上），長春：吉林教育出版社，1991年版，第46頁。

〔註35〕 （漢）鄭玄注，（唐）孔穎達疏：《禮記正義》，北京：北京大學出版社，2000年版，第1598頁。

〔註36〕 《毛詩序》：「主文而譎諫，言之者無罪，聞之者足以戒。」

經》實際上多怨怒激切之詩的情況也並不相合，所以認為此說不但「並非直接出自孔子之口」，而且根本就「是漢儒追加到孔子身上的」，並非孔子《詩》教觀的原意。〔註37〕其實，這些看法並不全面，有些是出於對春秋時代《詩》教實際情況和孔子相關言論的誤解。

陳桐生說：「詩教是中國上古時代禮樂制度的產物，最初它包含在樂教之中。自春秋戰國之際禮樂崩壞之後，詩教才因其具有《詩三百》文本載體而獲得比樂教更為突出的地位。詩教在西周春秋時期本為整個上流社會的文化共識，進入戰國以後才變為儒家的專利。」〔註38〕我們認為，孔子是《詩》之教由樂教的附庸走向獨立的關鍵人物，孔門雖然也有《樂》教，但已與《詩》教分離。而「溫柔敦厚」說的提出，表明孔子對早期官學《詩》教在移風易俗、培養君子人格方面良好作用和意義的肯定和繼承。孔子實際上是《詩三百》的文本化教習傾向的確定者，他以「溫柔敦厚」論《詩》教，雖然主要是指《詩》教的教化民眾禮義行為的效果，但包含了對《詩三百》乃至詩歌對於人的陶染性情、增進修養、培育人格的作用的認識和理解的加深。吳昌政認為：

> 以「詩」作為所有詩篇之泛稱的「詩教」，這個用法是曹魏之際「文學」自覺意識興起，兼以後世詩歌作品累積豐富之後才產生的新的觀念。「詩教」確實從「《詩》教」脫胎，然而「《詩》教」的核心是圍繞著《詩三百》；至於詞意擴張之後，「詩教」轉而偏重於文藝理論當中關於一般詩歌之「教化功能」的討論，已經跳脫了以《詩三百》為核心的意義範圍。〔註39〕

孔子雖然很可能還沒有後世意義上的詩學觀念，但他的《詩》教思想已包含和孕育著後世詩歌創作與詩歌批評鑒賞理論的質素，而且其主要內蘊不僅僅在於、不限於詩歌的「教化功能」。戰國秦漢以來對「溫柔敦厚」說接受、闡說和演繹，正明顯地表現出這樣的特點。這樣一來，「溫柔敦厚」，也就成為我國傳統詩歌創作的重要標準。這裡有民族心理的原因，有儒家思想的緣由，也帶有普遍性的文學發生論和欣賞論及傳播接受論的規律的要求。

〔註37〕 王臣：《溫柔敦厚，非詩教也——《詩經》美學風格的考辨》，《紅河學院學報》，2005 年第 2 期，第 43～44 頁。

〔註38〕 陳桐生：《禮化詩學：詩教理論的生成軌跡·緒論》，北京：學苑出版社，2009年版，第 1 頁。

〔註39〕 吳昌政：《孔子詩教的歷史淵源：試探周代禮官制度中的詩教》，臺灣大學文學院碩士論文，2007 年 7 月，第 2 頁。

徐復觀《釋詩的溫柔敦厚》一文，篇幅僅千餘字，但對孔子「溫柔敦厚」
說的實質，卻有至為精到的見解和論說。他認為，《禮記・經解》中以「溫柔
敦厚」論「詩教」等語，即或不能確定為出於孔子，也應該由先秦儒家遺說
積累提煉而成。他指出，孔子鼓勵子路以「勿欺也，而犯之」的態度事君（《論
語・憲問》），自己應答時君及卿大夫之問，也總是「指切事情」，無所隱護，
怎麼會提出和支持一種「鄉愿性格的詩教」？所以《禮記正義》「依違諷諫，
不指切事物，故云溫柔敦厚，是詩教也」的解釋，「乃是由長期專制淫威下形
成的苟全心理所逼出的無可奈何的解釋。」他認為「溫柔敦厚」是詩教的效果，
而此種效果的達成，乃由於「詩的性格是溫柔敦厚」。而詩有這樣的性格，是
因為詩人在其中流注了溫柔敦厚的感情，併發之以溫柔敦厚的語言及韻律，進
而形成溫柔敦厚的性格。激烈沸熱的情感，經由適當時間的省思和條理，一定
的理智之光的察照，變得中和而有彈性，沉澱得有層次，有深度、含蘊，很可
能還生發出激情狀態下所難有的典型性和普遍性，或更有力的形象和語言形
式，變成更富感染力的詩，這才叫做「溫柔敦厚」的詩。這樣的作品，才能臻
於「抒情詩的極詣」，正如《詩經・國風》中不少詩所達到的高度。〔註36〕

筆者認為，徐復觀對「溫柔敦厚」說的解說，雖然由論《詩》教的教
化養德功能推衍至詩歌的情思、語言、形式和風格等詩學和文學理論的領域
和高度，在本質精神上，卻是符合孔子以《詩》為教的養德、修辭的基本原
則和目的的。他深刻地闡明了「溫柔敦厚」的詩學主張的合理性和真正價值，
也指明了僅從政教諷諫和隱喻譎遠的方向理解這一主張，是對孔子精神的歪
曲和毀棄，可謂真知灼見。而鄭玄以降的解釋，往往使後世的詩人們向隱喻
和含蓄一面進行表現技巧上的追攀和藝術形式上的模擬，失卻抒寫情感應有
的自然本真及熱忱和張力，寫出來的詩變得溫吞晦黯，依違苟且，離孔子所
主張的「溫柔敦厚」的真正要求，照徐復觀的話說，是「降下好幾等」了。

第二節　論「興觀群怨」

《論語・陽貨》：

> 子曰：「小子何莫學夫《詩》？《詩》可以興，可以觀，可以
> 群，可以怨；邇之事父，遠之事君，多識於鳥獸草木之名。」

〔註40〕徐復觀：《中國文學精神》，上海：上海書店出版社，2004年版，第35頁。

在孔子詩教論說中，「興觀群怨」說影響最大，也最受關注。之所以如此，大致原因是：1、與其他跟「詩教」相關的片言隻語不同，此段論說雖篇幅不大，但其綜合性、完整性卻最為突出；2、此說透露孔門《詩經》之教的具體關目；3、此說對後世《詩經》解釋學影響至深；4、此說對後世詩歌創作內容與形式的理論也影響巨大。本節將追索「興觀群怨」說在周代國子教育乃至先周樂教的淵源，探討其在孔門《詩》學教育中的具體含義和應用方式，同時也試圖分析後世對此的各種解說的演變及其原由和特徵。

孔子時代的用《詩》風尚，一則是西周以來原有的嚴格的禮樂制度被破壞，《詩》樂在祭祀、會同、燕飲場合使用的等級和程序不那麼嚴格，僭越和隨意用《詩》的現象層出不窮，不可遏制；一則是各國外交場合的賦詩歌詩的風氣方興未艾，而由西周以來形成的言語引《詩》習慣，在各諸侯國的各種上層下層人物中仍保持而流行著。《詩》作為西周以來上自王侯貴卿，下至一般士人都熟悉的語言材料，同時又保持著在宗教、政治、外交制度領域的較高的禮儀媒介的作用，在孔子以培養從政為目的的有德君子型人才的私學裏，當然成為最重要的科目之一。《孔叢子・雜訓》載子思之言云：「故夫子之教，必始於《詩》、《書》而終於《禮》、《樂》。」〔註41〕說明《詩》教是孔門的入門基礎課。就《論語》中有關學《詩》的重要性的言論，也可見孔子對《詩》之教的格外重視：

> 子曰：興於《詩》，立於禮，成於樂。（《泰伯》）

> 子曰：誦《詩三百》，授之以政，不達；使於四方，不能專對；雖多，亦奚以為？（《子路》）

> （對其子孔鯉：）不學《詩》，無以言。（《季氏》）

> 子謂伯魚曰：女為《周南》、《召南》矣乎？人而不為《周南》、《召南》，其猶正牆面而立也與？（《陽貨》）

以上言論透露出孔門《詩》教的部分目的和內容。而全面反映孔子《詩》學教育的具體內容和相關環節的，是本節開頭所引的「興觀群怨」說。秦漢以後的解詩作詩和品評詩的理論，幾乎都以「興觀群怨」說為基礎。以下筆者將簡要分析「興觀群怨」說的旨意。「事父事君」從倫理說，「多識於鳥獸草木之名」從認識功能說，此處不論。

〔註41〕 （漢）孔鮒：《孔叢子・雜訓第六》，商務印書館叢書集成本，第33頁。

一、論「興」

　　「興觀群怨」四說中，關於「興」的解釋歷來最為紛紜不一。何晏引孔安國云：「興，引譬連類。」這容易讓人向「比興」、「譬喻」等修辭的方向理解。如邢昺疏云：「《詩》可以令人引譬連類，以爲比興也。」〔註42〕而皇侃則徑直說「興謂譬喻也。言若能學《詩》，《詩》可令人爲譬喻也。」〔註43〕從孔子和弟子常用《詩》來打比方看，似乎這樣的理解也有道理。但這只是前文所論的周太師「六詩」之教中「比」和「興」的方法。孔子所說的「《詩》可以興」由之發展而來，其含義要廣泛得多。相較而言，應該還是朱熹「感發志意」〔註44〕的解釋，更能反映和揭示孔子此說在一般的禮義比況之上的審美意蘊。《論語・八佾》載：

　　　　子夏問曰：「『巧笑倩兮，美目盼兮，素以爲絢兮。』何謂也？」
　　子曰：「繪事後素。」曰：「禮後乎？」子曰：「起予者商也！始可與
　　言《詩》已矣。」（《八佾》）

　　因「起」與「興」同義，子夏說《碩人》，往往被視爲孔門《詩》教中「興」法的一個真實例證。又因爲子夏由「素以爲絢」的詩句和孔子「繪事後素」的微言悟出了「禮後」的道理，這次說《詩》活動又常被視爲孔門以禮說詩的證據。有的學者因此認爲孔子所言《詩》可以興」，目的是從《詩》中引申出禮的功能和政治效用，〔註45〕從而把《詩》的社會價值歸結於封建教化的需要，這未免把孔子所說的「興」義狹隘化了。

　　毛毓松在《關於孔子「詩可以興」的理解》一文中說：

　　　　我們認爲，「興」是憑藉讀者的認識能力，根據詩中提供的具
　　體形象，推及到政教義理上去的一種聯想力。這種由此及彼的想像
　　力，就是孔安國所說的「引譬連類」。……「引譬連類」是指在學
　　詩、用詩時，根據實際需要，隨時能「舉其所易明」之詩句或與事
　　理有相似的具體形象，作爲譬況，並由此推及到有關政治道德的禮
　　義法則上去，這種由此及彼的思維能力和思維方法，也就是「聯想

〔註42〕（魏）何晏注：（宋）邢昺疏：《論語注疏》，北京：北京大學出版社，2000
　　　　年版，第269～270頁。
〔註43〕（梁）皇侃：《論語義疏》，轉引自黃懷信：《論語彙校集釋》（下），上海：上
　　　　海古籍出版社，2008年版，第1552頁。
〔註44〕（宋）朱熹：《四書章句集注》，北京：中華書局，1983年版，第178頁。
〔註45〕王妍：《經學以前的〈詩經〉》，上海：東方出版社，2007年版，第176頁。

力」。所以，「詩可以興」，就是可以詩引譬連類，可以詩培養聯想
力。〔註46〕

這一解釋較爲通達。但在筆者看來，孔子說「《詩》可以興」，在實際運
用中可能多在於由《詩》中的具體事象引申出政治禮義的道理，而就「興」
的整體功能論，我們將之理解爲一般的義理情味的感受、領悟和獲得，可能
更準確一些。與「多識於鳥獸草木之名」的對一般事物常識的認知功能相比，
「興」是一種更高級的關於抽象的義理的領會和情思感發，對於士人智慧和
人格的培養更爲重要。比如《論語‧學而》篇所載孔子與子貢的談話，就可
以看出孔門《詩》學「興」法的泛義理化的特點來：

> 子貢曰：「貧而無諂，富而無驕，何如？」子曰：「可也，未若
> 貧而樂，富而好禮者也。」子貢曰：「《詩》云：『如切如磋，如琢如
> 磨。』其斯之謂與？」子曰：「賜也，始可與言詩已矣，告諸往而知
> 來者。」

「告諸往而知來者」，正是聯想的由彼及此或由此及彼的別樣說法。不過
我們也注意到，孔子與子夏論《碩人》之詩而引申出「禮後」之理，與子貢
則是由義理的討論而聯想到《詩》。若把兩種不同過程和向度的說《詩》活動
都看作是「興」，可以讓我們認識到把「《詩》可以興」僅理解爲政教之道和
禮義之學方面的興會，確實是過於偏狹，不見得符合孔子的原意。

從審美和詩學的角度說，孔子所論「興」、「觀」、「群」、「怨」四者之中，
以「興」對《詩》教理論最爲重要，對後世詩歌藝術的創作、欣賞及其理論
的藝術性的加強和提升，影響最爲關鍵和深遠。陳桐生談到這一問題時，對
爲何「興」更具藝術感興特徵的緣由，有很精彩的分析。他指出，詩樂教化
的對象是人，是人的心靈、人的性情、人的品質、人的感性，而「興」所關
涉的正是藝術對人的心靈的觸動、啓迪與感發。藝術感興貫穿於詩歌藝術活
動的全過程，在詩歌創作活動中，藝術靈感的萌生、藝術想像的開展、藝術
意象的構擬和意境的創造，都離不開藝術感興；而詩歌鑑賞過程，也須經由
通過感受、聯想對藝術形象、作者情感和藝術境界進行體悟和再現的藝術感
興的環節。孔子所看重的詩歌的教化功能，也正是受眾在藝術感興過程中得
以實現的，正是這種藝術感興給受眾心靈所帶來的倫理感悟，使人的性情、
品質、思想發生潛移默化的轉變，進而促進人生境界的提升。所以，「興」是

〔註46〕毛毓松：《關於孔子「詩可以興」的理解》，《孔子研究》，1989 年第 3 期。

實現詩樂教化的關鍵因索，「溫柔敦厚」的品質就是通過《詩三百》「興」的作用而得以實現。〔註47〕

　　《禮記‧學記》云：「不學操縵，不能安弦。不學博依，不能安詩。不學雜服，不能安禮。不興其藝，不能樂學。故君子之於學也，藏焉修焉，息焉遊焉。」「博依」謂廣泛的比喻，懂得和學會比喻，是理解和應用《詩》的基礎。「興藝」、「樂學」之說，「息焉遊焉」之說，體現的正是「興」的「引譬連類」、「感發意志」的環節和作用，都說明儒家詩學不單是功利化的，而且也是審美化的。

二、論「觀」

　　「觀」，鄭玄云：「觀風俗之盛衰」，邢疏：「《詩》有諸國之風俗，可以觀覽知之也。」朱熹《集注》：「考見得失。」這顯然是由古代典籍中諸如「采詩」、「陳詩」以觀風〔註48〕的記載而來的解釋。周太師的「六《詩》」之教想必也包含借《詩》觀某時某國的風俗政治的內容。孔子當然也是認同這一點的。《孔子詩論》第3簡說：

　　　　……也，多言難，而情懟者也，衰矣，少矣。《邦風》，其納物
　　也，溥觀人俗焉，大斂材焉。其言文，其身善。

　　第4簡說：

　　　　……曰：詩，其猶平門，與賤民而逸之，其用心也將何如？曰：
　　《邦風》是也。民之有罷惓也，上下之不和者，其用心也將何如？

　　第2簡說：

　　　　……寺也。文王受命矣。《訟》，坪德也，多言後，其樂安而遲，
　　其歌紳而易，其思深而遠，至矣。《大夏》，盛德也，多言……〔註49〕

　　在孔子看來，借《詩》可以觀照瞭解歷代盛衰和古今治亂。不但觀《風》可知民情世俗，觀《小雅》可知下臣之怨懟，政事之衰，觀《大雅》也可知

〔註47〕陳桐生：《禮化詩學》，北京：學苑出版社，2009年版，第114頁。
〔註48〕《國語‧周語》：「天子聽政，使公卿至於列士獻詩。」韋注：「獻詩以風也。」
　　　　《禮記‧王制》：「命太師陳詩而觀民風。」孔疏：「各陳其國風之詩，以觀其
　　　　政令之善惡。」《尚書大傳》作「命大師陳詩以觀民風俗」，《漢書‧藝文志》：
　　　　「古有采詩之官，王者所以觀風俗，知得失，自考正也。」《孔叢子‧巡守》：
　　　　「（古天子）命史采民詩謠，以觀其風，命市納賈，察民好惡，以知其志。」
〔註49〕馬承源主編：《上海博物館藏戰國楚竹書（一）》，上海：上海古籍出版社，2001
　　　　年版，第127～131頁。

君王之盛德，觀《頌》可知天命之所歸。《詩》被當作某種風俗史和政治史來看待，這大概就是「《詩》亡而後《春秋》作」的觀念和說法的由來吧。《左傳・襄公二十九年》所載的著名的季札在魯國觀樂之事，正是借《詩》以觀天下國家的興衰治亂的一個典型實例。

春秋時賦詩言志活動風行，《詩》也成為「觀志」的憑藉。《左傳・襄公二十七年》載鄭伯享趙孟於垂隴，趙孟曾根據子展等七人賦詩預測其未來命運：

> 鄭伯享趙孟於垂隴，子展、伯有、子西、子產、子大叔、二子石從。趙孟曰：「七子從君，以寵武也，請皆賦，以卒君貺。武亦以觀七子之志。」子展賦《草蟲》。趙孟曰：「善哉！民之主也！抑武也不足以當之。」伯有賦《鶉之賁賁》。趙孟曰：「床第之言不逾閾，況在野乎！非使人之所得聞也。」子西賦《黍苗》之四章。趙孟曰：「寡君在，武何能焉！」子產賦《隰桑》。趙孟曰：「武請受其卒章。」子大叔賦《野有蔓草》。趙孟曰：「吾子之惠也！」印段賦《蟋蟀》。趙孟曰：「善哉！保家之主也！吾有望矣。」公孫段賦《桑扈》。趙孟曰：「『匪交匪敖』，福將焉往！若保是言也，欲辭福祿，得乎！」卒享，文子告叔向曰：「伯有將為戮矣。詩以言志。志誣其上而公怨之，以為賓榮，其能久乎？幸而後亡！」叔向曰：「然。已侈。所謂不及五稔者，夫子之謂矣。」文子曰：「其餘皆數世之主也。子展其後亡者也，在上不忘降。印氏其次也，樂而不荒。樂以安民，不淫以使之，後亡，不亦可乎！」

趙孟提議賦詩，一則曰「卒君貺」，再則曰「觀七子之志」，說明賦詩言志在當時是歌舞娛賓的禮儀功能和借詩言志、觀志的交流功能兼備的宴飲環節，從其實際的經過看，參與者對賦詩活動交流思想、觀察志意之目的的重視，顯然超過了宴樂儀式功能。類似的借賦詩觀志活動，還有《左傳・昭公十六年》韓宣子請鄭六卿「皆賦」「以觀鄭志」。這次賦詩活動中，韓宣子與趙孟一樣，不單根據鄭國六卿所賦之詩觀察他們各自的志意，瞭解他們的德識，推測他們的未來，而且也藉此觀整個鄭國的一國之志。通過宴會所賦之詩預測出各人的命運，這顯然是更複雜更難以把握的觀人知事的技能，具有十足的神秘性。過常寶認為「這個神秘性與詩歌本身固有的神聖性占卜功能有關」他說：

> 「賦詩言志」是一套專業性話語，它的外在形式，是外交禮節

和表達見解，而它的內核則是通過詩歌來把握命運，它在本質上仍
然是一種謠占。〔註50〕

其實這種借詩觀人的預測儘管有一定神秘性，但畢竟不同於通常的「謠占」。在孔子那裡，他可能並不見得十分看重這種預測式的神秘性的「觀」。《論語·先進》載：「南容三復白圭，孔子以其兄之子妻之。」《史記集解》引孔安國云：「《詩》云：『白圭之玷，尚可磨也；斯言之玷，不可為也。』南容讀《詩》至此，三反之，是其心敬慎於言。」〔註51〕孔子由南容「三復白圭」的行為中，察知了南容「敬慎於言」的性格特點。在平居時的待人接物中，通過分析一個人所喜好的《詩》篇，可以體察其心意和志趣，這也是「觀」。這是孔子「《詩》可以觀」說在現實中的應用，顯然頗具合理性，並不神秘。

《尸子·卷下》載：

孔子曰：誦《詩》讀《書》，與古人居；讀《書》誦《詩》，與古人謀。

其中就包含著讀《詩》《書》可以觀古知今的意思。也就是說，《詩》可以讓人觀照古人的生活環境和處世之道，給人以現實的啟發。〔註52〕

綜上，「《詩》可以觀」包含瞭解風俗厚薄、政治治亂，觀察政治人物的思想意圖以及體察一般人的性情修養和人格追求等多個方面。大體上我們可以說，孔子《詩》教之「觀」，已涉及文學作品反映的社會歷史和現實生活的內容，文學作品在讀者意識和情感中的二次解讀，以及作品經接受後外化為讀者情志，又傳達與他者的文學解讀、鑒賞、表意及領悟隱喻等諸多複雜的環節和過程，顯然已不是周太師「六詩」之教的簡單的釋辭知樂的初步認知和實用操作了。

三、論「群」

「群」，孔安國釋為「群居相切磋」。那麼前述借《詩》「興」己之志及「觀」人之志的活動，若經過交流，如孔子與子夏、子貢的論詩，也算是「群」了。

〔註50〕過常寶：《原史文化及其文獻研究》，北京：北京大學出版社，2008 年版，第81 頁。
〔註51〕（南朝宋）裴駰：《史記集解》，見司馬遷：《史記》，北京：中華書局，1959年版，第 2209 頁。
〔註52〕趙遠夫主編：《先秦文論全編要詮》，北京：人民文學出版社，2010 年版，第573 頁。

楊樹達《疏證》：「春秋時期聘宴享動必賦《詩》，所謂『可以群』也。」孔子的想法可能側重點並不在此。這裡的「可以群」，應當是偏於「合眾人」、「樂群」的意思。《荀子・王制》云：「（人）力不若牛，走不若馬，而牛馬為用，何也？曰：人能群，彼不能群也。人何以能群？曰：分。分何以能行？曰：義。」又曰：「君者，善能群也。」〔註53〕這裡的「群」，是指人類能協作一致達成社會化的能力。通過《詩》篇能提供的人群的共同記憶和共同意志，人群可以建立起充分的認同感，個體的情感思想得以交流協調，各自的欲望和利益可以通過《詩》的禮樂平衡，矛盾和衝突也可由此化解消除，這就是《詩》達到的組織協調的功能。朱熹釋「可以群」曰「和而不流」。今人黃懷信曰：「群，亦動詞，謂使人合群，不孤立。」〔註54〕可謂得之。所謂「禮不下庶人」，知《詩》與用《詩》，曾經是上層貴族文化優越感和身份高等感的體現。到了孔子那裡，則更主要地成為君子言辭修養和社會交際的科目和媒介，成為一種和合同志的方式，追求高雅的舉動。

四、論「怨」

孔子《詩》「可以怨」之說，孔安國注云「怨刺上政」，朱熹注云「怨而不怒」，大致符合孔子的原意，但沒有反映孔子也注意到了詩人一般的憂怨悲憤之情的抒寫及其合理性。

「怨」與「興」、「觀」、「群」相比，更為看重個體的情感和意見的表達，但從《詩》的功能或用《詩》的方法看，實際上仍主要是指臣下借《詩》的藝文來寄託和傳達不滿和異見。在這一過程中，《詩》仍然是賦詩言志或借詩達情時可資比擬或譬喻的語言、義理資源，是雙方都熟悉和明瞭的共同媒介和形式。《詩序》中往往把這種「刺」說成是詩人之本旨，這自然問題很大。但就用詩角度看，其實是恰當的。一個人對於時政和君主的看法可能極其負面和反對，情緒可能極怨恚甚至到了激烈的地步，這些實際的情志，字面上當然可以用「怨」、「懟」、「譏」、「刺」來理解和表示，不論實際上是多麼激烈乃至尖刻，只要它們是以「不斥言之」的含蓄方式借《詩》言說，表達上多了一層，溝通的願望和誠意就顯得實在一些，那它們本身就是「溫柔敦厚」的了。就被借用的《詩》本身說，也許不那麼客氣、溫厚，但這種借用的形

〔註53〕 （戰國）荀況著；（清）王先謙集解：《荀子集解》，北京：中華書局，第 164 頁。
〔註54〕 黃懷信：《論語彙校集釋》，上海：上海古籍出版社，2008 年版，第 1554 頁。

式，在抒怨顯懟的實際與其借古諷今的策略之間，恰恰加上了一層中庸的色彩，使被「刺」者不那麼難以接受。關於這一點，我們可以從漢代王式「以《三百篇》諫」的自我辯白中得到部分證明。據《漢書・儒林傳》，漢昭帝死，昌邑王劉賀嗣立。但昌邑王繼位後「以行淫亂廢」，對其負有教益諫阻之任的群臣「皆下獄誅」，唯有中尉王吉、郎中令龔遂因為確曾「數諫」昌邑王，故罪減一等而免死。王式是昌邑王的老師，「繫獄當死」。面對主事審問者「師何以無諫書」的責問，他以一番堂皇的答語自辯，最終也得「以免死論」：

> 臣以《詩》三百五篇朝夕授王，至於忠臣孝子之篇，未嘗不為
> 王反覆誦之也；至於危亡失道之君，未嘗不流涕為王深陳之也。臣
> 以三百五篇諫，是以無諫書。〔註55〕

王式「以三百五篇諫」，正是「詩可以怨」的注腳。與諫書的直截了當相比，反覆諷誦「忠臣孝子之篇」，流涕深陳「危亡失道之君」，不正是「怨刺上政」的曲折含蓄的形式嗎？

《後漢書・劉陶傳》載劉陶的上疏，形式上自然屬於「諫書」，但也可以看作王式所謂「以三百五篇諫」的一個具體例證：

> 臣嘗誦《詩》，至於《鴻雁》「於野」之勞，哀勤「百堵」之事
> （《小雅・鴻雁》：「之子于征，劬勞於野」，「之子于垣，百堵皆作」），
> 每喟爾長懷，中篇而歎。近聽征夫饑勞之聲，甚於斯歌。是以追悟
> 匹婦吟魯……〔註56〕

劉陶對於現實中的「征夫饑勞之聲」不直接上陳，而是借《鴻雁》詩人怨歎來作比照，是以《詩》「怨刺上政」的一個實例。朱自清說他「悼古傷今，藹然仁者之言，可作『溫柔敦厚』的一條注解」〔註57〕，是十分恰當的。

上面的例子可以說是用《詩》的「怨」。那麼，孔子對作《詩》之怨是否有深切的體會和認識呢？當然是有的。我們知道，《詩經》中的怨刺詩很多。《風》詩中的《新臺》、《牆有茨》、《鶉之奔奔》、《相鼠》、《伐檀》、《碩鼠》、《株林》等詩，諷刺之尖刻，抨擊之激烈，很難說本身是「溫柔敦厚」的。即如《小雅》、《大雅》中的《節南山》、《正月》、《十月之交》、《雨無正》、《小旻》、《大東》、《四月》、《北山》、《民帶》、《桑柔》、《瞻卬》、《召旻》等，大

〔註55〕（漢）班固：《漢書・儒林傳》，北京：中華書局，1962年版，第3610頁。
〔註56〕（南朝宋）范曄：《後漢書》卷57，《杜樂劉李劉謝列傳》，北京：中華書局，
　　　　1965年版，第1847頁。
〔註57〕朱自清：《詩言志辨》，上海：華東師大出版社，1996年版，第116頁。

多是處於上層貴族士大夫所作的政治諷諭詩，對不滿怨懟之情的抒寫表達，實際上也是較爲直白的。司馬遷說：「《詩》三百篇，大抵聖賢發憤之所爲作也。此人皆意有所鬱結，不得通其道也，故述往事，思來者……」「述往」「思來」云云，當然是綜合文王演《易》、仲尼作《春秋》、屈原賦《離騷》等而言，而《詩經》中有許多作品是心有鬱結的發憤抒怨之作，也是不爭的事實。孔子所言的「《詩》可以怨」，是指作詩者的抒懷發憤之怨，還是用詩者的借題抒憤之怨呢？這裡的關鍵問題是，上文已對用詩角度的「怨」作了論證，孔子是否對作詩以排憂釋憾的創作現象有較自覺的認識，並且用以理解和闡說《詩經》中大量存在的怨刺類作品的本事與原意呢？

前所引上博簡《孔子詩論》第二至五簡中，孔子對於《小雅》中多表達國事多艱、政治昏亂的怨懟之情，《國風》中多體現因統治者「殘民」而導致「上下不和」的百姓「罷惓」〔註58〕之情，明確地表示了肯定。在《詩論》中，孔子對《十月》、《小弁》、《巧言》、《祈父》、《節南山》、《雨無正》及《邶風·柏舟》、《北風》的評論，就都表現了他對作詩本旨的怨刺性質的認識和理解。如以爲《雨無正》、《節南山》「皆言上之衰也，王公恥之」，以爲《小弁》、《巧言》「則言讒人之害也」等，這些都是從詩人的創作動機和作詩之義的角度評說的。

《郭店楚墓竹簡·語叢一》：「《詩》所以會古今之詩者也。」〔註59〕按：後一個「詩」字當讀爲「志」。「會古今之志」，可能正是儒家《詩》教的基本原則和理路。一個「會」字所體現的，正是對作詩之情志和用詩之義旨的雙向認知和看重。從這個角度說，孔子對於《詩經》的教習，雖確實是有鮮明的政治功利色彩。但我們顯然可以感受到，他「《詩》可以怨」的論說中，也隱含著孟子「知人論世」和「以意逆志」說的先導。

總之，孔子《詩》教重興、觀、群、怨，雖然主要是從政教德治言語諷論的角度出發，但其內在精神和思想方法，也包含了詩歌創作中的感發意志和詩歌接受傳達情意的涵義。一方面，我們可以說中國文學，尤其是詩歌的功利主義特徵是由孔子奠定的；另一方面，我們也要認識到，由於《詩經》在周王朝的傳承習慣和尊崇地位，它向來被視作政教德治和禮樂制度的重要載體和途徑，而孔子以《詩》爲教，在保留了以德解詩方式，以政教致用的目的的同時，也使《詩經》逐漸脫離了禮樂儀式束縛，開始了文本化的傳習與應用。這對後

〔註58〕 「罷惓」，亦有學者釋爲「感患」，則更符合「怨」的精神。
〔註59〕 李零：《郭店楚簡校讀記》（增訂本），北京：北京大學出版社，2002年版，第160頁。

世《詩》學觀念的文學化，是有著深遠的影響的。「興觀群怨」及「事父事君」與「多識於鳥獸草木之名」的評說，不但深刻地影響了後世解《詩》的理論和方法，同時也影響了後世文人詩歌創作的目的、態度、內容和藝術形式。

第三節　孔子《詩》教思想的影響和文學意義

在先秦、兩漢、唐宋、明清、近現代各個時期裏，人們對《詩三百》的看法都有不同。它曾被當做禮樂制度的載體、禮儀教育的媒介，被看成是周代政治和風俗史，是政治治亂與禮制成敗的教科書；又曾被視爲道德義理的淵藪、事象人情的彙編，是士人學習知識和增進智慧的百科全書，浸染禮儀、磨勵德操的指南。即便是它有時被視爲詩之根源和典範，也由於處在經學中的不二地位不被真正視作純文學作品。當然，我國近代以前，實際上也沒有出現嚴格意義上的「純文學」的概念。純文學的概念即使有，也是朦朧不清，或名實不符的。比如《詩經》中的篇章，不能被看作後世文士純爲娛情遣興、雕琢章句而創作的工於「藝」的作品；而民間的歌唱也被指爲鄙俚不雅，連「藝」也談不上。我們應該看到，孔子以「溫柔敦厚」論一國的《詩》教成果，以「興觀群怨」論學《詩》的功用，雖然本來是一時一地的議論，還不是把《詩》當作後世尤其是現代人理解的詩歌來談它的教育和審美功能與意義。「溫柔敦厚」從《詩》教功用到詩歌創作風格要求和批評鑒賞標準，「興觀群怨」從解《詩》用《詩》方法到作詩精神，都經歷了一個曲折而複雜的過程。但從孔子的說詩言論中，我們也感到他已經開始對《詩》的審美價值有相當的重視，孔門《詩》教已經對於《詩》作爲「藝」〔註60〕的特徵有了較多的認識。

一、屈原詩「怨憤」與「婉順」之爭

後世詩歌創作與批評中，有常常以「詩可以怨」與「溫柔敦厚」之說相互攻難者。漢代人關於屈原的爭論，就是一個典型的例子。

創作了《離騷》、《哀郢》等作品的屈原，在漢代人眼裏，是抒幽憤發怨懟者的典型。我們看看他們關於屈子之作是否合於「溫柔敦厚」的《詩》教原則的爭論，就可以瞭解「《詩》教」理論由用《詩》功能說向作詩風格論轉變過程的衝突和矛盾。

〔註60〕《論語・述而》：「子曰：『志於道，據於德，依於仁，游於藝。』」知《詩》用《詩》顯然包含在「藝」之內。

《史記‧屈賈列傳》云：

> 屈平疾王聽之不聰也，讒諂之蔽明也，邪曲之害公也，方正之不容也，故憂愁幽思而作《離騷》。「離騷」者，猶離憂也。夫天者，人之始也；父母者，人之本也。人窮則反本，故勞苦倦極，未嘗不呼天也；疾痛慘怛，未嘗不呼父母也。屈平正道直行，竭忠盡智，以事其君，讒人間之，可謂窮矣。信而見疑，忠而被謗，能無怨乎？屈平之作《離騷》，蓋自怨生也。《國風》好色而不淫，《小雅》怨誹而不亂。若《離騷》者，可謂兼之矣。上稱帝嚳，下道齊桓，中述湯、武，以刺世事。明道德之廣崇、治亂之條貫，靡不畢見。其文約，其辭微，其志潔，其行廉。其稱文小而其指極大，舉類邇而見義遠。其志潔，故其稱物芳；其行廉，故死而不容。自疏濯淖污泥之中，蟬蛻於濁穢，以浮游塵埃之外，不獲世之滋垢，皭然泥而不滓者也。推此志也，雖與日月爭光可也。〔註61〕

據班固《離騷序》，「《國風》好色而不淫」至「雖與日月爭光可也」一段文字，是淮南王劉安《離騷傳敍》中的評論。〔註62〕劉安以「《小雅》怨誹而不亂」比《離騷》，評價不可謂不高，也從正面肯定了屈原以詩作抒發怨憤的說法。司馬遷則十分同情屈原的遭憂處窮的命運，以毋庸置疑的口氣替屈原抱屈：「信而見疑，忠而被謗，能無怨乎！」明確地指出《離騷》是「自怨生也」，毫無保留地肯定了以詩抒怨的正當性和合理性。

但班固對此卻不認同。對於淮南王劉安對屈原的讚美，他有所保留，認為「斯論似過其眞」：

> 且君子道窮，命矣。故潛龍不見是而無悶。《關雎》哀周道而不傷。蘧瑗持可懷之智，甯武保如愚之性，咸以全命避害，不受世患。故《大雅》曰：既明且哲，以保其身。斯爲貴矣。今若屈原，露才揚己，競乎危國群小之間，以離讒賊。然責數懷王，怨惡椒、蘭，愁神苦思，強非其人，忿懟不容，沉江而死，亦貶潔狂狷景行之士。多稱崑崙、冥昏宓妃虛無之語，皆非法度之正，經義所載。謂之兼《詩》風雅，而與日月爭光，過矣！然其文弘博麗雅，爲辭賦宗。後世莫不

〔註61〕（漢）司馬遷：《史記‧屈原賈生列傳》，北京：中華書局，1959年版，第2482頁。

〔註62〕（漢）班固：《離騷序》，王逸：《楚辭章句》引，見洪興祖：《楚辭補注》，北京：中華書局，1957年版，第83～84頁。班固所引，無「上稱帝嚳……故死而不容自疏」一段文字。

斟酌其英華，則象其從容。……雖非明智之器，可謂妙才者也。〔註63〕

固窮守道、明哲保身云云，不過是老生常談。令班固眞正感到不滿的，實際還是《離騷》中所表現的對君主朝臣的切責怨懟之情，不夠含蓄溫潤；屈原借叩天閽、求宓妃、遠遊崑崙西極表達的對楚國現實、懷王的極度不滿之情，以及寧死不妥協的剛烈之志，都讓他感到不夠平和，太激烈直率，「皆非法度之正，經義所載」，所以才有「露才揚己」、忿懟沉江的譏評。我們看到，班固對「《詩》可以怨」的精神無所把握，對「溫柔敦厚」也只能作溫潤含蓄一方面的理解，殊失孔子原意。

到東漢末王逸作《楚辭章句》時，又就班固的批評爲屈子作了辯駁：

　　且人臣之義，以忠正爲高，以伏節爲賢。故有危言以存國，殺
　身以成仁。是以伍子胥不恨於浮江，比干不悔於剖心，然後忠立而
　行成，榮顯而名著。若夫懷道以迷國，詳愚而不言，顚則不能扶，
　危則不能安，婉娩以順上，逡巡以避患，雖保黃耇，終壽百年，蓋
　志士之所恥，愚夫之所賤也。今若屈原，膺忠貞之質，體清潔之性，
　直若砥矢，言若丹青，進不隱其謀，退不顧其命，此誠絕世之行，
　俊彥之英也。而班固謂之「露才揚己」，「競於群小之中，怨恨懷王，
　譏刺椒、蘭，苟欲求進，強非其人，不見容納，忿恚自沉」，是虧其
　高明，而損其清潔者也。昔伯夷、叔齊讓國守分，不食周粟，遂餓
　而死，豈可復謂有求於世而怨望哉。且詩人怨主刺上，曰：「嗚呼！
　小子，未知臧否，匪面命之，言提其耳！」風諫之語，於斯爲切。
　然仲尼論之，以爲大雅。引此比彼，屈原之詞，優游婉順，寧以其
　君不智之故，欲提攜其耳乎！而論者以爲「露才揚己」、「怨刺其上」、
　「強非其人」，殆失厥中矣。〔註64〕

王逸反駁班固，除譏諷其全身保命的佯愚避患並非忠貞志士的作爲外，主要還是就其嫌屈原譏刺太切直，怨憤太激烈作了辯白。他舉《大雅・抑》那樣的要對君主耳提面命的激切言辭作對比，反而認爲屈原《離騷》的詞氣「優游婉順」，要委婉平和得多，當然就不存在所謂「露才揚己」、「怨刺其上」、「強非其人」的問題了。在這篇《敘》中，王逸認爲屈原「履忠被譖，憂悲

〔註63〕（漢）班固：《離騷序》，（漢）王逸：《楚辭章句》引，見（宋）洪興祖：《楚辭補注》，北京：中華書局，1957年版，第83～84頁。
〔註64〕（漢）王逸：《離騷敘》，（漢）王逸章句；（宋）洪興祖補注：《楚辭補注》，北京：中華書局，1957年版，第79～82頁。

愁思，獨依詩人之義而作《離騷》，上以諷諫，下以自慰；遭時闇亂，不見省納，不勝憤懣，遂復作《九歌》以下凡二十五篇。……」在肯定屈原不悖詩人諷諫之義的同時，顯然也承認他自抒幽怨和憤懣的合理性。他又認為「《離騷》之文，依《詩》取興，引類譬喻」，看來在他心目中《離騷》和《九歌》等怨憤之作，也是符合「溫柔敦厚」之致和「興觀群怨」之義的。

齊梁時的劉勰在其《文心雕龍·辨騷》篇中，對屈原《離騷》給予了極高的評價，他說：

　　自《風》、《雅》寢聲，莫或抽緒，奇文郁起，其《離騷》哉。
　　固已軒翥《詩》人之後，奮飛辭家之前。豈去聖之未遠，而楚人之多材乎！

「軒翥《詩》人」及「去聖未遠」之說，透露出劉勰為何將《辨騷》與《原道》、《徵聖》、《宗經》、《正緯》篇同列「文之樞紐」論的用意，也表明他對屈原創作《離騷》與孔子及「六經」在精神上相通的認識。因此上述評價不可謂不高。接著，他又回顧了自劉安以來對屈原及其《離騷》的褒貶抑揚之爭，並提出了自己的看法和評價：

　　昔漢武愛《騷》，而淮南作傳，以為「《國風》好色而不淫，……雖與日月爭光可也」。班固以為「露才揚己，忿懟沉江，……雖非明哲，可謂妙才。」王逸以為「《詩》人提耳，屈原婉順，《離騷》之文，依經立義：……百世無匹者也。」及漢宣嗟歎，以為「皆合經傳」；揚雄諷味，亦言「體同《詩·雅》」。四家舉以方經，而孟堅謂不合傳體，褒貶任聲，抑揚過實，可謂鑒而弗精，翫而未覈者也。將覈其論，必徵言焉。故其陳堯、舜之耿介，稱禹、湯之祗敬，典誥之體也。譏桀、紂之猖狂，傷羿、澆之顛隕，規諷之旨也。虯龍以諭君子，雲蜺以譬讒邪，比興之義也。每一顧而掩涕，歎君門之九重，忠怨之辭也。觀茲四事，同於風雅者也。……固知《楚辭》者，體憲於三代，而風雜於戰國，乃《雅》《頌》之博徒，而辭賦之英傑也。觀其骨鯁所樹，肌膚所附，雖取熔經意，亦自鑄偉辭。〔註65〕

對於《離騷》，褒之者將其與「六經」平列，「舉以方經」；貶之者認為其

〔註65〕　（梁）劉勰著；郭晉稀注譯：《白話文心雕龍》，長沙：嶽麓書社，1997年版，
　　　　　第38～41頁。

乖違聖意,「不合傳體」,劉勰都不予認同,認爲他們「褒貶任聲,抑揚過實」。不過,很有意思的是,在劉勰評價《離騷》的所謂「同於風雅」的「四事」中,大致而言,陳堯舜、稱湯禹,譏桀紂、傷羿澆,雖云「典誥之體」、「規諷之旨」,其實與「興」、「觀」二義相合;「君子」「讒邪」之譬喻,雖曰「比興之義」,但比而有辨,看來與「群」相關;至於顧涕歎息的「忠怨之辭」,顯然是「可以怨」之屬了。這樣的契合,可能不是有意爲之,但也說明「興觀群怨」說由學《詩》功能過渡到作詩要求的事實。正如有的學者所言,「《詩》教」至此一變而爲「詩教」了。〔註66〕這也說明,「《詩》可以怨」之說也是合於孔子「溫柔敦厚」的《詩》教精神的。

二、「溫柔敦厚」與「《詩》可以怨」的統一性

不少學者都注意到孔子《詩》說中「《詩》言志」、「思無邪」及「興觀群怨」諸說與「溫柔敦厚」之間的不契合。比如清代沈德潛倡「格調說」,力主「溫柔敦厚」之風,袁枚就不認同:

> 至所云:詩貴溫柔,不可說盡,又必關係人倫日用。次數語有褒衣大袑氣象,僕口不敢非先生,而心不敢是先生。何也?孔子之言,戴經不足據也,惟《論語》爲足據。子曰「可以興,可以群」,此指含蓄者言之,如《柏舟》《中谷》是也;曰「可以觀,可以怨」,此指說盡者言之,如「豔妻煽方處」、「投畀豺虎」之類是也;曰「邇之事父,遠之事君」,此詩之有關係者也;曰「多識於鳥獸草木之名」,此詩之無關係者也。僕讀詩常折衷於孔子,故持詩不得不小異於先生,計必不以爲僭。〔註67〕

袁枚對漢以後流行的以「溫柔敦厚」解《詩》、以「溫柔敦厚」爲作詩原則的觀念和做法,表示同樣否定的態度。事實上他甚至對此說是否出自孔子或是否孔子原意,也持懷疑態度:

> 《禮記》一書,漢人所述,未必皆聖人之言。即如「溫柔敦厚」四字,亦不過詩教之一端,不必篇篇如是。二《雅》中之「上帝板板,下民卒癉」,「投畀豺虎,投畀有北」,未嘗不裂眥攘臂而呼,何

〔註66〕 李凱:《儒家元典與中國詩學》,北京:中國社會科學出版社,2002年版,第87頁。

〔註67〕 (清)袁枚:《答沈大宗伯論詩書》,《小倉山房詩文集》,上海:上海古籍出版社,1988年版,第1503~1504頁。

敦厚之有？故僕以孔子論詩，可信者「興觀群怨」也，不可信者「溫柔敦厚」也，或者夫子有爲言之者。夫言豈一端而已，亦各有所當也。〔註68〕

袁氏退一步說：「溫柔敦厚」可能是「夫子有爲言之也」，是愼重有理的看法。孔子本來就是論一國教育在民眾道德禮義的培育方面的效果的。「溫柔敦厚」是「《詩》教」的基本成果，理想的境界是「溫柔敦厚而不愚」！所以這一提法雖然跟「興觀群怨」說有所不同，但也並非兩不相容。相反，兩者是互相符合的。

朱自清說：「我們覺得以『思無邪』論詩，眞出於孔子之口，自然比『溫柔敦厚』一語更有分量；但當時去此取彼，卻由於道學眼。其實這兩句話一正一負，足以相成，所謂『合之則兩美』。」〔註69〕我們對孔子「溫柔敦厚」與《詩》可以怨」兩說之間的差異，也應該作如是觀。如果對「溫柔敦厚」有過於偏狹的理解，就無法領略和欣賞那些怨怒激越的作品的美感和力量了。比如，清代王夫之論詩主「神韻」，即以孔子「溫柔敦厚」說爲理論根據。但他對杜甫「朱門酒肉臭，路有凍死骨」之句，竟視爲「宋人謾罵之祖，定是風雅一厄」。〔註70〕在他看來，這是「杜陵忠孝之情不逮，乃求助於血勇」，就做不到那麼「主文譎諫」含蓄溫婉了。

三、孔子《詩》教思想的文學意義

陳桐生把上古至漢代《毛詩序》問世期間詩教理論的發展歷程分爲五個階段：1.《詩三百》問世以前：萌芽期；2.西周至春秋：初見輪廓期；3.孔子—七十子—子思學派—孟子時期：理論建構期；4.漢初：說《詩》體系的構建期；5.西漢中葉以後詩教理論定型期。〔註71〕這一歷程的概括描述有某種進化論的味道，雖然有其特定角度和總體上的正確性，但我們注意到，它並不能完全反映自三代至漢的「詩教」內涵和特徵的變化的複雜性。一則，漢以後詩教

〔註68〕（清）袁枚：《再答李少鶴書》，《小倉山房尺牘》卷十，杜就田署：《足本隨園全集 第9冊》，第76～77頁。

〔註69〕朱自清：《詩言志辨・詩教》，上海：華東師範大學出版社，1996年版，第138～139頁。

〔註70〕（清）王夫之：《唐詩評選》卷二《後出塞》評語。北京：文化藝術出版社，1997年版，第60頁。後句見同書卷三，第133頁。

〔註71〕陳桐生：《禮化詩學：詩教理論的生成軌跡》，北京：學苑出版社，2009年版，第17～18頁。

理論仍有較爲複雜的發展和演化過程；再則，更重要的是，就對中國古代詩學理論的影響和貢獻而言，恐怕還是孔子的「興觀群怨」及「溫柔敦厚」說最爲根本和最爲深遠。

朱自清曾指出：「孔子的時代正是《詩》以聲爲用到《詩》以義爲用的過渡期。」這是非常精闢的見解。不過他又認爲「《詩》教意念」到漢代才形成並得到發展；而且說「不過無論怎樣發展，這意念的核心只是德教、政治、學養幾方面——阮元所謂政治言行——也就是所謂『興、觀、群、怨』。『溫柔敦厚』一語，便從這裡提煉出來。」〔註72〕這一估計基本上等於認爲「《詩》教」直到漢代仍然只有政治教化實用功能而無審美功能，未免過於保守。

張高評說：

> 儒家主張以詩教人，使人得溫柔敦厚之詩教；又教人作詩，令詩諷諫而不直斥，而有溫厚之風格。溫柔敦厚，本指作者之性情，又是作品的表現方法，最終體現爲詩的風格。溫柔敦厚之詩教，與中庸之道所謂「怨而不怒，樂而不淫，哀而不傷」；以及真善美追求、中和、和諧美學、比興含蓄詩法，主文譎諫方式，多有關係，交相形成中國詩學詩教說之網絡。宋代及清代詩話，討論頗多。〔註73〕

一般說來，孔子的時代，文學尚未獨立，是「只有詩而無詩人的時代」，〔註74〕除了那些主旨明確的儀式樂歌與數量不多的直刺時政的作品外，人們似乎不大重視詩人作詩時的本義本事。孔子論「溫柔敦厚」和「興觀群怨」，都不是爲作詩歌抒情思而發的，本來都是「《詩》教」功能論。但是，我們也可以作出適當的推測：詩人作詩應當格調中和，「發乎情，止乎禮義」，孔子未必不認同；雖然這種觀念在戰國時屈原宋玉之後，文學作品的創作成爲傳統的「立功」、「立德」、「立言」之外的自我價值樹立方式，才成爲文人學士的較爲自覺的認識，也就是直到這時，「發憤抒情」才能成爲作者操筆弄文，留下篇章於後世的理由。所以，孔子若處在漢代，遇見史遷，未必不會惺惺相惜，莫逆於心。只不過孔子時代，還沒有獨立的文學創作的觀念罷了。但

〔註72〕 朱自清：《詩言志辨·詩教》，上海：華東師範大學出版社，1996 年版，第 123 頁。
〔註73〕 張高評：《經學與文學的會通》，《長江學術》，2007 年第 4 期，第 34 頁。另參
　　　　劉健芬：《「溫柔敦厚」與民族的審美特徵》，《古代文學理論研究》第十三輯，
　　　　上海古籍出版社 1988 年版；鄧新華：《中國古代接受詩學》，武漢出版社 2000
　　　　年版，第 59～63 頁。
〔註74〕 馬銀琴：《論孔子詩教主張及其思想淵源》，《文學評論》，2004 年第 5 期，第 78 頁。

對於人的情志及其表達方式的思考，孔子不但已有涉及，而且留下了很深刻的思考和論說。像「修辭立其誠」、「辭達而已矣」等，是論言辭，但也可以推及創作領域。所以，本來是用《詩》功能論的「興觀群怨」和「溫柔敦厚」二說，被漢人看作「解《詩》」的方法論，又被後人引申為作詩風格技巧和品詩理論原則，也不見得完全是對孔子的誤解。

鄭傑文《先秦〈詩〉學觀與〈詩〉學系統》一文通過文獻考察，分析了《詩經》傳播過程中的「以《詩》為史」和「以《詩》為教」兩大《詩》學系統的根源，在於西周以至春秋中期通行的是「以《詩》為史」的《詩》學觀與自春秋後期以至西漢「以《詩》為史」和「以《詩》為教」兩種《詩》學觀並行的詩學現象。〔註75〕

其實如前文所述，在西周甚至更早的「以《詩》為史」的時代，也有教《詩》的問題；在西漢以後主要「以《詩》為教」的時代，也一直存在「以《詩》為史」或「以《詩》證史」的觀念和做法。影響所及，直至唐宋以降現代以前的漫長時期內，「有關風教」和「詩史」之稱，一直是詩人的創作具有較高價值和較大成就的別稱。所以，即使不論藝術創作風格原則方面的要求，僅以內容有關政教的功利性要求而言，孔子「興觀群怨」之說的影響也是極為深遠的。

另外，從前面的論述可知，「溫柔敦厚」之說也並非一味講含蓄溫婉，而是包含著篤實忠直地表達思想感情的意思的。這就與「興觀群怨」說能夠相統一了。詩歌乃至整個文學創作密切關注社會人生尤其是政事、政治，本身是中國古代文學的優秀傳統。文學作品的風格應蘊藉雋永，語言應富於想像，不乾巴直白，也一直是我們的品評文學藝術的基本標準，這兩種傳統的確立，與孔子有很大的關係。即使在今天，仍值得我們辯證地繼承和發揚。

今天我們應用「詩教」一詞，文藝理論中仍然主要偏於指詩歌的政治或道德教化功能；在教育領域，也主要是指利用詩歌的誦讀欣賞培育情操、增進修養的教育教學活動。這樣的觀念的成立和保持，無疑是受了孔子的影響。在這個意義上，我們可以這樣認識孔子的《詩經》教習活動：其內容以《詩經》的文本、音樂及其運用為主，故可名為「《詩》教」；其精神和過程蘊含著廣泛的詩學觀念，故又可視之為泛詩學。

〔註75〕 鄭傑文：《先秦〈詩〉學觀與〈詩〉學系統》，《文學評論》2004年第6期，第5頁。

第二章 「文質彬彬」與「修辭立誠」
——孔子的文質論與修辭論

「文質彬彬」一語，由孔子首先提出：

> 子曰：質勝文則野，文勝質則史。文質彬彬，然後君子。(《論語‧雍也》)

王運熙曾指出：「文質論是中國中古時期文學理論批評中的一個核心問題。文與質這一對概念，包括劉勰、鍾嶸在內的許多文論家，在評論作家作品、探討文學問題時，經常使用。」〔註1〕事實上，文與質這一對概念，在孔子之前就已出現，經過孔子及其弟子對二者關係的深入思考，並在論人衡文中頻繁使用，逐漸成爲後世文藝理論的基本範疇。幾乎每個時代的文論家，都會對文質關係進行新的思考和論說。文質論可以說是整個古代文學理論批評中的核心問題。而秦漢以後對這一問題的研究討論，無不在孔子「文質彬彬」論的基礎之上展開、變化與深入。即使現代以來關於文學的內容與形式問題的探索和爭論，實際上也無不在孔子理論的籠罩之下。

不過耐人尋味的是，在現當代的絕大多數語境中，「文質彬彬」一詞，大多用以形容人舉止文雅有禮貌，已經偏於指外在的儀節的雅致和修飾的得體。這似乎也符合孔子此語的本旨。因爲一般認爲，它本來就是談君子的修養的——內在的眞樸、德性與外在的修飾、儀節、言談、舉止相得益彰，才算是「文質彬彬」。當然，這四個字所代表和隱涵的基本理念，後來推而廣之，越來越具有普遍性的價值，包括政治、倫理、文藝等幾乎所有社會意識形態，

〔註1〕王運熙：《中古文論要義十講》，上海：復旦大學出版社，2004年版，第122頁。

乃至各種形而下層次的器物製作生產領域，無不以之爲首要原則和標準了。在今天的思想界和文藝界，卻似乎有些大而化之，即使被提及，也往往不是出於實際認知，或缺少眞誠的信奉和堅持。今天的一般學人對「文質彬彬」的實質內涵往往不甚明瞭，沒有給予它應有的虔誠和信仰，只是偶而作爲一頂廉價而現成的禮帽隨意送人。即便是對古代文化和儒家思想有較多瞭解研究的學者，有時也不免言人人殊，對它的原初本旨和原創精神各說各話。本章打算從孔子相關言說的原始文獻出發，結合同時代歷史人物的類似觀念和論說，分析其本來意義，揭示其產生的思想背景和理論體系，從而力圖把握孔子文質論在古代文學理論中的不朽價值。

另外，孔子雖有「文質彬彬」之論，但在特定場合和語境的某些話語當中，我們也能看到他更關注或側重於「文」或「質」某一方面的看法和意思。如果再聯繫一些與這一理論相關或相近的探討德禮、言行等問題的議論，問題就變得更複雜。所以，對於孔子「修辭立其誠」、「辭達而已」、「情慾信，辭欲巧」的說法，及重愼言、惡巧言的態度，歷來在理解上意見紛紜，爭論頗多。對這些看似矛盾的言說和態度的思想背景和立論邏輯，本章也擬從整體上進行思考和討論，力爭提出比較統一、全面的看法。

第一節 「文質彬彬」本義考

在討論孔子「文質彬彬」說的本義前，有必要先進行一番字詞意義的考證和界定。

一、何爲「文」

「文」，篆文作𡩊，許愼《說文解字》曰：「文，錯畫也，象交文。今作『紋』。」段玉裁注云：「錯當作造，造畫者，逆造之畫也。象交文，象兩紋交互也。」《易經・繫辭下》：「物相雜，故曰文」。看來「文」本義爲紋理、花紋。但甲骨文的「文」字作「𡵉」「𡵉」「𡵉」等，金文作「𡵉」「𡵉」「𡵉」等，又顯示「文」的造字義可能並非如此簡單。這些字都作胸前有紋身圖案的大人之形。朱芳圃《殷周文字釋叢》：「文即文身之文，象人正立形，胸前之丿、乂……即刻畫之文飾也……文訓錯畫，引申之義也。」按：雖然文飾之「文」是否即造字本義，「錯畫」之「文」是否就是其引申義，尚可討論，但可以肯定的

是，在甲骨文時代，「文」就已經有了「文身」、「文飾」的意義了。「文」字
含有審美意味的修飾、文飾之義的最早起源，可以追溯到原始時期的文身習
俗。《淮南子・原道訓》：「九疑之地，陸事寡而水事眾，於是人民斷髮文身，
以象蛉蟲。」《漢書・嚴助傳》：「越，方外之地，劗斷髮文身之民也。」〔註2〕
《海槎餘錄》：「黎俗，男女同俗，即文其身，不然上世祖宗不認其為子孫也。」
直至近現代，古代文獻中記載較多的文身習俗，在世界各地仍有不少遺留。
如我國海南島的黎族，在解放初年還盛行文身的習俗。據國外人類學專家的
評判，黎族是現代世界上保存文面文身習俗最完全的民族。〔註3〕《說文》段
注云：「遣畫者，『文』之本義；彣彰者，『彣』之本義。字不同也。」把交錯
之「文」與刻畫文飾之「文」分開來講，很明晰透徹。「彣」、「文」等字形中
的「彡」，也有裝飾義。《說文》：「彡，毛飾畫文也。」筆者以為，「文」、「彣」
二字的關係，可以作這樣的明確辨析：若「文」（六）為「錯畫」、「交錯之文」，
即「紋」，則「彣」（卉）乃人身上的「文」（「紋」）。「文」是自然的紋理或刻
畫，而「彣」則是人為的、有意的紋飾或美化。這就是說，文學、文章之「文」
的美學意味，其起源極早，遠早於文章甚至早期文字的出現。為說明問題，
將「文」的部分甲骨文、金文及篆文字形列表如下〔註4〕：

甲								
金								
篆								

　　《甲骨文字典》謂甲骨文「文」字諸形「象正立之人形，胸部有刻畫之
紋飾，故以文身之紋為文。《說文》：『文，錯畫也，象交文。』甲骨文所從之
乂、凵、一等形即像人胸前之交文錯畫，或省錯畫而逕作夶。至金文錯畫之
形漸訛而近於心字之形。」〔註5〕由此可見，「文」字與「美」字一樣，都起

〔註2〕（漢）班固：《漢書》，北京：中華書局，1964年版，第2777頁。
〔註3〕參楊安侖、程俊：《先秦美學思想史略》，長沙：嶽麓書社，1992年版，第67～68頁。
〔註4〕表中字符圖片來自瑞典 Richard Sears 的 Chinese Etymology 網站：
　　　http://www.chineseetymology.org/，其字形採自《說文解字》、《六書通》、《金文
　　　編》和《甲骨文編》等。
〔註5〕徐中舒主編：《甲骨文字典》，成都：四川辭書出版社，1990年版，第996頁。

源於遠古人類自我裝飾。「文」字是身體上的刻畫紋飾，「美」字則是頭上的冠戴裝飾。〔註6〕這樣看來，「文」字引申爲文飾、文采等意義的本原，不見得是自然紋理交錯之「文」，而是本來就含有濃厚的外在修辭之義的裝飾美化之義的「紋身」、「紋飾」之「文」了。這就是說，「文」能引申爲光輝、華美、漂亮等義，是因爲它本來就是一個接近「美」的概念，而且主要是指事物的外部形式之美。〔註7〕李壯鷹說：

> 故究「文」字造字之初義，不只指向實用，還指向審美，而且主要是指向審美。〔註8〕

瞭解這一事實，對於我們充分認識「文」的概念及早期文學的審美功能，是很有意義的。強調這一點，我們是爲了說明孔子「文質彬彬」之說之「文」偏重文辭修飾之義，詳下文。

二、何爲「質」

「質」，篆文作𧼝或𧼱。許愼《說文》：「以物相贅，從貝從所。」段玉裁注曰：「質贅雙聲。以物相贅，如春秋交質子是也。引申其義爲樸也，地也。」朱駿聲《說文通訓定聲》：「以錢受物曰贅，以物受錢曰質。」與被抵押物（他物或錢）相對，抵押之物爲本，前者爲後者的價值替代者。看來「質」的「本質」、「質地」等義，就由以物相質或以物質錢的意義上引申而來。若作細緻辨析的話，有時人們用「質」指事物本身，與表示事物本身實在實體性的概念，如「本」、「實」等，所指相同或相近。有時則表示事物的本質、實質等，舉凡指事物內在特徵和性質的概念，均可稱「質」。有時，它指的是事物本身

〔註6〕《說文·羊部》：「美，甘也。從羊從大。」徐鉉注：「羊大則美，故從大。」王獻唐：「下部從大爲人，上亦毛羽飾也。」于省吾《釋羌、苟、敬、美》：「早期美字像『大』上戴四個羊角形，『大』像人之正立形。」李孝定《甲骨文集釋》：「契文羊大二字相連，疑象人飾羊首之形，與羌同意。卜辭……上不從羊，似像人首插羽爲飾，故有美意。蕭兵：《楚辭審美觀瑣記》：「『美』的原來的含義是冠戴羊形或羊頭或羊頭裝飾的『大人』（『大』是正面而立的人，這裡指進行圖騰扮演、圖騰樂舞、圖騰巫術的祭司或首長），最初是『羊人爲美』，後來演變爲『羊大則美』。」見《美學》1981年第3期，第225頁。

〔註7〕陳望衡：《中國古典美學史（上卷）（第二版）》，武漢：武漢大學出版社，2007年版，第98頁。

〔註8〕李壯鷹：《詩書椎指（上）》，童慶炳，王一川，李春青編著：《文化與詩學》，2009年第2輯，北京：北京大學出版社，2009年版，第130頁。

或本質的本然的、未經修飾的外在表現，如質地、質樸或真樸等。「質」所表示的這三類概念，意義雖有密切聯繫，但內涵和外延均有較大差異，不能完全等同。然而，在很多場合，它們在使用和解釋上往往容易被混淆。本文認為，在前述孔子「文質彬彬」的語境中，「質」即指後一種意義，與「文」一樣，是屬於事物形式和外在表現的範疇。具體地說，孔子此處所說的「質」，是與「文」──即文飾、華麗──相對的真樸、素樸。

三、何為「野」與「史」

「野」、「史」二詞文義相對，分別指樸鄙與華飾過甚，古今無異議。但它們何以有如此涵義，以及在《論語‧雍也》所載這段話的語境中的具體所指是什麼，仍有討論的必要。

先說「野」。

野，又作埜、壄，《說文》：「郊外也。從里，予聲。壄，古文野，從里省，從林。」《爾雅‧釋地》：「邑外謂之郊，郊外謂之牧，牧外謂之野。」《周禮‧天官‧司會》：「掌國之官府郊、野、縣、都之百物財用。」鄭注云：「野，甸、稍也。甸，去國二百里；稍，去國三百里。」《周禮‧地官‧遂人》：「遂人掌邦之野。」鄭玄注：「郊外曰野。此謂甸、稍、縣、都」。又《周禮‧地官‧鄉大夫》：「國中自七尺以及六十，野自六尺以及六十有五，皆徵之。」鄭注云：「國中，城郭中也。」據孔詒讓說，《周禮》言野有五解，對文各有專屬，散文則可以相統。一般地，王城四郊之外的甸、稍、縣、都均屬野；若是與王城相對，則王城之外四郊之內之地，也可稱「野」。〔註9〕總之，野與「國」即王城相對，是鄉野、鄉下之義，與離城遠近關係不是太大。《禮記‧檀弓》：「故騷騷乎則野。」《疏》：「田野之人，急切無禮。」鄉下人質樸無文，少虛文縟禮，易於流露愛悅之態，也不掩飾厭惡之情，有什麼欲求，往往直接表露，不遮掩。他們缺少禮法約束薰染，有時做事大膽違規，待人接物率直，常常顯得粗魯。所以子路說話魯莽直率，孔子就批評子路「野哉」〔註10〕、「由

〔註 9〕　（清）孫詒讓：《周禮正義》，十三經清人注疏本，北京：中華書局，1987 年版，第 292～293 頁。

〔註10〕　《論語‧子路》：子路曰：「衛君待子為政，子將奚先？」子曰：「必也正名乎。」子路曰：「有是哉，子之迂也。奚其正？」子曰：「野哉由也！君子於其所不知，蓋闕如也。」

也嗲」〔註11〕。包咸曰：「野，如野人言鄙略也。」皇侃《義疏》云：「質，實也。……言若實多而文飾少，則如野人，野人鄙略大樸也。」這是符合孔子話語原意的。

再說「史」。

史由巫發展而來。據王國維考證，古之官名多由史出，而殷周間王室執政御事之官，卜辭稱「卿史」、「御史」，殷商以前在社會生活和國家政治生活中地位至爲重要。〔註12〕經過國家意識形態和統治方式由「鬼治主義」向「德治主義」的轉變和發展〔註13〕，至東周，「史」在周王朝及各諸侯國的職掌，不再是執政的卿大夫之官，而主要是星曆卜祝掌書之類了。春秋時期的史官，大致說來，主要有記事之史、筮祝之史、文書之史等分別。〔註14〕古今學者從三類史職的特徵出發，似乎都可以分析歸納出與「野」相對的「史」的特點。孔子「文勝質則史」之「史」，究竟是或主要是從哪類史的職能特徵而言，很難確定。

從史料看，孔子對於記史之史，還是心存敬意的。最明顯者，他曾稱讚「書法不隱」的董狐爲「古之良史」（《左傳·宣公二年》），又說過：「吾猶及史之闕文也，有馬者借人乘之，今亡矣夫！」（《論語·衛靈公》），可見他對載記之史官及其職事的敬重。但不少學者認爲，記史之史載筆記事往往多浮誇不實；尤其那些講說史蹟故事的瞽史們，渲染虛構之事更是在所難免。所以孔子所謂「文勝質則史」之「史」，很可能是指記史之史中的瞽史講史時往往大事渲染增飾的職業特點。

巫祝之史，文獻中常稱「策祝」或「冊祝」。上古的祭神儀式中，有三種角色：祭主、神尸和巫祝。祭主爲祭神者，神尸是被祭之神的替身，巫祝則是尸與祭主之間的中介，負責雙方的禮辭通譯。在祭祀儀式中，爲祭主致告

〔註11〕《論語·先進》：「柴也愚，參也魯，師也辟，由也嗲。」何晏注引鄭玄曰：「子路之行，失於畔嗲。」邢昺疏：「舊注作『反嗲』。《字書》：『呀嗲』，失容也。言子路性行剛強，常呀嗲失於禮容也。」《字彙·口部》：「嗲，剛猛也；粗俗也。」

〔註12〕王國維：《釋史》，《觀堂集林》卷六，北京：中華書局，1959 年影印本，第269～270 頁。

〔註13〕此說爲顧頡剛創論。參顧頡剛：《〈盤庚中篇〉今譯》，《古史辨》第二冊，上海：上海古籍出版社，1982 年版，第44 頁。

〔註14〕許兆昌分早期史的職能爲「天官功能」、「記事功能」和「文書功能」三種。春秋時史官職掌也應不出此三類。見許兆昌：《周代史官文化：前軸心期核心文化形態研究》，長春：吉林大學出版社，2001 年版，第31～37 頁。

於神的言辭稱爲「祝辭」,爲尸酬答祭主的言辭稱爲「嘏辭」,都是由巫祝負責按儀程宣誦的。此即《禮記·禮運》所謂「祝嘏辭說,藏於宗祝巫史」的緣由。《儀禮·少牢饋食禮》即載有巫祝向神的祝辭和替神向祭主發的嘏辭。《尚書·金縢》中周公爲武王之疾禱告大王、王季、文王,其致告的祝辭就是由策祝之史來宣誦的。因爲在整個祭祀過程中,祭主與神雙方之間的對話之辭,實際上均由巫祝一人來轉相告念,故文獻中常見巫祝「辭多」之說。《周易·巽卦》:「史巫紛若。」明人徐𤊻《徐氏筆精》釋云:「史巫皆善口舌。紛若,丁寧煩悉也。」〔註15〕《說文》「祝」字下云:「祭主贊詞者」,又「祠」字下云:「多文詞也。」《儀禮·聘禮記》:「辭多則史。」鄭注:「史謂策祝。」另外,司祭者禮辭雖多,內心未必誠敬,故曰「文勝質」。清劉獻廷《廣陽雜記》卷三:「『文勝質則史』,諸家以史官胥吏解,皆不可通。史,祝史也。唯司威儀,誠敬非其事也。」〔註16〕巫祝之史或代人頌告神鬼,或代神酬答祭主,往往禮儀儼然,禮辭紛然;但一則其致辭與答辭其實多屬即興的虛爲懸擬,一則常常套用程式化的現成祭辭,春秋時人們對其誠意和實效已普遍持懷疑態度,其職事之虛飾浮詞的特點,是很明顯的。巫祝之史的這一特點,也有可能是孔子所謂「文勝質則史」之「史」的所指。

文書之史,主要司職各類官府文告的起草。《周禮·天官·冢宰》之「宰夫之職,……掌百官府之徵令,辨其八職。……六曰史,掌官書之贊治。」鄭注:「贊治,若今起文書草也。」贊治之史掌官書之擬寫,就如同今天的文字秘書,本是屬吏之一員,受命於長官,以體現政策和長官意志爲要,操筆爲文,不見得出於對政事的真正明瞭,而且常常有脫離實際、言過其實的表現;可能嫻於辭令,卻因常是替人作嫁,也並非出於自己的真誠的志意。朱熹《論語集注》云:「史掌文書,多聞習事,而誠或不足也。」〔註17〕正是從上述意義上理解孔子「文勝質則史」之論的。今天不少學者也同意他的看法。

對於究竟何者爲孔子所論的文勝其質的「史」,劉寶楠《論語正義》似在「策祝」之史與記史之史中存兩可之見:

　　　　《儀禮·聘禮記》云:「辭多則史。」《注》:「史謂策祝。」亦

〔註15〕　(明)徐𤊻:《徐氏筆精》卷二,見《叢書集成續編》第十七冊,臺北:新文
　　　　豐出版公司,1988年版,第428頁。
〔註16〕　(清)劉獻廷:《廣陽雜記》,北京:中華書局,1957年版,第120頁。
〔註17〕　(宋)朱熹:《論語集注》,北京:中華書局,新編諸子集成本,1983年版,
　　　　第89頁。

言史官辭多文也。是史有二，此《注》渾言未晰，莫曉其所主。策祝文勝質，則禮所譏「失其義、陳其數」是也。史官文勝質，則當時紀載或譏爲浮誇者是也。〔註18〕

這樣的較爲客觀和謹愼的做法，也爲古今許多學者所採取。

若執著於作出較爲確實的解說的話，筆者傾向於認爲，孔子「文勝質則史」之論，是從巫祝之史或文書之史的職業特點而發。這兩類史職，文獻常稱「策祝」或「贊治」之官。實際上兩類史官的職掌聯繫很緊密，很難截然分開。因爲宗教祝辭與政事文書的起草，在早期國家政治生活中往往是二而一、一而二的事。無論策祝還是贊治之史，有一個共同特點，就是形式超過實質，文辭繁多而實際內容和誠意少。他們的書辭和言說，一方面是身不由己、言不由衷；另一方面則是，無論是對神的許願，還是向人的表態，往往避實就虛，鋪陳大道理和大原則，不明白講具體問題，不直接說實質行動，甚至有時故意把本來直白之情事說得繁詞無已，誇張過實。或者常常都是說來美好、動聽、煽情，卻並無多少眞心實意。若將他們與鄉鄙樸夫大多純樸、直接、實在而常顯魯莽粗疏的言辭和表達相比，就可看出明顯的樸野質白和虛飾繁縟之別了。《韓非子‧難言》正說到這種現象：

捷敏辯給，繁於文采，則見以爲史；殊釋文學，以質性言，則見以爲鄙。〔註19〕

這裡的「文」、「質」之辨，正是文采過繁與樸鄙少文的差別，正好能恰切地解釋孔子「質勝文則野，文勝質則史」之言。

《論語‧公冶長》載：

子曰：「巧言令色、足恭，左丘明恥之，丘亦恥之。匿怨而友其人，左丘明恥之，丘亦恥之。」

對於左丘明這樣的講史者，孔子不但讚揚其直諫誠諍之德，而且推崇備至，許爲榜樣。筆者之所以不認爲孔子所說的「史」是對講史之史言辭特點的形容，除了前面談到的他對載記之史的敬重外，也是因爲考慮到這一事實。

《莊子‧田子方》：「宋元君將畫圖，衆史皆至。」也有學者認爲孔子所

〔註18〕（清）劉寶楠：《論語正義》，北京：中華書局，十三經清人注疏本，1990年版，第234頁。

〔註19〕（戰國）韓非著；陳奇猷校釋：《韓非子新校注》，上海：上海古籍出版社，2000年版，第48頁。

論之「史」可能是此類「繪事之史」。〔註20〕此類圖畫之史在文獻中不多見，對社會生活和世風的影響也較小，其職事雖然也常有渲染增飾的特點，但與先秦兩漢常見的討論文辭的語境不相符合，所以這種看法距孔子原意過於疏離，恐怕並不正確。

四、何為「彬彬」

許慎《說文・人部》：「彬，古文份。從彡林。林者，從焚省聲。」「彬」從「彡」，看來也有文飾之義。段玉裁「從彡林」下注云：「彡者，『毛飾畫文也』。飾畫者，拭而畫之也。從彡，與彫彰同意。」《說文》：「份，文質備也。《論語》曰：『文質份份』。」〔註21〕可見許慎時《論語》「彬彬」作「份份」。

按「彬」與「份」本義不同。「份」字從「分」，而「分」為「以刀別物」，為分判義，故有「半」義；又古無輕唇音，「分」讀如「半」音，是上古「分」與「半」音義皆同，故「盼」謂目睛黑白分明，「頒白」謂頭髮黑白相半。何晏《論語集解》引包咸注云：「彬彬，文質相半貌。」皇侃《義疏》云：「『文質彬彬然後君子』者，彬彬，文質相半也。若文與質等半，則為會時之君子也。」〔註22〕鄧廷楨《雙硯齋筆記》卷一云：「『份』字雖以『分』為聲，而分有半之義。故『份』為『文質備』，謂文、質各居其半也。」〔註23〕這些都是從《說文》所引《論語》「彬彬」今文作「份份」出發作的解釋，但與「彬」本為飾畫、紋彩之美之義不太相合。

《廣雅・釋詁》：「彬，文也。」「文」即文采，此為「彬」字本義。重言為「彬彬」，為形容詞，謂文采華美之貌。李壯鷹《古文論條辨》一文對此有很好的考據：「彬」與「彪（彪）」、「炳」、「斑」等字音近義通，又與「辯」、「賁」、「斐」、「蔚」、「鬱」、「彧」、「緘」可音轉義通，這些字疊音成詞，如「斑斑」、「賁賁」、「斐斐」、「蔚蔚」、「鬱鬱」、「彧彧」等，均有文采盛美之義，與「彬彬」相同或相近。它們也可以與「彬」字組成雙聲與疊韻，演成關於文采類義的連綿詞，如「彬蔚」、「彬彧」、「彬鬱」、「彬彪」、「彬炳」、「彬

〔註20〕黃霖、蔣凡主編：《中國歷代文論選新編・精選本》，上海：上海教育出版社，2008 年版，第 6 頁。

〔註21〕（漢）許慎著；（清）段玉裁注；許惟賢整理：《說文解字注》，南京：鳳凰出版社，2007 年版，第 645 頁。

〔註22〕（梁）皇侃：《論語義疏》卷三，轉引自黃懷信：《論語彙校集釋》（上），上海：上海古籍出版社，2008 年版，第 511 頁。

〔註23〕（清）鄧廷楨：《雙硯齋筆記》，北京：中華書局，1987 年版，第 54 頁。

斑」等。〔註24〕這些現象足以說明,「彬彬」在很多語境下用來形容文采盛美,與孔子「郁郁乎文哉」之語中的「郁郁」相通。不過,李文以爲「彬」爲文采貌,只關乎「文」,不關乎「質」,「彬彬」「只狀文采,不合用以狀文質之相得」,故《論語》此句應從《說文》作「文質份份」,〔註25〕則是本文不能完全認同的。一則《說文》明明以「彬」爲「份」之古字,再則《說文》釋「份」曰「文質備」,是說文質兼備,本不看重相半之義;而且「彬彬」本來就指文質兼盛並美,這一點下文還要再說。

五、「文質彬彬」的原意——以寧嬴論陽處父爲例

「文質彬彬」之語雖然由孔子首創,但文質相符的觀念,其實早就有了。《左傳·文公五年》載:

> 晉陽處父聘於衛,反,過寧,寧嬴從之,及溫而還。其妻問之,曰:「以剛。《商書》曰:『沈漸剛克,高明柔克。』夫子壹之,其不沒乎!天爲剛德,猶不干時,況在人乎?且華而不實,怨之所聚也,犯而聚怨,不可以定身。余懼不獲其利而離其難,是以去之。」

寧嬴棄陽處父而歸,是擔心他性格剛烈,處事缺少柔和圓轉,容易招怨致禍。但又說他「華而不實」,多少有些令人不解。《國語·晉語》關於此事的記載則更爲詳細:

> 陽處父如衛,反,過寧,舍於逆旅寧嬴氏。嬴謂其妻曰:「吾求君子久矣,今乃得之。」舉而從之。陽子道與之語,及山而還。其妻曰:「子得所求而不從之,何其懷也!」曰:「吾見貌而欲之,聞其言而惡之。夫貌,情之華也;言,貌之機也。身爲情,成於中。言,身之文也。言文而發之,合而後行,離則有釁。今陽子之貌濟,其言匱,非其實也。若中不濟而外強之,其辛將復,中以外易矣。若內外類,而言反之,瀆其信也。夫言以昭信,奉之如機,歷時而

〔註24〕《文選·陸機〈文賦〉》:「頌優游以彬蔚」,呂向注:「彬蔚,華盛貌。」《隸釋·江山陽太守祝睦後碑》:「文豔彬或,淵然深識。」羅惇曧:《文學源流·總論》:「三代以降,文乃益華,百家分流,詞逾彬鬱。」歐陽修《送李太傅知冀州》:「李侯尚年少,文武學彬彪。」江淹《遂古篇》:「其說彬炳,多聖言兮。」劉禹錫《國學新修五經壁記》:「筆削既成,讎校既精,白黑彬斑,瞭然飛動。」

〔註25〕李壯鷹:《古文論條辨》,《河南社會科學》,2010 年第 1 期,第 150～151 頁。

發之，胡可瀆也！今陽子之情譁矣，以濟蓋也，且剛而主能，不本
而犯，怨之所聚也。吾懼未獲其利而及其難，是故去之。」期年，
乃有賈季之難，陽子死之。〔註26〕

　　寧嬴氏評陽處父的致命缺點，正是文質不符，主要問題，是言不符貌，
言不稱身。他的這段話中所涉及的「貌」、「言」、「身」、「情」、「中」、「外」、
「實」、「信」等概念的辨析，當然比「文」與「質」之分要細緻而複雜，但
大致看來，陽處父的主要問題，還是生性耿直剛烈而言語直率隨便，其實質
是貌似莊敬而言語刻露，洩露了他剛直有餘而智慮不足的致命缺點。

　　一個人有知理見事之明，又有正直忠誠之心，卻不經深思熟慮，不能權衡
輕重緩急、內外人我的關係，不分場合，不論條件，隨便暴露態度和發表意見，
他給人的第一印象，往往會是既明理多識而又忠敬質實；但稍加接觸瞭解，從
他的輕肆直言中，別人就會看出真知的不足、謀略的缺乏和修養的欠缺。這樣
的人，其實大多比較自負，不易通過歷練逐漸變得老成持重。這樣的性格和作
風，在陽處父身處的勢力傾軋和利益爭奪異常激烈、政治氛圍極其險惡的晉國，
是十分危險的；而這正是他後來招禍殺身的緣由。寧嬴氏甚至以為，出言之不
文，會有損於通過「貌」展現的「身」之內在「情」、「實」的可信度。從陽處
父的行事看，他曾受命追孟明等秦之帥，有矯命釋驂虛餌誘囚之舉，又曾有施
計退楚鬥勃而班師之行〔註27〕，都屬於急智應事，不算高明正大的謀略，只能
說是小聰明，所以寧嬴看出他「情譁」而「以濟蓋」〔註28〕，即精於算計而貌
似莊敬，剛愎自信而不識大體，不可能成大事，反而可能招致禍難。事實上陽
處父後來被殺的原因，正是言語招禍。據《穀梁傳·文公六年》載：

冬，十月，公子遂如晉。葬晉襄公。晉殺其大夫陽處父。稱國
以殺，罪累上也。襄公已葬，其以累上之辭言之何也？君漏言也，
上泄則下暗，下暗則上聾。且暗且聾，無以相通。射姑殺者也。射
姑之殺奈何？曰：晉將與狄戰，使狐射姑為將軍，趙盾佐之。陽處

〔註26〕徐元誥：《國語集解·晉語五》，北京：中華書局，1990年版，第376～377頁。
〔註27〕陽處父釋驂誘孟明與詐濟誑鬥勃事，見《左傳》僖公三十三年。
〔註28〕韋昭云：「譁，辨察也。」俞樾云：「濟，當讀為『齊』。《詩·采蘋》篇『有
齊季女』，《傳》曰：『齊，敬也。』《思齊》篇云：『思齊大任』，《傳》曰：『齊，
莊也。』是齊有莊敬之義。《廣雅·釋訓》曰：『濟濟，敬也。』」蓋濟與齊義
通。……謂陽子之貌雖若莊敬，而其言則匱也。並見徐元誥《國語集解》引，
北京：中華書局，2002年版，第376頁。

父曰：「不可！古者君之使臣也，使仁者佐賢者，不使賢者佐仁者。
今趙盾賢，夜姑仁，其不可乎！」襄公曰：「諾！」謂夜姑曰：「吾
始使盾佐女，今女佐盾矣。」夜姑曰：「敬諾！」襄公死，處父主竟
上事，射姑使人殺之。君漏言也，故士造辟而言，詭辭而出，曰：「用
我則可，不用我則無亂其德。」

對於陽處父之死的主因，《穀梁傳》的作者雖然將其歸諸晉襄公的「漏
言」，但對他自己的言辭不謹，也頗有微辭。《公羊傳・文公六年》的記載較
簡略，事實大致相同。看來，陽處父的致命缺點，按寧贏的話說，是「貌莊
言濟」，從《公》、《穀》兩傳的記載看，他的問題的實質，主要是言辭不修，
是質有餘而文不足。

《禮記・檀弓下》載：

趙文子與叔譽觀乎九原。文子曰：「死者如可作也，吾誰與
歸？」叔譽曰：「其陽處父乎？」文子曰：「行並植於晉國，不沒
其身，其知不足稱也。」「其舅犯乎？」文子曰：「見利不顧其君，
其仁不足稱也。我則隨武子乎，利其君不忘其身，謀其身不遺其
友。」晉人謂文子知人。文子其中退然如不勝衣，其言呐呐然如
不出諸其口；所舉於晉國管庫之士七十有餘家，生不交利，死不
屬其子焉。

趙文子對陽處父的評價，謂「並植」而「知不足」，正是指其專權和剛愎
自用〔註 29〕，理智不足。而《檀弓》的作者對趙文子的評價，恰恰關乎質與
文兩方面：「其中退然如不勝衣」，鄭玄注：「中，身也；退，柔和貌。」「其
言呐呐然如不出諸其口」，慎於言辭，近於拙訥。與陽處父的貌莊言濟，恰好
形成了鮮明的對照。我們可以認爲這樣的對比是作者有意爲之，反映了晉人
對陽處父的認識和評價。

從以上引述看，在孔子之前（陽處父聘衛過寧邑，在魯文公五年（前 622
年），在孔子出生前 71 年），用文質是否相符來衡量一個人的才性和境界，就
已經是一種較爲普遍的觀念了。通常，一個人的本性和修養，主要通過儀態
和言語展現出來。二者之中，前者大致相當於寧贏所說的「貌」，後者相當於

〔註29〕並植：鄭玄注：「並，猶專也，謂剛而專己。」孫希旦《集解》：「並者兼攬眾
　　　　權，植者獨立己意。」

「言」。而「言」為「身之文」的說法，則透露出言辭被看成是當時君子人格的極為重要的因素和環節〔註30〕。王運熙、楊明曾指出：

> 先秦兩漢以「文質」稱述人物時，「質」的含義容有不同，而所謂「文」，是都包含言語文章在內的。〔註31〕

通過前文的分析，我們可以說這樣的觀念和做法，在孔子正式提出文質對舉的論述前，其實就已經成立了。

本文認為，文質兼重的觀念，在孔子思想體系中，居於非常重要的地位，是他所主張的君子人格的核心質素。雖然這一觀念並不限於言語辭令方面，但孔子所說的「文質彬彬」之美，具體地主要對文采言辭而發。他認為，君子之於言辭，既不能不作修飾，過於質樸直白，以至於顯得鄙野；也不能一味講究，文飾過甚，到了虛華繁縟的地步。理想的境界，應該是真樸與文采兼備，就是他所稱的「文質彬彬」。

最後，我們可以對《論語・雍也》中關於「文質彬彬」的那段話作這樣的解說：

> （說到言辭的問題，）孔子說：如果說話樸鄙直白不講文采，就顯得鄉野氣；如果言辭華美文飾過度，缺少自然真樸，就顯得（像史一樣）繁縟不實。只有文華樸質兼備兼美，才能算得上是文雅真淳的君子。

第二節　辭誠、辭達與辭巧

孔子關於言辭的重要言論，與「文質彬彬」的觀念密切相關者，尚有「修辭立誠」、「辭達而已」及「情慾信，辭欲巧」等，透露出更為豐富而具體的關於文辭、文學的思想，讓我們對孔子的文質論有更立體、深入的瞭解和把握。對這些言說的解讀和論說，尤其在孔子文學觀究竟「尚用」還是「尚文」，以及孔子是否強調文辭的技巧和修辭的問題上，歷來分歧較多。本節將從總體上對此作些討論。

〔註30〕 《左傳・僖公二十四年》載晉介之推語，亦云：「言，身之文也。身將隱，焉用文之？」
〔註31〕 王運熙、楊明：《關於應瑒的〈文質論〉》，《古代文學理論研究叢刊》第12輯，上海：上海古籍出版社，1987年版，第65頁。

一、關於孔子是否「尙文」的爭論

孔子有「文質彬彬，然後君子」之論，當然是古今學人無不知曉的。但這是個總體上的、原則性的主張，後世對其內涵的解讀和演繹豐富而廣泛。論及孔子的文學思想，由於對「文」、「質」、「文學」等概念的所指理解不同，還是有人試圖發現和指出他在「文」與「質」之間的傾向性，引發諸如「尙文」抑或「尙用」之類的爭論。

比如郭紹虞著《中國文學批評史》，最早認爲孔子的文學觀雖然有「尙用」的特點，但也「顯然尙文」，〔註32〕所引證據，正是《禮記・表記》中的「情慾信，辭欲巧」之說。不過胡適爲之作序時，對此卻不同意：

> 又如第二篇中引《禮記》《表記》中孔子語「情慾信，辭欲巧」，因說孔子「尚文之意固顯然可見了」。（頁十三）孔子明明說「辭，達而已矣」。郭君不引此語，卻引那不可深信的《表記》以助成孔子尚文之說，未免被主觀的見解影響到材料的去取了。〔註33〕

儒家崇禮，孔子於先秦儒家鉅子中，也最重禮文，這幾乎是公論。但說到文學觀或言辭觀，儒家或孔子是否「顯然尙文」，似乎就成了問題。郭紹虞後來修訂《中國文學批評史》，關於孔子的文質觀的說法，雖然同樣講其有「尙文」與「尙用」兩特點最重要，但說到「尙文」，就沒有引《禮記・表記》中「情慾信，辭欲巧」之語，只是據《左傳・襄公二十五年》「言之不文，行而不遠」的話說：「可知孔門的文學觀是比較尙文的。」並且進一步認爲孔子能把「尙文」和「尙質」兩種看似矛盾的主張「折衷調劑到恰到好處」。這也許是考慮到胡適的意見。他同時又指出，孔子是注重實際、著重實用的思想家，其論《詩》重「無邪」與「事父」、「事君」，論修辭重在「達」與「立誠」，「就可以看出他的文學觀是偏重在質，而所謂質，又是以道德爲標準的。因此，尙文成爲手段，尙用才是目的。」〔註34〕

後來學界關於孔子究竟重文抑或尙質的爭論，其所依據的事實和材料以及思路，基本上不出郭著所論例。之所以這樣的分歧仍在，紛爭益起，是因

〔註32〕郭紹虞：《中國文學批評史》（上），北京：商務印書館，1934 年版，第 13 頁。引文中著重號爲筆者所加，下同。

〔註33〕胡適：《郭紹虞〈中國文學批評史〉序》，《胡適全集》第 12 卷，合肥：安徽教育出版社，2003 年版，第 236 頁。

〔註34〕郭紹虞：《中國文學批評史》，上海：上海古籍出版社，1979 年新 1 版，第 10～11 頁。

為大家的視角和邏輯常常不一致。即如郭紹虞所作的論述，自後世藝術論眼光看，「尚文」與「尚用」本來不是完全相對的概念；自孔子所處的先秦時代看，諸子文章都講究實用，後世「為藝術而藝術」的觀念尚未產生。所以郭先生自己也不得不對不同內涵的「尚用」作出分辨：

> 墨家思想極端尚質，所以論文亦主應用。此雖有類於儒家之以善為鵠，而實則不同。儒家主非功利的尚用，墨家主功利的尚用。尚用而非功利的，故與尚文思想不相衝突；尚用而為功利的，則充其量非成為極端的尚質不可。這是儒墨文學觀之異同。
>
> ……
>
> 所以我又以為墨家之文學觀，真是極端尚質而尚用。〔註35〕

在說到道家時，郭先生就沒有再從是否尚用或尚質來衡量，而事實上道家疾文飾，非美言，是講求自然質樸的。他們對於文章的功能的觀念，當然也是尚用的。今天我們若討論此問題，可以這樣說：儒、墨、道三家均尚用，也均尚質。儒家文學觀之尚用，是非功利的尚用，墨家則是極端功利之尚用，而道家可以說是超功利的尚用。

「尚用」本是相對「尚藝」或「尚美」而言，即文章的實用功能和審美功能的分別。「尚質」本是相對「尚文」而言，即文章表現手法、藝術風格之樸素與華美之別。因為孔子的時代還談不上自覺積極的審美目的的文學創作，言辭和文辭的藝術審美功能尚未被充分重視，對審美特徵和藝術風格的辨析也沒有那麼明白，當然也就不可能像後世那樣有明晰的實用與審美之辨了。

二、孔子「貴文之徵」

儒家本來重禮義，孔子的很多言論，都可以讓人認為是「重文」的證據。劉勰在《文心雕龍・徵聖》篇中，就曾全面論說過夫子的「貴文之徵」：

> 夫作者曰聖，述者曰明。陶鑄性情，功在上哲。夫子文章，可得而聞，則聖人之情，見乎辭矣。先王聖化，布在方冊，夫子風采，溢於格言。是以遠稱唐世，則煥乎為盛；近褒周代，則郁哉可從。此政化貴文之徵也。鄭伯入陳，以立辭為功；宋置折俎，以多文舉禮。此事蹟貴文之徵也。褒美子產，則云「言以足志，文以足言」；

〔註35〕郭紹虞：《中國文學批評史》（上），北京：商務印書館，1934年版，第30頁，32頁。

　　泛論君子，則云「情欲信，辭欲巧」。此修身貴文之徵也。然則志足
　　而言文，情信而辭巧，乃含章之玉牒，秉文之金科矣。〔註36〕

　　劉勰所提到的孔子看重的「政化」、「事績」、「修身」三種「文」，均是文獻有徵的事實。其中「事績」、「修身」二種，都涉及與文學、文章直接相關的言語辭令問題。我們將劉勰所簡括列舉的孔子有「貴文」之義的「格言」，略作解說，分述如下：

　　1.「政化貴文之徵」二：

　　「遠稱唐世，則煥乎為盛」，語本《論語・泰伯》：

　　　　子曰：大哉堯之為君也，巍巍乎，唯天為大，唯堯則之。蕩蕩
　　　　乎，民無能名焉。巍巍乎其有成功也，煥乎其有文章。

　　「唐世」即指堯。孔子盛讚堯之為君，不但有巍然之功，而且有煥然之文章。這裡的「文章」是指禮樂法度。何晏《集解》：「煥，明也。其立文垂制復著明也。」〔註37〕

　　「近褒周代，則郁哉可從」，語出《論語・八佾》：

　　　　子曰：周監於二代，郁郁乎文哉！吾從周。

　　劉寶楠《正義》曰：「郁郁，文章貌。言以今周代之禮法文章，回視夏商二代，則周代郁郁乎有文章哉。」〔註38〕

　　以上兩處「文章」主要指禮法文教的制度，但劉勰以為都是政治教化重視文采之證。

　　2.「事績貴文之徵」二：

　　「鄭伯入陳，以立辭為功」，指《左傳・襄公二十五年》鄭伐陳大勝，子產獻捷於晉，晉人問陳之罪，並以「侵小」及「戎服」相責問。子產皆對答如流，義正詞嚴，使晉人「不能詰」。晉趙文子曰：「其辭順，犯順不祥。」就接受了鄭國的獻捷。孔子聽說此事後感歎說：

　　　　《志》有之：「言以足志，文以足言。」不言，誰知其志？言
　　　　之無文，行而不遠。晉為伯，鄭入陳，非文辭不為功。慎辭也！

〔註36〕（梁）劉勰著；郭晉稀注譯：《白話文心雕龍》，長沙：嶽麓書社，1997年版，第11頁。

〔註37〕（魏）何晏注；（宋）邢昺疏：《論語注疏》，北京：北京大學出版社，2000年版，第118頁。

〔註38〕（清）劉寶楠：《論語正義》，北京：中華書局，十三經清人注疏本，1990年版，第103頁。

「宋置折俎，以多文舉禮」，事見《左傳·襄公二十七年》：

> 五月甲辰，晉趙武至於宋。丙午，鄭良霄至。六月丁未朔，宋
> 人享趙文子，叔向為介。司馬置折俎，禮也。仲尼使舉是禮也，以
> 為多文辭。

杜預注云：「宋向戎自美弭兵之意，敬逆趙武；趙武、叔向因享宴之會，展賓主之辭，故仲尼以為多文辭。」《正義》：「蓋於此享也，賓主多言辭，時人跡而記之。仲尼見其事，善其言，使弟子舉是宋享趙孟之禮，以為後人之法。丘明述其意，仲尼所以特舉此禮者，以為此享多文辭，以文辭為可法，故特舉而施用之。」〔註39〕

孔子稱讚子產擅長文辭，與作為大國的晉國周旋，能不失尊嚴且守住成功；又因為宋享趙孟文辭可法，而使學生記錄過程並學習。這些當然可以視為「重文」的證據了。

3.「修身貴文之徵」二：

「褒美子產」事已見前。

「泛論君子」條，語本《禮記·表記》，此篇主要論君子的修養，其中載孔子之語云：

> 子曰：情慾信，辭欲巧。

孔子褒美子產以文辭建功，又有「辭欲巧」的說法，充分證明他是非常重視文采的。

嚴格地說，劉勰所舉的六種孔子「貴文之徵」，都不能說是專對文章或文學的意見。但孔子在君子修養中重言辭，言辭學習和培養中重文采，則是事實。其「志足言文」之論，「情信辭巧」之說，均成為後世文學創作的「含章之玉牒，秉文之金科」，也顯示出孔子文學思想的巨大價值和影響。

三、辭誠、辭達與辭巧

劉勰所提到的《禮記·表記》所載孔子「泛論君子」的「情慾信，辭欲巧」之言，與前文所論《論語·雍也》的「文質彬彬，然後君子」之語，其思想理路和表達邏輯是相當一致的。這表明孔子對修辭的重視。也就是說，孔子當然看重人的內心和情感的真誠和樸實，但並不像道家和墨家那樣，只重真樸，忽視或反對儀節言辭的修美。我認為，「情信辭巧」與「文質彬彬」的觀念同出一理，與孔子的通常被視作對內容的看重的「辭誠」、「辭達」二

─────────

〔註39〕（晉）杜預注；（唐）孔穎達（疏）：《春秋左傳正義》，北京：北京大學出版社，2000年版，第1215頁。

說，也是相通的。

「辭誠」之說，出於《周易·乾·九三》的《文言傳》：

> 子曰：君子進德修業。忠信，所以進德也；修辭立其誠，所以
> 居業也。〔註40〕

「辭達」之論，見於《論語·衛靈公》：

> 子曰：辭達而已矣。

「修辭立誠」與「辭達而已」二語，常被視爲孔子論文辭尚質的根據。這是很成問題的。

「修辭立其誠」一語所指，古今學者見解頗不一，大致而言，有「修辭以立誠」、「修辭並立誠」、「修辭須立誠」等說法。〔註41〕本文認爲此語兼含重修辭與重立誠之義，雖然二者何者爲主尚可討論。無論在《乾·九三》《文言傳》的語境中是否著重或傾向於「立誠」，孔子畢竟鄭重地提到了「修辭」之事，這本身就顯示了他以修辭爲君子修養和處世的要務的看法。

關於「辭達而已」之說，我們需注意兩點：一是「辭達而已矣」的語錄無上下文，所涉問題與產生語境不詳，可以理解爲「辭僅至達即可」，也可以理解成「辭應至達方可」，還可以理解爲「辭得至達已可」。一是所謂「達」，也非容易之事。「辭達而已」，其實也可以理解爲「辭達」之難。蘇軾在其《答虔倅俞括一首》中說：「孔子曰：『辭達而已矣。』物固有是理，患不知之。知之患不能達之於口與手。所謂文者，能達是而已。」〔註42〕在《與謝民師推官書》中又說：「（孔子）又曰：『辭達而已矣』。夫言止於達意，則疑若不文，是大不然，求物之妙，如繫風捕影，能使是物了然於心者，蓋千萬人而不一遇也，而況能使了然於口與手乎？是之謂辭達。辭至於能達，則

〔註40〕見《易·乾·文言》。《易傳》作者，司馬遷《史記·孔子世家》、班固《漢書·藝文志》均歸諸孔子，至宋歐陽修《易童子問》始表懷疑，經清崔述《洙泗考信錄》張其說，近代以來疑古思潮盛行，錢玄同、顧頡剛、郭沫若等遂完全否定孔子作《十翼》之說。據李學勤《周易經傳溯源》的研究，《易傳》的寫定年代「不會晚到戰國中葉」，且大體可肯定包括《文言》在內的《易傳》源於孔子。李學勤：《周易經傳溯源》，長春：長春出版社，1991 年版。另參李學勤：《簡帛佚籍與學術史》，南昌：江西教育出版社，2001 年版。

〔註41〕參王齊洲：《「修辭立其誠」本義探微》，《文史哲》2009 年第 6 期；丁秀菊：《「修辭立其誠」語義學詮釋》，《周易研究》2007 年第 1 期。

〔註42〕（宋）蘇軾著；孔凡禮校點：《蘇軾文集》卷五十九，北京：中華書局，1986 年版，第 1793 頁。

文不可勝用矣。」〔註43〕按蘇軾的說法，「辭達」的要求是極高的。要明瞭
事物的微妙之理，使其然於心，千萬人中難有一個；知道了事理，進一步
了然於口與手，用生動感人的文辭準確地表達出來，就更是難之又難了。蘇
軾引孔子之言表達自己的創作經驗，當然是個人體驗的藉端發揮。但筆者以
爲，他的這些話，完全可以看作是對孔子「辭達」論的解釋，而且是很合乎
孔子的原意的。比如《易傳・繫辭上》：「子曰：書不盡言，言不盡意。」「言
不盡意」，正是說意達於口、了然於口之難；「書不盡言」，正是說書辭記言，
了然於手之難。另《左傳・襄公二十五年》載孔子所引自「故《志》」的「言
以足志，文以足言」之語，從反面說就是「言不盡意」、「書不盡言」。而「言
之無文，行而不遠」，也隱含著言辭不修很難達意的意思。又，《易・繫辭下》
引孔子云：「其旨遠，其辭文」，也隱含達意之辭必須有文采的認識。所以，
「辭達而已」與「修辭立誠」二語所表達的，應該都是孔子對文辭講究文采
以達意行遠的要求和主張。

　　「辭之義有二：發於言則爲言辭，發於文則爲文辭。」〔註44〕先秦文獻
中的「辭」，在指稱語言表達方面，有時指言辭，即口頭語言；有時指文辭，
即書面語言。當然二者也不可能界限分明，但大體上先秦典籍中主要以「言」
表示前者，而用到「辭」的情況，大多數語境中是指後者。就春秋時代的情
形看，口說的辭令與隨意談話的言語，雖然均可稱「言」或稱「辭」，但其實
二者差別較大，絕不可視爲一事。在當時各國的政事商討中，尤其是國際的
外交應對中，即使口說的辭令，往往也必須是事先經過修飾潤色成文的。如
《左傳・僖公二十六年》載，齊孝公率師伐魯，尚未入魯國境，「公使展喜犒
師，使受命於展禽。」「受命」，即受犒師之辭命。而展喜前去犒師，最終不
辱使命，竟然僅靠婉轉有致的辭令，成功退敵：

　　　　齊侯未入竟，展喜從之，曰：「寡君聞君親舉玉趾，將辱於敝
　　邑，使下臣犒執事。」齊侯曰：「魯人恐乎？」對曰：「小人恐矣，
　　君子則否。」齊侯曰：「室如懸罄，野無青草，何恃而不恐？」對曰：
　　「恃先王之命，昔周公、大公股肱周室，夾輔成王。成王勞之而賜
　　之盟，曰：『世世子孫，無相害也！』載在盟府，桓公是以糾合諸侯

〔註43〕（宋）蘇軾著；孔凡禮校點：《蘇軾文集》卷四十九，北京：中華書局，1986
　　　　年版，第1418頁。
〔註44〕（宋）文天祥：《西澗書院釋菜講義》，《文山先生全集》卷十一，北京：商務
　　　　印書館，1936年版，第370頁。

而謀其不協，彌縫其闕而匡救其災，昭舊職也。及君即位，諸侯之望曰：『其率桓之功。』我敝邑用不敢保聚，用此舊盟，故不聚眾保守。曰：『豈其嗣世九年而棄命廢職，其若先君何？君必不然。』恃此以不恐。」齊侯乃還。

展喜對答齊侯的用辭，看起來似乎即時而發，卻又顯得那樣的理正詞順，婉而有力，與其事先請教了展禽，預作了充分的準備，有很大關係。又如，因「有辭」而被孔子稱賞的子產，身為卓越的外交家，其執政鄭國時，每當交接諸侯，仍要預先與擅長於文辭的同僚「多為辭令」，以備應對。《左傳·襄公三十一年》載：

> 子產之為政也，擇能而使之。馮簡子能斷大事，子大叔美秀而文，公孫揮（字子羽）能知四國之為，……善為辭令。……鄭國將有諸侯之事，子產乃問四國之為於子羽，且使多為辭令。

對於這些情況，孔子也是很瞭解的：

> 子曰：「為命，裨諶草創之，世叔討論之，行人子羽修飾之，東里子產潤色之。」（《論語·憲問》）

子產因辭令之擅美受孔子盛讚，所以孔子對於當時諸侯間「修辭」的慣例是十分清楚的。《易·繫辭上》：「子曰：聖人立象以盡意，設卦以盡情偽，繫辭焉以盡其言。」丁秀菊認為，從這裡的「辭」的用法看，孔子口中的「辭」，指的是「表義完整的話語篇章，兼涉言辭和文辭」，這是很有見地的看法。〔註45〕本文認為，孔子在「修辭立誠」、「辭達而已」及「辭欲巧」等言論中所說的「辭」，應該都是指這種較為正式的辭令或正規的言辭，而非一般的言語。在當時的上層政治生活中，士大夫之論諫與行人辭令，有著極為重要的作用；在孔子的私學教育中，「言語」為專門的一科，學習借鑒前代和當世流傳的優秀文辭，練習言說技巧和培養修辭能力，自是孔門教學活動的題中應有之義。如前文所引，襄公二十七年宋國召集的「弭兵之會」上，宋司馬向戎置折俎禮，賓主往來言辭較多而可法，孔子以為其「多文辭」，而「使舉是禮」，主要目的便是為了進行欣賞、揣摩、演練和學習其中的豐富辭令。這是孔門教學重修辭的一個典型例子。

因此，孔子所說的「修辭」，含有修飾辭令文辭的意思。這與後來的「辭

〔註45〕丁秀菊：《「修辭立其誠」的語義學詮釋》，《周易研究》，2007 年第 1 期，第28 頁。

章」「文章」的距離並不遙遠，甚或可以說只是一線之隔了。從這個意義上說，孔子對於文章、文學的寫作特點和藝術要求，至少可以說，有了朦朧的自覺。

第三節　「愼言」、「惡佞」與「修辭」

孔子推崇「文質彬彬」，也頗重視「修辭」，主張君子應該講究言辭的文雅修美，前文已作了較多論證。但眾所周知，孔子又態度鮮明地提倡「愼言」，厭惡「巧言」。這兩類主張和言說之間，思想背景本來是相通的，立論邏輯也並不存在矛盾。但有的人往往以孔子的後一類言論否定其文學觀的「貴文」特徵，或證明其有「尚質」傾向，認識上有誤區，看法不免會有些偏頗。所以本節擬對其中的問題略作辨析。

一、倡「愼言」與惡「巧言」

孔子關於「愼言」言論很多，在儒家典籍中隨處可見。即以《論語》為例，幾乎篇篇有之。如：

子曰：「君子食無求飽，居無求安，敏於事而愼於言，就有道而正焉，可謂好學也已。」（《學而》）

子張學干祿。子曰：「多聞闕疑，愼言其餘，則寡尤；多見闕殆，愼行其餘，則寡悔。言寡尤，行寡悔，祿在其中矣。」（《為政》）

子曰：「君子欲訥於言而敏於行。」（《里仁》）

司馬牛問仁。子曰：「仁者，其言也訒。」曰：「其言也訒，斯謂之仁已乎？」子曰：「為之難，言之得無訒乎？」（《顏淵》）

子曰：「……故君子名之必可言也，言之必可行也。君子於其言，無所苟而已矣。」（《子路》）

子問公叔文子於公明賈曰：「信乎夫子不言、不笑、不取乎？」公明賈對曰：「以告者過也。夫子時然後言，人不厭其言；樂然後笑，人不厭其笑；義然後取，人不厭其取。」子曰：「其然，豈其然乎？」（《憲問》）

子曰：「邦有道，危言危行；邦無道，危行言孫。」（《憲問》）

子曰：「予欲無言。」子貢曰：「子如不言，則小子何述焉？」

子曰：「天何言哉？四時行焉，百物生焉，天何言哉？」（《陽貨》）

孔子曰：「侍於君子有三愆：言未及之而言謂之躁，言及之而不言謂之隱，未見顏色而言謂之瞽。」（《季氏》）

上述語錄產生的具體問題和語境不盡相同，但總體上確實反映了孔子謹慎於言的態度。其他儒家文獻中，記載孔子「慎於言」的言論也較多。如：

子云：「有國家者貴人而賤祿，則民興讓；尚技而賤車，則民興藝。故君子約言，小人先言。」（《禮記‧坊記》）

子曰：「君子道人以言而禁人以行。故言必慮其所終，而行必稽其所敝，則民謹於言而慎於行。《詩》云：『慎爾出話，敬爾威儀。』《大雅》曰：『穆穆文王，於緝熙敬止。』」（《禮記‧緇衣》）

子路盛服而見孔子，孔子曰：「由，是裾裾何也？昔者江出於岷山，其始出也，其源可以濫觴，及其至江之津也，不放舟，不避風，則不可涉也。非維下流水多邪？今女衣服既盛，顏色充盈，天下且孰肯諫女矣！」子路趨而出，改服而入，蓋猶若也。孔子曰：「由志之！吾語汝：奮於言者華，奮於行者伐，色知而有能者，小人也。故君子知之曰知之，不知曰不知，言之要也；能之曰能之，不能曰不能，行之至也。言要則知，行至則仁；既仁且知，夫惡有不足矣哉！」（《荀子‧子道》）

這些言論表明，孔子非常強調「慎言」，主張「訥言」、「約言」，甚至「欲無言」，表現出對言語問題的極其謹慎的態度和作風。另外，孔子很厭惡「巧言」：

子曰：「巧言、令色、足恭，左丘明恥之，丘亦恥之。」（《泰伯》）

子曰：「巧言令色，鮮矣仁！」（《學而》，又見《陽貨》）

子曰：「巧言亂德，小不忍則亂大謀。」（《衛靈公》）

孔子更不喜歡利口佞便之人：

或曰：「雍也，仁而不佞。」子曰：「焉用佞？御人以口給，屢憎於人。不知其仁，焉用佞？」（《公冶長》）

子路使子羔為費宰。子曰：「賊夫人之子。」子路曰：「有民人焉，有社稷焉。何必讀書，然後為學？」子曰：「是故惡夫佞者。」（《先進》）

顏淵問爲邦。子曰：「行夏之時，乘殷之輅，服周之冕，樂則韶舞。放鄭聲，遠佞人。鄭聲淫，佞人殆。」(《衛靈公》)

孔子曰：「益者三友，損者三友。友直，友諒，友多聞，益矣。友便辟，友善柔，友便佞，損矣。」(《季氏》)

還有，他自己雖然重視和善於言辭，卻並不以能言自許：

宰我、子貢善爲說辭，冉牛、閔子、顏淵善言德行，孔子兼之，曰：「我於辭命，則不能也。」(《孟子·公孫丑上》)

以上所列言論說明，孔子雖然不像老莊和墨子那樣輕視或反對美言，但他對華言麗語、巧言利辭的厭惡態度，與他們其實頗具一致之處。這些言論，從另一個方面反映了孔子對言辭的重視，對我們全面把握孔子語言觀和修辭論的不同層面和側面，很有意義。不必多作論說，我們也能明白，那些摘取上面的一二條或依據少數材料，片面突出孔子「重德」、「重行」或「重質」，因而認爲孔子文學觀偏重功利或「尚質」的觀點和論證，是偏頗的。

二、言行先後、德文內外與禮之本末

孔子論及「言」，若持相對消極和謹慎的態度，往往是與「德」或「行」相對而言的。在「言」與「行」之間，他似乎更注重後者：

子貢問君子。子曰：「先行其言而後從之。」(《爲政》)

子曰：「古者言之不出，恥躬之不逮也。」(《里仁》)

子曰：「君子恥其言而過其行。」(《憲問》)

孔子認爲，言語和行爲都是一個人德性的表現，都應當謹慎、講究：

子曰：「君子居其室，出其言善，則千里之外應之，況其邇者乎；居其室，出其言不善，則千里之外違之，況其邇者乎。言出乎身，加乎民；行發乎邇，見乎遠。言行，君子之樞機，樞機之發，榮辱之主也。言行，君子所以動天地也，可不慎乎！」(《易傳·繫辭上》)

君子德性修美，外發而爲美言善行，若能言行與內在的仁德契合，表裏如一，則言與行均可以修養趨美，達到盡善盡美的境界。若言與行分而言之，則行內言外，行實言虛，故又進一步要求「君子寡言而行，以成其信」(《禮記·緇衣》)。《學而》篇孔子論何爲「好學」，「敏於事而慎於言」爲其一端；

《里仁》篇云「君子欲訥於言而慎於行」，道理也是如此。所以孔子總體的言行觀，實際上是主張君子應當行爲自律向善，同時言語修飾臻美：

> 子曰：「言，從而行之，則言不可飾也；行，從而言之，則行不可飾也。故君子寡言而行，以成其信，則民心得大其美而小其惡。《詩》云：『白圭之玷，尚可磨也。斯言之玷，不可爲也。』《小雅》曰：『允也君子，展也大成。』《君奭》曰：『在昔上帝，周田觀文王之德，其集大命於厥躬。』」（《禮記·緇衣》）

> 子張問行。子曰：「言忠信，行篤敬，雖蠻貊之邦行矣；言不忠信，行不篤敬，雖州里行乎哉？立，則見其參於前也；在輿，則見其倚於衡也。夫然後行。」子張書諸紳。（《衛靈公》）

> 子曰：「群居終日，言不及義，好行小慧，難矣哉！」子曰：「君子義以爲質，禮以行之，孫以出之，信以成之。君子哉！」（《衛靈公》）

這裡所說的「言」和「行」，均是君子的外在表現。孔子的總體思想，當然是以內在的仁德爲君子修養的前提和基礎，進而講求言語的修飾和行爲的自律。因爲行爲比言語更能直接體現德性的實際，所以在二者之間比較時，他又常常更看重前者，先行後言。

這種內外有別，先內後外的邏輯，與孔子泛論德義與禮文的關係時的話語精神相符合：

> 子曰：「弟子入則孝，出則弟，謹而信，泛愛眾，而親仁，行有餘力，則以學文。」（《學而》）

這是明確主張先德行，後文學。

> 子曰：「文，莫我猶人也。躬行君子，則吾未之有也。」（《述而》）

這是說儀節文飾易爲，而君子之德質難臻。孔子因此看重君子內在的德性，僅僅禮儀文飾周到雅致，但行爲不仁不義，是他最反對的。

> 子曰：「君子博學於文，約之以禮，亦可以弗畔矣。」（《雍也》）〔註46〕

此處之「文」，即偏於言語文學。所謂「約之以禮」，看重的還是「行」。

〔註46〕按：又見於《顏淵》篇，作「子曰：博學於文，約之以禮，亦可以無畔矣夫！」

宰我、子貢善爲說辭，冉牛、閔子、顏淵善言德行，孔子兼之，

曰：「我於辭命，則不能也。」（《孟子·公孫丑上》）

孔子本來辭令、德行兼善，但卻自言「不能辭命」，是謙虛，也是表明更重德行及德言相合的傾向性。

子曰：「人而不仁，如禮何？人而不仁，如樂何？」（《八佾》）

林放問禮之本。子曰：「大哉問！禮，與其奢也，寧儉；喪，與其易也，寧戚。」（《八佾》）

孔子雖然極看重禮儀，但更注重禮之本，也體現了與論言行和論文德相通的認識和邏輯。

三、愼言與「貴文」

從上文的分析可以看出，孔子強調「愼言」、厭惡「巧言」，與其推崇「文質彬彬」和重視「修辭」，整體上都符合他的道德思想，反映了他的文學觀的不同側面。另外，我們注意到，上文所引材料中的孔子所論的「言」，幾乎均爲與「行」相對而言，顯然不是指正規的辭令和辭章而言，而是指一般意義上的言辭。所以上述兩種言論看似差異很大，其實並不矛盾。對於二者之間的差異，我們還可以從孔子文藝思想的產生背景和言說目的方面去作整體理解。

孔子思想總體上以中庸爲哲學基礎，他的審美理想當然也是以合於中庸爲根本宗旨的。因此我們可以說，「文質彬彬」是孔子對言語文辭的最高要求和理想境界的描述，與他對音樂的「盡善盡美」的追求很相符，體現了他的審美理想。無論他的「修辭立誠」、「辭達而已」、「情慾信，辭欲巧」等主張，還是重「愼言」、惡「巧言」等觀念，都是在此思想精神和理論背景上提出的。另一方面，孔子又富於現實精神和實踐理性，他對很多社會問題和人生困境的解決之道，在堅持理想和原則的同時，又都頗具針對性和權變性。比如若不能做到文質兼備，就主張寧質無文；在不能做到辭情並達時，就選擇寧信不美；在不能做到言行並善時，就傾向於先行後言。這樣的思想方法和實踐途徑，在孔子言論中很常見。如：

子曰：「奢則不遜，儉則固。與其不遜也，寧固。」（《論語·述而》）

朱熹《集注》：「孫，順也。固，陋也。奢儉俱失中，而奢之害大。晁氏

曰：『不得已而救時之弊也。』」〔註47〕

「不得已而救時之弊」，點出了孔子許多思想和言說的背景和目的。他雖然重文質彬彬的君子風度，重視文辭的修飾和美化，強調言行均應合禮制，但針對當時社會上常存在的重禮儀言辭而輕內心仁德和情義的實際踐行的情況，就總是要強調言辭禮儀的表面性和次要地位了。

在禮之本與禮之文之間，孔子更重視禮之本。言語和辭章包含在「禮文」之中，他當然也更注重它們的實際內容和價值。這樣的邏輯和思想，其實是先秦諸子所共有的。沒有哪家或哪一位思想家主張應更講求禮儀而是忽視禮的本質，也沒有人認為言辭可以獨立於其所代表、傳達的情感思想等內在精神含蘊之外，而自在自足地發展變化出美的獨特的形式來。

反過來說，也沒有人主張無形式的內容或本質。在學理上，雖然可以設想界定形而上的世界根源和道德本體，但在現實世界中，總是萬物殊形。只有仁義外現，才能為人類感官所感知、心靈所思考判斷。道家理論中，常常有無形式的存在，所謂「大象無形、大音希聲」、「大道無為」等，其實已超出我們通常所認為的經驗界和感知界之外，成為一種純抽象的理念式存在，有似於黑格爾所說的「絕對理念」或「絕對意志」。在整個先秦時代，乃至此後很長的歷史時期內，在討論文學的內容和形式關係時，大概只有道、名兩家深入到這樣的領域和境界。而且，他們也並沒有完全摒棄對具體的事物形式和人的外在行為方式的關注。

在討論禮的本質要求和內涵的表現形式——禮儀、典制、言辭時，有繁縟隆重和簡樸輕易之分——這才是文質關係的討論中常指涉的對象和問題。在某種程度上，可以說，只有在這個具體的對象上，人們討論的才是真正的形式的繁簡文樸問題。所以，孔子對言辭的看法，雖然是「文質彬彬」，即文質並重的，但與道家、法家、墨家諸子相比，他與儒家的大多數代表人物其實是重文的。我們從《論語‧顏淵》篇所載的棘子成與子貢的一段對話中，就可以看出這一點：

> 棘子成曰：「君子質而已矣，何以文為？」子貢曰：「惜乎，夫子之說君子也！駟不及舌。文猶質也，質猶文也。虎豹之鞹猶犬羊之鞹。」

這段話當中的「質」，與孔子論「文質彬彬」那段話中一樣，也應當指與

〔註47〕 （宋）朱熹：《四書章句集注》，北京：中華書局，1983年版，第102頁。

「文飾」相對的素樸、忠直之義，但也常被解釋成德、禮之本質、內質等意義，變成了帶有主導性、決定性意味的概念，這當然是不夠準確的。棘子成的話裏包含著「質」重「文」輕的認識，意思是君子只要樸質無華地表現自己的心情、志向和態度就可以了，不必有那麼多的禮文講究。子貢的反映，是深感遺憾，而且也很意外，表現出君子本來不應當有這樣的想法的意思。「文猶質也，質猶文也」一語，正體現出「文」與「質」都是君子之道德智慧的外現，因而應該二者並重的意思。子貢的話也表明，與其他學派較普遍的輕視和反對「文」相比，孔門恰恰是重「文」的，或如劉勰所總結的，是「貴文」的。如果僅僅就幾處或一兩句零散的文字記載，就輕易作出結論，認為孔子的文學觀是「尚質」或「功利主義」的，並推而至於所有的場合和領域，就會陷入以偏概全的誤區了。我們通常說「只見樹木，不見森林」，大概就是指這種情況吧。

在先秦諸子當中，相對而言，儒家，尤其是孔子，對於文學的態度和主張更為客觀、全面和通達。道家重「自然」「無為」，故反對文飾。《莊子‧山木》篇借子桑雽之謂孔子言曰：

> 舜之將死，乃命禹曰：「汝戒之哉！形莫若緣，情莫若率。緣則不離，率則不勞。不離不勞，則不求文以待形。不求文以待形，固不待物。」〔註48〕

「情莫若率」，與孔子「情欲信」之說相近，「形莫若緣」，「不求文以待形」，順因自然，不勞虛文以粉飾行為（包括言辭、形貌），顯然不講究「辭欲巧」，顯示出道家與儒家在文質關係問題上認知的相通而又相異的志趣。我們可以說，其實墨家和道家才是尚質的。《老子》曰：「質真若渝。」（四十一章）「渝」，馬敘倫解為「污」。真樸之質，並不華美悅目。「明道若昧」、「大音希聲，大象無形」（四十一章）、「大巧若拙，大辯若訥」（四十五章）等說法，都是基於物不待形、質不求文的認識和思理。從反面說，老子又云：「樸散則為器」（二十八章），真樸的本體毀散、淪為形而下的「器」，形上之道不可見、不可飾，一旦變成有形的器物，本真便遭損毀。所謂「為學日益，為道日損」（四十八章），形而下的、具體的言說越是精細繁多，對道的整體性的自然真樸的瞭解和領悟反而越少。因此老子才有「信言不美，美言不信；

〔註48〕（戰國）莊周著；（清）郭慶藩集釋：《莊子集釋》，北京：中華書局，2004年版，第686頁。「乃命禹曰」原作「真泠禹曰」，據本書所引王引之說改。

善者不辯，辯者不善」（八十一章）這樣貶抑文辭言辯的主張。孔子在老子之後採取一種更爲通達的、人本的認知路線，在「文」「質」之間取中庸立場，也可以說是一種實踐理性，避免了「蔽於天而不知人」〔註49〕的偏差。

墨家和法家也不見得不重視言辯，但都極端地尚質忽文。他們的文學觀，《韓非子·外儲說上》中一則故事有典型的展現：

> 楚王謂田鳩曰：「墨子者，顯學也。其身體則可，其言多而不辯何也？」曰：「昔秦伯嫁其女於晉公子，令晉爲之飾裝，從衣文之媵七十人，至晉，晉人愛其妾而賤公女，此可謂善嫁妾而未可謂善嫁女也。楚人有賣其珠於鄭者，爲木蘭之櫃，薰以桂椒，綴以珠玉，飾以玫瑰，輯以翡翠，鄭人買其櫝而還其珠，此可謂善賣櫝矣，未可謂善鬻珠也。今世之談也，皆道辯說文辭之言，人主覽其文而忘有用。墨子之說，傳先王之道，論聖人之言以宣告人，若辯其辭，則恐人懷其文忘其直，以文害用也。此與楚人鬻珠、秦伯嫁女同類，故其言多不辯。」〔註50〕

韓非籍田鳩之口評論墨子之學「言多而不辯」的合理性，用「秦伯嫁女」和「楚人鬻珠」二則很有戲劇性的寓言故事表明，法家與墨家一樣，與儒家尤其孔子針鋒相對，是尚用反文的。〔註51〕他們對言談的功用和目的的重視，要遠超過形式。今天看來，這兩家的文學觀對審美性的忽略和反對，相較於孔子，表現出巨大的局限性。

《荀子·不苟》篇說：

> 君子寬而不慢，廉而不劌，辯而不爭，察而不激，直立而不勝，堅強而不暴，柔從而不流，恭敬謹慎而容：夫是之謂至文。《詩》曰：「溫溫恭人，惟德之基。」此之謂也。〔註52〕

這裡所描述的「至文」之君子品格，說得似乎全面而完美，其實還不如前述孔子「文質彬彬，然後君子」之論來得簡潔而明瞭。客觀地說，可能還

〔註49〕此爲荀子評莊子語。（戰國）荀況著；（清）王先謙集解：《荀子集解》，北京：中華書局，1988 年版，第 393 頁。

〔註50〕（戰國）韓非著；陳奇猷校釋：《韓非子新校注》，上海：上海古籍出版社，2000 年版，第 668 頁。

〔註51〕郭紹虞：《中國文學批評史》，上海：上海古籍出版社，1979 年版，第 14 頁。

〔註52〕（戰國）荀況著；（清）王先謙集解：《荀子集解》，北京：中華書局，1988 年版，第 40～41 頁。

是孔子的「文」、「質」分言之論，最接近後世文學批評中常有明確分別而往往針鋒相對的文采華素之爭。而孔子「文質彬彬」的意見，又相對地最為通達精闢。關於文學的內容與形式的關係，以及文風質樸與華藻的關係，後人往往引孔子之言為說，而他們離孔子所揭櫫的文質兼備的標準越遠，越誤解孔子的文質論的原意，其觀點的片面性也往往越嚴重。

在春秋乃至整個先秦時代的思想家中，從現存的文獻資料推斷，事實上孔子及孔門弟子們（某些論說很難分清是否出自孔子）恐怕是對言辭問題關注最多，論述最多，思考最深入，相對最有理論體系（即使這種體系在當時還不明朗，我們可以稱之為「潛體系」）的人。就我們所討論過的論題看，孔子論言辭的言論和觀點，與當時泛論「文學」甚至具體評說《詩》、《書》者相比，要更接近於今天的文學理論的畛域。林傳甲說，「『修辭立誠』與『辭達而已』二語，為文章之本。」〔註53〕這個說法是很有道理的。由此可見，孔子所提出的「文質彬彬」、「辭達而已」、「修辭立其誠」等理論，成為秦漢以後至今文章學、文學批評的恒久標準，並不是偶然的。

〔註53〕林傳甲：《中國文學史》，陳平原輯：《早期北大文學史講義三種》，北京：北京大學出版社，2005年版，第80頁。

第三章 「鄭聲淫」與「思無邪」——
「鄭聲淫」的實質與「淫詩說」的來由

　　熊十力《十力語要》追述早年讀《詩》，曾為不能折中孔子論《詩》的不同言說的矛盾而苦惱，更為朱熹「淫詩」之說與孔子「無邪」之論的違異難平而深感疑惑：

> 　　《論語》記孔子曰：「《關雎》樂而不淫、哀而不傷。」我在《關雎》章中，仔細玩索這個義味，卻是玩不出來。《論語》又記夫子說：「詩三百，一言以蔽之，曰思無邪。」我那時，似是用《詩義折中》作讀本，雖把朱子《詩傳》中許多以為淫奔的說法，多改正了，然而還有硬是淫奔之詩，不能變改朱子底說法的。[註1]

　　以《詩經》中的男女情愛類作品為「淫詩」之說，雖然起於漢人，成於朱子，卻是由孔子「鄭聲淫」之論導源。「鄭聲」何謂？它與《詩三百》及其中的《鄭風》關係如何？如何為「淫」？如何是「無邪」？熊十力曾有的不解，其實早已有之。這些問題，自古迄今，引來無數的歧見和論爭。本章將通過考論孔子所謂「鄭聲」、「淫」、「邪」等概念的所指和言說緣由，試圖對上述問題、爭論提出較為客觀統一的看法和解釋。

〔註1〕熊十力：《十力語要》，臺北：明文書局，1989版，第213頁。

第一節 「鄭聲淫」與「淫詩說」及其爭論

「鄭聲」之說，起於孔子。現存文獻中最早言及「鄭聲」並做出明確評價，對後世《詩經》學及古代音樂學影響至為巨大的，便是《論語》中孔子的兩段話：

> 子曰：「惡紫之奪朱也！惡鄭聲之亂雅樂也！惡利口之覆邦家者！」（《陽貨》）。

> 顏淵問為邦。子曰：「行夏之時，殷之輅，服周之冕，樂則韶舞。放鄭聲，遠佞人；鄭聲淫，佞人殆。」（《衛靈公》）

從這兩則材料中我們可以看出，孔子對所謂「鄭聲」是深惡痛絕的，不單給它加上了「淫」的惡諡，指責其淆亂「雅樂」，而且還大聲疾呼治國者放逐禁絕它。但是，對於什麼是「鄭聲」，他卻惜墨如金，未作任何解釋。這就留下了解讀歧異和眾說紛紜的根由，也成為後世「淫詩說」源頭。

一、「淫詩說」的出現——東漢

從古至今，人們在見存的文獻中找不到孔子關於何為「鄭聲」的點滴論說。聖人的弟子及再傳弟子們或許清楚他們的老師所說的「鄭聲」為何物，大概也贊同夫子對其「淫亂」的指責和宜加放逐的主張，所以就目前文獻所見，我們也看不到他們對此哪怕些許疑惑不解或問難討論的記載。直至西漢，儘管不斷有人繼續批判著「鄭聲」、「鄭音」、「鄭衛之音」的淫靡惑人，甚至斥之為「亡國之音」，但似乎尚無人明確把「鄭聲」與《詩經》中的《鄭風》聯繫起來。

到了東漢，情況發生了變化。許慎《五經異義》引《魯論》說：

> 鄭國之俗有溱洧之水，男女聚合，謳歌相感，故云「鄭聲淫」。

他又進一步發揮說：「謹按：《鄭詩》二十一篇，說婦人十九矣。故鄭聲淫。」〔註2〕班固更從地理風俗的角度解釋「鄭聲淫」的論斷：

> 孔子曰「鄭聲淫」者何？鄭國土地民人，山居谷汲，男女錯雜，為鄭聲以相誘悅懌，故邪僻，聲皆淫色之聲也。〔註3〕

〔註2〕（漢）許慎：《五經異義》，轉引自程樹德《論語集釋》，北京：中華書局，1990年版，第1087～1088頁。

〔註3〕（漢）班固：《白虎通義·禮樂》，文淵閣四庫全書，臺灣商務印書館影印本，第850冊，第12頁。

其《漢書・地理志》也有類似論說：

> 鄭國，……土狹而險，山居谷汲，男女亟聚會，故其俗淫。
> 《鄭詩》曰：「出其東門，有女如雲。」又曰：「溱與洧，方灌灌
> 兮，士與女，方秉蕳兮」，「恂盱且樂，惟士與女，伊其相謔。」
> 此其風也。〔註4〕

這樣，就完全視「鄭聲」作《鄭詩》，給《詩經》中的二十一首《鄭詩》
正式扣上了淫邪的帽子。但如此一來，又與《論語》中孔子對《詩經》的另
一著名論斷產生了不可調和的矛盾：

> 子曰：「《詩三百》，一言以蔽之，曰：思無邪。」（《為政》）

歷來「淫」「邪」並舉，「無邪」自然不「淫」。既然說《詩三百》「無邪」，
又怎能給其中的二十一首《鄭詩》加上「淫」的罪名呢？許、班二人有意無
意之中，使孔子的前後言論陷入了此是彼非，或此非彼是的自食其言的尷尬
境地。此前人們似乎未曾意識到孔子「鄭聲淫」與「思無邪」二說之間存在
著的理論裂縫，就此明朗化了。由此，也明確埋下了宋代以來關於「淫詩說」
眾說紛紜的爭訟的伏筆。

二、「淫詩說」的證成——宋代

如果說「淫詩說」由孔子「鄭聲淫」的言論為導源，許慎指責《鄭詩》「說
婦人者十九」為濫觴的話，最終從理論上完全證成「淫詩說」，並付諸解讀、
教授《詩經》的實踐的，是宋代理學大家朱熹。其《詩集傳》卷四云：

> 鄭衛之樂，皆為淫聲，然以《詩》考之，《衛》詩三十有九，
> 而淫奔之詩才四之一，《鄭》詩二十有一，而淫奔之詩不翅七之五。
> 《衛》猶為男悅女之詞，而《鄭》皆為女惑男之語。衛人猶多刺激
> 懲創之意，而鄭人幾於蕩然無復羞愧悔悟之萌。是則鄭聲之淫，有
> 甚於衛矣。故夫子論為邦，猶以鄭聲為戒而不及衛，蓋舉重而言，
> 因自有次第也。「《詩》可以觀」，豈不信哉！〔註5〕

朱子一副道學家的面孔，不但徑解「鄭聲淫」之「淫」為男女淫欲之淫，
而且又將歷來被人們與「鄭聲」相提並論的「衛音」也一起拉上被告席，指

〔註4〕 （漢）班固：《漢書・地理志下》，北京：中華書局，1962年版，第1652頁。
對於衛風，班固亦云：「衛地有桑間濮上之阻，男女亦亟聚會，聲色生焉，故
俗稱『鄭衛之音』。」見同書第1665頁。
〔註5〕 （宋）朱熹：《詩集傳》，上海：上海古籍出版社，1980年版，第56～57頁。

其爲「《衛詩》三十九篇」，又從數量、性質和程度上判定《鄭詩》更「淫」一些，以此來解釋爲何同爲「淫詩」，單是《鄭詩》被孔子點名批判、深惡痛絕，而《衛詩》卻得以幸免。在《詩集傳》和《詩序辨說》等著作中被朱熹明確斷爲「淫奔期會之詩」、「淫奔者之辭」、「淫女之辭」的詩篇有：《邶風》之《靜女》，《鄘風》之《桑中》，《衛風》之《氓》、《木瓜》，《王風》之《采葛》、《大車》、《丘中有麻》，《鄭風》之《將仲子》、《有女同車》、《山有扶蘇》、《蘀兮》、《狡童》、《褰裳》、《東門之墠》、《風雨》、《子衿》、《揚之水》、《溱洧》，《齊風》之《東方之日》，《陳風》之《東門之枌》等二十首，《鄭》、《衛》二風中涉及男女戀情的詩篇少有幸免。當然，他不能不對孔子「思無邪」的論斷產生疑問：「《桑中》、《溱洧》之詩，果無邪耶？」（《朱子語類》）於是他作了一個絕妙的闡釋：

　　　　「思無邪」，乃是要讀詩之人思無邪耳。讀《三百篇》，善可爲法，惡可爲戒，故使人思無邪也。〔註6〕

他還更進一步具體解釋說：

　　　　孔子之稱「思無邪」也，以爲《詩》三百篇勸善懲惡，雖其要歸無不出於正，然未有若此言之約而盡者耳：非以作詩人所思皆無邪也。今必曰「彼以無邪之思鋪陳淫亂之事，而閔惜懲創之意自見於言外」，則何若曰「彼雖以有邪之思作之，而我以無邪之思讀之，則彼之自狀其醜者，乃所以爲吾警懼懲創之資」耶？而況曲爲訓說而求其無邪於彼，不若反而得之於我之易也；巧爲辯數而歸其無邪於彼，不若反而責之於我之切也。〔註7〕

　　我們看所謂「今必曰『彼以無邪之思鋪陳淫亂之事，而閔惜懲創之意自見於言外』，則何若曰『彼雖以有邪之思作之，而我以無邪之思讀之，則彼之自狀其醜者，乃所以爲吾警懼懲創之資』耶？」的說法，就可知道，朱子此處所論，對於讀詩者責己於無邪的要求，顯然要超過對於作詩者是否「所思皆無邪」或「以無邪之思鋪陳淫亂之事」的眞相和本事的追問。這其實是讀詩法，而且更看重目的論和功能論。這就是說，孔子之所以對《三百篇》中的「淫詩」存而不刪，完全是爲了立此存照，以儆效尤。詩的作者不妨有「淫」，而讀詩之人恰可由此受到教育和警戒而臻於「無邪」。這樣「思無邪」就不是

〔註6〕（宋）黎靖德編：《朱子語類》，北京：中華書局，1986年版，第539頁。
〔註7〕《朱子大全》，中華書局四部備要本，第1245頁。

對《詩經》文本本身的概括和評價，而成了對讀者讀詩要達到的目的和成效的要求了。朱熹就這樣彌合了「鄭聲淫」與「思無邪」二說之間的矛盾，使孔子「鄭聲淫」和「思無邪」二論各獲所安，仍能「一以貫之」。

但是，歷來被視為神聖經典的《詩經》中竟然存在為數眾多的「淫邪」之作，不免讓一些道學人物心生疑惑，難以接受。朱熹的再傳弟子王柏著《詩疑》，就說：

> 愚嘗疑今日三百五篇者，豈果為聖人之三百五篇乎？秦法嚴密，《詩》無獨全之理。竊意夫子已刪去之詩，容有存於閭巷浮薄者之口；蓋雅奧難識，淫俚易傳，漢儒病其亡逸，妄取而攛雜，以足三百篇之數。〔註8〕

既然認定《詩經》已非聖人刪存之舊，在確定哪些詩篇是漢儒攛入的「淫詩」時，就會比朱熹少許多顧忌。他在朱熹的基礎上更定《召南》之《野有死麕》，《秦風》之《晨風》，《唐風》之《綢繆》、《葛生》，《陳風》之《東門之楊》、《防有鵲巢》、《月出》、《株林》、《澤陂》等十數首詩為「淫奔之詩」，申言「與其遵漢儒之謬說，豈遵聖人之大訓乎？」要「一洗千古蕪穢」，將他認為「律以詩人之法，當放無疑」的三十二首所謂「淫詩」，盡皆從《詩經》中刪去。〔註9〕比王柏走得更遠的是明代的李經綸，他著《詩經教考》十卷，又將《衛風》之《木瓜》，《鄭風》之《叔于田》、《大叔于田》，《齊風》之《還》、《盧令》、《羔裘》，《秦風》之《東鄰》、《駟驖》、《蒹葭》、《終南》等篇定為「存之無謂，刪之何疑」的「無益之詩」和「淫亂之詩」，刪黜共四十二篇，較王柏擬刪者增多十篇。〔註10〕

如此妄刪古書，唐突經典，已到了歷史上登峰造極的地步。王、李二人為此頗受時人及後世學者的詬病。但他們作為徹底的道學家，既已認定孔子「鄭聲淫」是對《鄭詩》的評判，又自信其個人的所作所為是「尊聖人之大訓」，這種大肆刪削《詩經》中「淫詩」的做法的出現，看似難以理喻，其實

〔註8〕（宋）王柏：《詩疑》，北京：中華書局，1955 年版，第 27 頁。

〔註9〕據《詩疑》所載王氏擬目，僅得三十一首。遺漏一首，洪湛侯以為可能是《衛風·木瓜》、《鄭風·揚之水》、《王風·采葛》、《叔于田》四首中的一首，後為王氏抹去；戴維則以為即《陳風·出其東門》。

〔註10〕洪湛侯：《詩經學史》，北京：中華書局，2002 年版，第 830 頁。李氏所刪篇目與王柏稍有出入：《召南》不刪《野有死麕》，《秦風》不刪《晨風》，《唐風》不刪《綢繆》、《葛生》，《陳風》不刪《株林》。

也就是自然而然的了。《詩經》尤其《國風》中分明有不少眞率大膽的情詩，可能早就令一些經師教授頗感爲難了。朱熹《詩集傳》就曾於《鄘風‧鶉之奔奔》下評云：

> 胡氏曰：楊時有言，《詩》載此篇，以見衛爲狄所滅因也。故在《定之方中》之前。因以是說考於歷代，凡淫亂者，未有不至於殺身敗國而亡其家者，然後知古詩垂戒之大。而近世有獻議，乞於經筵不以《國風》進講者，殊失聖經之旨矣。〔註11〕

可見王柏、李經綸等的大刪「淫詩」，其實早有倡之者。

三、「淫詩說」的反撥——明清

元明兩代《詩》學相對衰落，又在朱子之學說的籠罩之下，「淫詩」說未受大的挑戰。較早對朱熹學說提出質疑的是明代的楊愼。他在《丹鉛總錄‧訂訛類》中對朱子關於「鄭聲淫」的言論進行了訂正：

> 《論語》（謂）鄭聲淫，淫者，聲之過也，水溢於平曰淫水，雨過於節曰淫雨，聲濫於樂曰淫樂……鄭聲淫者，鄭國作樂之聲過於淫，非謂鄭詩皆淫也。〔註12〕

到了清代漢學復起，大家輩出，戴震、陳啓源、方玉潤、毛奇齡、陳奐、姚際恒、王先謙等人詩學觀念或進步或保守，但都極力反對朱熹「淫詩說」。他們持論的角度雖各自不同，觀點卻不外以下兩種：

一是認爲鄭聲非鄭詩，不同意將《詩經》中的情詩看作「里巷狹邪之作」。如戴震《書鄭風後》云：

> 凡所謂聲，所謂音，非言詩也。如靡靡之樂，滌濫之音，其始作也，實自鄭、衛、桑間、濮上耳。然則鄭衛之音，非鄭詩衛詩；桑間濮上之音，非《桑中》詩，其義甚明。〔註13〕

姚際恒《詩經通論‧自序》云：

> 《集傳》紕繆不少，其大者尤在誤讀夫子「鄭聲淫」一語，妄以鄭詩爲淫，且及於衛，且及於他國。是使《三百篇》爲訓淫之書，

〔註11〕（宋）朱熹：《詩集傳》，上海：上海古籍出版社，1980年版，第31頁。
〔註12〕轉引自程樹德《論語集釋》，北京：中華書局，1990年版，1087～1088頁。
〔註13〕（清）戴震：《戴震文集》卷一《書鄭風後》，北京：中華書局，1980年版，第7頁。

則吾夫子爲導淫之人，此舉世之所切齒而懷恨者也。〔註14〕

一是認爲「淫」非「淫欲」之「淫」。陳啓源《毛詩稽古編》的說法可爲此派代表：

> 朱子以「鄭聲淫」一語斷盡《鄭風》二十一篇，此誤也。夫子
> 謂鄭聲淫耳，曷嘗言鄭詩淫乎？聲者，樂音也，非詩詞也。淫者，
> 過也，非指男女欲也。〔註15〕

由於封建時代的文人大多以男女私情和欲望爲非，尤其是宋元以降直至明清，由於理學「存天理、滅人欲」思想的浸染，在正統文人的思想觀念中，甚至存在著涉情即淫的意識。對於「鄭聲淫」的討論，始終不能科學和客觀化。儘管在否認「淫詩說」時，毛奇齡、姚際恒、方玉潤等人與朱熹一派的主張多勢同冰炭，但他們思考和立論的出發點，與後者其實頗爲一致，即都是爲了維護「聖人之訓」，堅持和宣揚封建道德禮教。所以除王質、崔述、王夫之等少數較爲開明的學者外，即使他們大多主張「鄭聲」非鄭詩，且釋「鄭聲淫」之「淫」爲「淫過」，也不能對《詩經》中實際存在的以《鄭風》、《衛風》中的多數詩篇爲代表的情詩做出令人滿意、合乎實際的釋讀。對於那些明顯的表現男女歡愛媟洽之詞的作品，不是視爲懲創淫心的反面教材，就是對它們別爲曲說。如方玉潤《詩經原始》卷五云：「《鄭風》古目爲淫，今觀之，大抵皆君臣朋友兄弟夫婦互相思慕之詞。其類淫詩者，僅《將仲子》及《溱洧》二篇而已。」〔註16〕所以他對《鄭風》中的大部分被朱熹斷爲「期會淫奔之詩」的作品，都作了「無邪」化的新解說，如釋《遵大路》曰「挽君子速行也」，釋《蘀兮》曰「諷朝臣共扶危也」，釋《狡童》曰「憂君爲群小所弄也」，釋《褰裳》曰「思見正於益友也」，釋《風雨》曰「懷友也」，釋《野有蔓草》曰「朋友相期會也」等（《詩經原始》卷五），這同釋《召南・野有死麕》曰「拒招隱也」（《詩經原始》卷二），釋《邶風・谷風》曰「逐臣自傷也」（《詩經原始》卷三），釋《魏風・十畝之間》曰「夫婦諧隱也」（《詩經原始》卷六）等一樣，爲了避開「淫詩」之說，可謂不遺餘力地另倡新說。這些新說，正如我們所看到的，幾乎均不及朱熹的解說切近詩旨，實際上是一種倒退。

〔註14〕　（清）姚際恒：《詩經通論》，北京：中華書局，1958年版，第8頁。
〔註15〕　（清）陳啓源：《毛詩稽古編》卷五，文淵閣四庫全書臺灣商務印書館影印本，第85冊，第399頁。
〔註16〕　（清）方玉潤：《詩經原始》，北京：中華書局，1986年版，第226頁。

四、爭論的復起——現代

進入現代社會以來，由於封建道德觀和舊的詩教觀念的徹底破滅，人們不再以男女私情為非禮，也不再談性色變，開始把戀愛和情慾視為人生之常態，蒙在「鄭聲」之上的淫邪的污穢自然被拂去了。但「鄭聲」問題仍沒有完全解決。對於何為「鄭聲」，鄭聲的特點和性質如何，孔子「鄭聲淫」與「思無邪」二說有無矛盾，「鄭聲」與「鄭詩」關係如何等問題，學術界仍然在爭論，尚未取得較為一致的意見。從上世紀八十年代以來，就筆者所見，僅直接討論「鄭聲淫」的論文，在各類報刊發表的就有八九十篇之多。學者們不僅在探討「鄭聲」的性質，不少人還進一步具體地探求孔子「鄭聲淫」論斷的具體語意和出此言說的「聖人之心」。從某種程度上，對於這一問題，學界的觀點和看法更紛紜不一，爭論反而更激烈難平了。

概括而言，上述爭論的關鍵在於兩點：1.何為「鄭聲」？2.「鄭聲」「淫」在何處？即對「淫」的準確訓釋問題。若能正確回答這兩個問題，諸如孔子有無「淫詩」觀念，「鄭聲淫」與「思無邪」二論有無矛盾等疑難自可迎刃而解。

第二節　何為「鄭聲」

先來談談何為「鄭聲」的問題。

一、「樂淫」還是「詩淫」

前文已述及，對此問題傳統的理解和爭訟不外二端：一是樂淫說，即認為孔子「鄭聲淫」之論只是就音樂而言，無涉於詩辭。如前引戴震所言「鄭衛之音，非鄭詩衛詩，桑間濮上之音非《桑中》詩」之論，即為此說代表。馬瑞辰也說：「鄭聲之淫，固在聲而不在詩。」〔註17〕

一是詩淫說，即認為孔子「鄭聲淫」之論是合鄭詩言之，實際上是主張詩樂皆淫。如朱熹曾明言：「『雅鄭』二字，『雅』恐便是大、小《雅》，『鄭』恐便是《鄭風》，不應概以《風》為《雅》，又於《鄭風》之外別求『鄭聲』也。」〔註18〕清代楊明時云：「安有詩言正而音律淫者乎？此全不知聲音律呂

〔註17〕　（清）馬瑞辰：《毛詩傳箋通釋》卷八《鄭風總論》，北京：中華書局，1989年版，第250頁。

〔註18〕　（宋）朱熹：《答呂伯恭》，見《朱子全書》第21冊，上海：上海古籍出版社；合肥：安徽教育出版社，2002年版，第1502頁。

之理者也。……決無欲抒寫好賢善樂勸德歸過之心，而用莊雅之詞填入淫靡之調者。」〔註19〕

錢鍾書評戴震力辯以「鄭聲淫」解爲「鄭詩淫」之非，曾譏其爲「不通藝事」、「復荒於經」的古板經生，認爲其辭雖辯，但卻不明了詩樂配合之理，又忽略了「歌」所「詠」之「言」與「詩」所「言」之「志」的統一關係，〔註20〕這是很有道理的見解。但其實，前述持論兩派或是爲了維護《詩經》的神聖地位，或是爲了維護聖人的「微言大義」，其出發點本來就相距不遠。而雙方似乎都忽略了或沒有注意到，從邏輯上分析，並非只有與《詩經·鄭風》相配的樂調才能被稱爲「鄭聲」。

對於「鄭聲」所指，除上述兩說之外，古今學者還提出過一些其他的解釋。如，唐代徐彥《春秋公羊傳注疏·莊公十七年》引許愼說之後，又存別解云：「或何氏云：鄭聲淫，與服（虔）君同，皆謂鄭重其手而音淫過，非鄭國之鄭也。」〔註21〕徐彥存或人之說，本非視爲確解其意，不過是存疑備考而已。但清代俞正燮亦主此說，謂「鄭對雅言之，雅，正也；鄭從奠，下也，定也，重也。……鄭重乃主定愼重之義，申之則謂鄭重，爲頻繁之意也」〔註22〕。近人章太炎亦持此說，謂「鄭重」與「躑躅」通，「躅」與「濁」通，又與「垢」、「厚」輾轉相通，故可引申爲「淫過」之義。論說迂曲，實際是主張「鄭聲」即「淫聲」。〔註23〕另外，清代王夫之《四書稗疏》則稱：「雅，正也，鄭，邪也……其非以鄭國言之明矣。」〔註24〕這些提法主要是不以「鄭聲」之「鄭」指鄭國或鄭地，試圖另創別解。但考慮到《詩·鄭風》的存在，從文獻中「鄭衛之音」的提法及「鄭音」多與「衛音」、「宋音」等並列的情形看，此類說法均不能成立。

〔註19〕 （清）楊明時：《讀詩筍記》，文淵閣四庫全書臺灣商務印書館影印本，第87冊，第36頁。
〔註20〕 錢鍾書：《管錐編》（一），北京：生活·讀書·新知三聯書店，2001年版，第120頁。
〔註21〕 （漢）公羊壽傳；（漢）何休解詁；（唐）徐彥疏：《春秋公羊傳注疏》，北京：北京大學出版社，2000年版，第181頁。
〔註22〕 （清）俞正燮：《癸巳類稿》六《鄭聲解》，北京：商務印書館，1957年版，第119～120頁。
〔註23〕 章太炎：《春秋左傳讀》「煩手淫聲」條，《章太炎全集》（二），上海：上海人民出版社，1982年版，第584～585頁。
〔註24〕 （清）王夫之：《四書稗疏》二《論語》「鄭聲」條，《船山全書》第六冊，長沙：嶽麓書社，1996年版，第46頁。

二、「鄭聲」乃指「新聲」

根據對春秋至秦漢各種文獻中與「鄭聲」有關的記載的研究，現代學者們大都認定，孔子所說的「鄭聲」，並不是特指已經周王朝大師整理審定的詩樂，而是指當時在鄭國等地興起的新生音樂。以下幾條是常被多數論者引及的材料：

《禮記·樂記》：

> 魏文侯問於子夏曰：「吾端冕而聽古樂則唯恐臥，聽鄭衛之音則不知倦。敢問古樂之如彼，何也？新樂之如此，何也？」子夏對曰：「今夫古樂，進旅退旅，和正以廣，弦匏笙簧，會守拊鼓，始奏以文，復亂以武，治亂以相，訊疾以雅。君子於是語，於是道古，脩身齊家，平均天下，此古樂之發也。今夫新樂，進俯退俯，姦聲以濫，溺而不止，及優侏儒，獿雜子女，不知父子。樂終不可以語，不可以道古，此新樂之發也……今君之所好者，其溺音乎？」文侯曰：「敢問溺音者何從出也？」子夏對曰：「鄭音好濫淫志，宋音燕女溺志，衛音趣數煩志，齊音敖辟喬志，此四者，皆淫於色而害於德，是以祭祀弗用也。」

《荀子·樂論》：

> 修憲令，審詩商，禁淫聲，以時順修，使夷俗邪音不敢亂雅，太師之事也。〔註25〕

司馬遷《史記·太史公自序》：

> 自雅頌聲興，則已好鄭衛之音。鄭衛之音所從來久矣。〔註26〕

桓譚《新論》：

> 揚子雲大才而曉音，余頗離雅操而更爲新弄。子雲曰：「事淺易喜，深者難識。卿不好雅頌而說鄭衛，宜也。」〔註27〕

又，曹魏時左延年曾在樂府機關任職，《宋書》卷十九《樂志》稱其「妙善鄭聲」〔註28〕，而《晉書·樂志》則云：

〔註25〕（戰國）荀況著；（清）王先謙集解：《荀子集解》，北京：中華書局，1988年版，第252頁。

〔註26〕（漢）司馬遷：《史記》，北京：中華書局，1959年版，第3305頁。

〔註27〕（漢）桓譚撰；朱謙之校輯：《新輯本桓譚新論》，北京：中華書局，2009年版，第61頁。《太平御覽》卷五六五「樂部」引。

〔註28〕（梁）沈約：《宋書》，北京：中華書局，1982年版，第534頁。

黃初中，柴玉、左延年之徒，復以新聲被寵。〔註29〕

分析以上數條材料，可以得出以下結論：自春秋至秦漢，被指淆亂雅樂者，除孔子所言的「鄭聲」外，還被稱爲「鄭衛之音」、「鄭衛」、「鄭音」等，這說明爲孔子所厭惡的「鄭聲」，就是被後世習慣上視爲靡靡之音的「鄭衛之音」。而這些被指淆亂雅樂的「鄭聲」或「鄭衛之音」同時又被稱爲「新樂」、「新聲」、「新弄」，在表述上與「古樂」、「雅頌」相對，當然不是指爲《詩經》相配的樂調。《韓非子·十過》中的以下記載則更能說明這個問題：

> 昔者衛靈公將之晉，至濮水之上，稅車而放馬，設舍以宿，夜分而聞鼓新聲者而說之，使人問左右，盡報弗聞。乃召師涓而告之曰：「有鼓新聲者，使人問左右，盡報弗聞；其狀若鬼神。子爲我聽而寫之。」師涓曰：「諾。」因靜坐而撫琴寫之。師涓明日報曰：「臣得之矣，而未習也，請復一宿習之。」靈公曰：「諾。」因復留宿，明日而習之，遂去之晉。晉平公觴之乎施夷之臺，酒酣，靈公起，曰：「有新聲，願請以示。」平公曰：「善。」乃報師涓，令坐師曠之旁，援琴而鼓之。未終，師曠撫止之，曰：「此亡國之聲，不可遂也。」平公曰：「此道奚出？」師曠曰：「此師延之所作，與紂爲靡靡之樂也，及武王伐紂，師延東走，至於濮水而自投，故聞此聲者必於濮水之上，先聞此聲者，其國必削，不可遂。」〔註30〕

從這則材料看，先秦人常說的「鄭衛之音」或「桑間濮上之曲」，必然不是當時與《鄭》、《衛》風相配的樂曲。因爲衛靈公大致與孔子同時，此時《詩經》及其樂調正廣泛應用於周天子及各諸侯國的祭祀、會盟、燕享活動中。若此「新聲」是《鄭樂》、《衛樂》，靈公斷不能聞而弗識；而作爲樂師的師涓，就更沒有理由不知常用來演奏的《鄭樂》、《衛樂》，不單需「聽而寫之」，而且還要「請復一宿習之」才能成功演奏了。由此可見，「鄭聲」既不是《鄭風》，也不是指當時用來爲《鄭風》伴奏的音樂。顧頡剛《詩經在春秋戰國間的地位》一文，在論及「鄭聲」問題時，頗爲謹慎地說：「孔子與晉平公同時。《晉語》裏的『新聲』是否即《論語》裏的『鄭聲』，或鄭聲還是另外一種樂調，這種問題現在雖未能解決，總之，新聲與鄭聲都不是爲了歌奏三百篇而作的

〔註29〕（唐）房玄齡等：《晉書》，北京：中華書局，1982年版，第679頁。
〔註30〕（戰國）韓非著；陳奇猷校釋：《韓非子新校注》，上海：上海古籍出版社，2000年版，第205～206頁。

音樂是可以斷言的。」〔註31〕此言得之。前引《禮記》所載子夏與魏文侯言樂，子夏以「新樂」一詞概言「鄭衛之音」，然後又具體到「鄭音」、「衛音」、「宋音」、「齊音」，並說它們「皆淫於色而害於德」。子夏爲孔子高足，尤善言詩，曾得孔子贊許。他這樣認識「新樂」，應當不出孔子思想範圍。「鄭聲」原是指春秋時代鄭國的世俗之樂，因爲在爲世俗所好的各國新樂中最具代表性，所以也就被用來借指全部的世俗之樂。如《孟子·梁惠王下》載梁惠王自云「直好世俗之樂」，趙岐注曰「謂鄭聲也」。所以我們有理由據此認爲孔子所言之「亂雅樂」的「鄭聲」是兼指當時各國流行的新生音樂的。

第三節　何爲「淫」

再來談談何爲「淫」的問題。

據孔子所言，「鄭聲」最大的特點是「淫」，具體表現是淆亂雅樂，所以他要「惡」而「放」之。「淫」的意義的解釋，幾乎成了古今討論「鄭聲淫」（包括「思無邪」）問題者無法繞開的關鍵所在。只有界定了「淫」字究屬何義，才能進一步討論鄭聲的性質特點。

一、孔子言「鄭聲淫」之「淫」本含好色淫欲之義

我們知道，語詞的意義並非固定的、一成不變的。一個詞從產生開始，隨著歷史的不斷發展，在人們的使用中總是由其本義不斷孳乳、引申，產生出許多新的義項來。同樣一個語詞，不同的時代可能有不同的內涵；在不同的語境中使用，其意義所指也會有所不同。更重要的是，在特定的語境中，任何詞語都應該有其具體所指。孔子所言「鄭聲淫」之「淫」作爲形容詞來使用，因爲缺少更多的上下文提供足夠的信息，其具體所指更不易確定。過去不少學者對「淫」的訓釋中並沒有注意或忽略了這一問題。

《說文·水部》：「淫，浸淫隨理也。從水，𡈙聲，一曰久雨爲淫。」《爾雅·釋天》：「久雨謂之淫」。「淫」字從「水」，「久雨」應可視爲其本義，「久雨」則降雨過多，故可引申爲「過」、「過度」或「過常度」。所以自明代楊愼、清代陳啓源始，直至今日仍有不少學者主張訓「淫」爲「過」，以爲「鄭聲淫」

〔註31〕顧頡剛：《詩經在春秋戰國間的地位》，《古史辨》第三冊，上海：上海古籍出版社，1982 年版。第 350 頁。

之「淫」是指音樂過度、過分或「過中」。如陳啓源《毛詩稽古編》云：

> 古之言淫多矣：於星言淫，於雨言淫，於水言淫，於刑言淫，
> 於遊觀畋獵言淫，皆言過其常度耳。樂之五音十二律，長短高下皆
> 有節焉，「鄭聲」靡曼幻妙，無中正平和之致，使聞之者導欲增悲，
> 沉溺而忘返，故曰「淫」也。〔註32〕

這是主張訓「淫」爲「過」者時常引用的一段話。至今仍有不少學者
認同陳氏的觀點，認爲孔子「鄭聲淫」的說法是指音樂的「過分」、「過度」。
〔註33〕但是，「過分」、「過度」一般表示程度超過了常態或常規，必須與爲社
會普遍觀念所接受的一定事物的量或量的標誌相聯繫，人們才能理解其具體
所指。如言飲酒，半斤爲適中，則六兩爲過；微醺即可，則沉醉爲過。而「鄭
聲淫」之「淫」又是用來形容音樂的，所謂「過其常度」的「常度」，到底是
何等標準，如何才算「過」，更令人不得要領。另外，《周禮・春官・大司樂》
云：「凡建國，禁其淫聲、過聲、凶聲、慢聲。」顯然可見「淫聲」與「過聲」
不同。

於是有學者純粹從音樂形式的角度闡釋這一問題。陳啓源謂鄭聲「淫」
在「靡曼幻妙，無中正平和之致」，「長短高下」無「節」。若僅就鄭聲的音樂
形式而言，結合文獻中的有關材料，還可以對其做出更細緻具體的解說。如
顧頡剛認爲鄭聲音樂可以「不依於禮，沒有節制，聲調可伸縮隨意，不立一
定的規矩」〔註34〕。辛筠《「鄭聲淫」辨》一文則認爲，鄭聲柔婉瑣細，明快
和諧，節奏多變，能夠表達活潑跳躍和比較複雜的感情，聽起來抑揚頓挫，
扣人心弦，不像古樂的單調平板，令人沉悶。〔註35〕

杜道明的解釋則更爲具體，他認爲：「以孔子爲代表的儒家，正是以是否
合度爲標準區分美醜、褒貶雅鄭的。他們認爲合度的音樂就是雅樂，就是『中
聲』，就是美；不合『度』的音樂自然就是鄭聲、淫樂，就是醜。」而「中聲」
「即宮、商、角、徵、羽五聲」。「度」則具體指「不超過五聲音階的一個八

〔註32〕（清）陳啓源：《毛詩稽古編》，文淵閣四庫全書，臺灣商務印書館影印本，
　　　　第 85 冊，第 399 頁。
〔註33〕蔣凡：《「思無邪」與「鄭聲淫」考辨——孔子美學思想探索點滴》，載《古典
　　　　文學論叢》第三輯，濟南：齊魯書社，1982 年版，第 59 頁。
〔註34〕顧頡剛：《詩經在春秋戰國間的地位》，見《古史辨》第三冊，上海：上海古
　　　　籍出版社，1982 年版，第 349 頁。
〔註35〕辛筠：《「鄭聲淫」辨》，《中州學刊》，1984 年第 5 期，第 71〜76 頁。

度」。「鄭聲」的「淫」的原因就在於「其細已甚」，其高音超過了「羽」的限度，而且使用太多，變成了高亢激越的「煩手淫聲」。換言之，「鄭聲」正是由於突破了中和之音的標準，即超出了五聲音階的一個八度，才得到了「淫」的惡謚。〔註36〕

上述學者的研究和論述，對於我們瞭解現代人已難知其詳的「鄭聲」的音樂形式究竟如何，有一定的幫助；對於我們理解孔子爲何有「惡鄭聲」、「放鄭聲」的態度和主張，也有重要的啓示。但音樂是一種特殊的藝術形式，聲調的高低或節奏的快慢變化，只是其外在的物質形式，人類對它的感受和理解，總是建立在一定的思想感情基礎之上的，要對其作道德上善惡美醜的評價，還必須視其所表現的內蘊情感是否合於一個時代人們所能接受的審美標準和價值標準。修海林認爲「鄭聲」往往「於宮廷或城市娛樂活動中表演，娛樂性強，屬聲色之樂，求『色』的傾向明顯，供享樂用，無樂教意義。與雅樂對立，與婚配無關。行樂者（歌手、樂妓）以此爲謀生職業，遠出尋利的行爲反映求富趨利的意識。」〔註37〕這些特點，俞志慧以爲正是鄭聲之「淫」的實際內容。〔註38〕我認爲，在先秦兩漢對於「鄭聲」、「鄭音」、「鄭衛之音」或「淫樂」的描述中，處處包含著這樣的道德評價，而且其中有著對「淫」更爲具體的性質和特點的界定。那就是，當時人們所言的「淫風」或「淫樂」，確實都與男女色欲有關。

如《史記·殷本紀》載：

> （紂）好酒淫樂，嬖於婦人，⋯⋯使師延作新淫聲，北里之舞、靡靡之樂。〔註39〕

這裡所說的「新淫聲」，極有可能就是前引《韓非子·十過》篇所載衛靈公「得之於桑間濮上」的「新樂」，師曠指責它是「亡國之音」，並預言「先聞其聲者國必削」，激烈地阻止樂師完成演奏。衆所周知，紂是因女色亡國的君主的典型，他所好的「新淫聲」、「靡靡之樂」，自然是與「嬖於婦人」相聯繫的。

又《左傳·昭公元年》醫和爲晉侯視疾：

〔註36〕杜道明：《「鄭聲淫」臆説》，《中國文化研究》，1996 年第 4 期，第 77～80 頁。
〔註37〕修海林：《鄭風鄭聲的文化比較及其歷史評價》，《音樂研究》，1992 年第 1 期，第 31～39 頁。
〔註38〕俞志慧：《君子儒與詩教：先秦儒家文學思想考論》，北京：生活·讀書·新知三聯書店，2005 年版，第 89 頁。
〔註39〕（漢）司馬遷：《史記》，北京：中華書局，1959 年版，第 105 頁。

晉侯求醫於秦，秦伯使醫和視之。曰：「疾不可爲也。是謂近女。室疾如蠱，非鬼非食，惑以喪志。良臣將死，天命不祐。」公曰：「女不可近乎？」對曰：「節之。先王之樂，所以節百事也，故有五節；遲速本末以相及，中聲以降。五降之後，不容彈矣。於是有煩手淫聲，慆堙心耳，乃忘平和，君子弗聽也。物亦如之。至於煩，乃捨也已，無以生疾。君子之近琴瑟，以儀節也，非以慆心也。天有六氣，降生五味，發爲五色，徵爲五聲，淫生六疾。六氣曰陰、陽、風、雨、晦、明也，分爲四時，序爲五節，過則爲菑。陰淫寒疾，陽淫熱疾，風淫末疾，雨淫腹疾，晦淫惑疾，明淫心疾。女，陽物而晦時，淫則生內熱惑蠱之疾。今君不節、不時，能無及此乎？」出，告趙孟。……趙孟曰：「何謂蠱？」對曰：「淫溺惑亂之所生也。於文，皿蟲爲蠱，穀之飛亦爲蠱；在《周易》，女惑男，風落山，謂之《蠱》☷☴。皆同物也。」趙孟曰：「良醫也。」厚其禮而歸之。

醫和雖認爲晉侯之疾由「淫」而生，又以「六氣」的「過則爲菑（災）」說「淫」，但其具體所指，卻是說晉侯「近女室」、爲女色所蠱惑而「不節不時」。若再聯繫到子產問疾時所指出的他甚至不顧「男女辨姓，禮之大司」而「內有四姬」（《左傳·昭公元年》）的事實，毫無疑問對晉侯而言，「淫」即色欲過度。而醫和對「先王之樂」應當「遲速本末以相及，中聲以降」，以及至於「煩手淫聲」就應捨之弗聽的議論，因爲有了關於晉侯因好女色過度而導致「室疾」（王闓運云：「室疾，今言房勞也。」〔註40〕）的具體所指，也顯得不那麼抽象了。

再來看前引《禮記·樂記》中子夏對魏文侯聽得「不知倦」的「新樂」的描繪，其聲調上具體表現爲「進俯退俯，奸聲以淫，溺而不止」，但他指責「新樂」的關鍵，似乎仍在於道德評價：即這樣的音樂「及優侏儒，獿雜子女，不知父子」，嚴重敗壞禮法，「皆淫於色而害於德」。可見喜好「淫」樂首先是包含著行爲上沉溺色欲、壞禮敗德的特點。

再看《荀子·樂論》：

先王貴禮樂而賤邪音，……姚冶之容，鄭衛之音，使人之心淫。……故君子耳不聽淫聲。〔註41〕

〔註40〕 （清）王闓運：《湘綺樓日記》，長沙：嶽麓書社，1997 年版，第 62 頁。
〔註41〕 （戰國）荀況著；（清）王先謙集解：《荀子集解》，北京：中華書局，1988 年版，第 381 頁。

在荀子看來，嗜好「姚冶之容」與沉溺「鄭衛之音」幾乎可以說是同樣的「使人心淫」的行為。

那麼孔子厭惡「鄭聲」之「淫」，是否也是由於認為它包含了這樣的貪色嗜欲的色彩呢？孔子曾說過：「《關雎》，樂而不淫，哀而不傷。」（《論語·八佾》）後人常常將這句話擴展到對整個《詩經》尤其是《國風》特點的評價。「樂」而不至於「淫」，「哀」而不至於「傷」，其實這裡所說的仍是一個「樂」和「哀」的「度」的問題，雖可以用「中和」或「中庸」來解釋，但還是顯得過於抽象。這個「不淫」究竟是指什麼意思呢？西漢淮南王劉安《離騷傳敘》中的類似說法可以將我們對這個「度」的理解引向具體化。他說：「《國風》好色而不淫，《小雅》怨誹而不亂。」〔註42〕就是說《國風》中那些表現男女情愛——即「好色」——的作品的存在是自然正常、合乎道德的，它們都是不淫的。這裡的「不淫」，顯然是指不「好色」過度。「好色而不淫」，可以看作是對「樂而不淫」的具體化解釋。劉安的理解是否有違孔子原意呢？不是的。上博簡楚竹書之《孔子詩論》的有關簡文也有助於我們理解上述問題。其第十簡云：

> 《關雎》以色喻於禮。

第十四簡又云：

> 以琴瑟之悅，擬好色之願。〔註43〕

後一條簡文應當也是討論《關雎》一詩的。由此可見，孔子「樂而不淫」的「樂」並非如後世很多人所理解的一般意義上的愉悅和快樂，而是本來就含有兩情相悅的「好色」之樂的意思的。而「以色喻於禮」也符合孔門解詩和用詩的一貫方式。我們再引《論語》所載孔子與弟子言詩的著名事例來作分析：

> 子貢曰：「貧而無諂，富而無驕，何如？」子曰：「可也；未若貧而樂，富而好禮者也。」子貢曰：「《詩》云：『如切如磋，如琢如磨』，其斯之謂與？」子曰：「賜也，始可與言《詩》已矣，告諸往而知來者。」（《學而》）
>
> 子夏問曰：「『巧笑倩兮，美目盼兮，素以為絢兮』，何謂也？」

〔註42〕 （漢）司馬遷：《史記》，北京：中華書局，1959年版，第2482頁。
〔註43〕 上海大學古代文明研究中心、清華大學思想文化研究所編：《上博館藏戰國楚竹書研究》，上海：上海書店出版社，2002年版，第32頁。

子曰：「繪事後素。」曰：「禮後乎？」子曰：「起予者商也！始可與
言《詩》已矣！」（《八佾》）

「如切如磋，如琢如磨」是《詩經・衛風・淇奧》中的詩句，原是形容
「有匪君子」的文雅之狀的，子貢用以說明個人修養的精益求精；「巧笑倩兮，
美目盼兮」是《詩經・衛風・碩人》裏的詩句，本是讚美衛莊姜的美貌的，
子夏從中悟出「禮後乎」的道理，得到孔子的「起予者商也，始可與言《詩》
已矣」的高度贊許。這不正是「以色喻於禮」的解詩法嗎？上博簡中的上述
兩條材料，正好可以證明孔子所言「樂而不淫」本來就包含有「好色而不淫」
的內涵。〔註44〕如此看來，孔子所言「鄭聲淫」更無理由不包含色欲過度、
流於淫邪的意思了。

二、原始天父地母崇拜與「淫」之色欲相關意義的獲得

「淫」的本義爲「久雨」或「多雨」，引申爲「過度」、「過常」、「過中」
等義都很自然。但爲什麼後來除了「淫威」、「淫雨」等固定詞語中的用法之
外，其意義基本上集中於形容「男女不以禮交」的縱慾、淫亂之義呢？雖然
縱慾、淫亂是指色欲「過度」、「過常」，仍讓人覺得有些不解。其實，我們通
過考查原始天父地母崇拜的情形，可以找到答案。

在遠古人類的觀念中，自然界的萬物是天父地母結合的產物，而降雨則
被視爲天地交合的形式或象徵。因爲原始人不能正確認識天地生長作物的緣
由，最直觀的印象是上天降雨萬物就會紛然滋生，於是聯想到人類的生殖活
動，往往將雨理解成天父給予地母的精液。德國比較神話學家施密特指出：

在整個印度日耳曼區域中，許多地方都說到天是地的丈夫，他
借著雨使地生育；這種天與地結合的關係，遠在雅利安的太古時代
就已存在了。〔註45〕

不單是印度，在世界各地的遠古神話中，幾乎都有天父地母崇拜的現象。
在澳大利亞土著神話中，天神白阿蜜（Baiame）爲至上神，他的聲音是雷，
他降雨使大地獲得綠色和生機。非洲土著語言中，至高創造神的名字是

〔註44〕上博簡《孔子詩論》，也有釋爲《卜子詩論》的。但卜子即與孔子言詩最多的
子夏，他的論詩主張當與孔子相同。故無論《詩論》如何定名，其中的觀點
大致可視爲傳自孔子。
〔註45〕（德）施密特：《原始宗教與神話》，中譯本第60頁，轉引自葉舒憲《高唐神
女與維納斯》，北京：中國社會科學出版社，1997年12月版，第337頁。

Nyankupon，同時也指天空和雨水。埃維人（Ewe）的主神 Mawu 以雲爲其衣衫，主管下雨，他的名字本身就是指雨。〔註46〕

宗教史學者艾利亞德所著《比較宗教學模式》一書綜合了世界各地的材料，歸納出的天父神的普遍特徵之一，便是作爲「授精者」（fecundators）和「原母神的配偶」（the spouse of the Great Mother）。他指出，「毫無疑問的是，對天神的崇拜是極其普遍的，他創造了宇宙並確保大地的受孕（通過向她傾瀉雨水的方式）」。〔註47〕美國神話學家奧弗拉赫蒂在研究古印度神話《梨俱吠陀》中的性象徵時，有一個很有意思的發現：

> 精液還有一種引申的、隱喻的用法，指從天降下的雨露，「雲氣的種子（精子）」（《梨俱吠陀》9.74.1：1.100.3）。這樣，意指下雨或流注的詞根 vrs 就派生出了兩個名詞：Vrsti，雨；Vrsan，一個雄健的，性欲旺盛的、淫蕩的男人，或一隻公牛。〔註48〕

這樣，在漢語中「淫」由「久雨」、「多雨」而引申出「色欲過度」的意義，就不令人感到奇怪了。

由此，我們不禁會聯想到在我國古典文學中對男女性愛有一個著名的隱喻：雲雨。宋玉《高唐賦》載楚王與巫山神女相會，神女「去而辭曰：『妾在巫山之陽，高丘之陰，旦爲朝雲，暮爲行雨；朝朝暮暮，陽臺之下。』」〔註49〕自此以後，人們常以「雲雨」或「楚雨」來指代男女隱事。對於這種現象，錢鍾書曾敏銳地揭示出了「雲雨」之隱喻與西方天父地母崇拜原型的類似之處：

> 希臘古傳天地交歡，乃有雨露，滋生萬物。文藝復興時意大利腳本中一婦久曠，自言：「雨澤不降，已逾七月矣。」讀近世歐美小說，時復一遭。如或記婚儀中女呼男爲「己之雨」而男呼女爲「己之土」。或言沛然下雨，儼如洪荒之世，天地欲生育而歡合；霖降注河，又如牝牡交接。故知「雲雨」之牽合，匪獨吾國爲然。〔註50〕

〔註46〕（美）艾利亞德：《比較宗教學模式》第二章《天與天神》；轉引自葉舒憲《高唐神女與維納斯》，第 342 頁。

〔註47〕（美）艾利亞德：《比較宗教學模式》第二章《天與天神》；轉引自葉舒憲《高唐神女與維納斯》，第 342 頁。括號內的話爲原著者所寫。

〔註48〕（美）奧弗拉赫蒂：《女人、雙性同體和其他神話動物》，轉引自葉舒憲《高唐神女與維納斯》，第 349 頁。

〔註49〕（梁）蕭統：《文選》卷第十九《賦癸·情·高唐賦》，上海：上海古籍出版社，1986 年版，第 876 頁。

〔註50〕錢鍾書：《錢鍾書論學文選》第二卷，廣州：花城出版社，1990 年版，第 281 頁。

　　葉舒憲曾撰文指出，其實在中國古代更早更著名的典籍中，除了這個人所周知的「雲雨牽合」的典故外，也依然保留了這種崇拜現象曾存在過的蛛絲馬蹟。如：《老子》第二十三章：

　　　　飄風不終朝，驟雨不終日，孰爲此者？天地。

　　葉氏云：「這似乎是說，風雨的產生在於天父地母的性結合。」又《老子》第三十二章：

　　　　天地相合，以降甘露。

　　以及《禮記・哀公問》載孔子云：

　　　　天地不合，萬物不生。

　　葉氏則認定是天父地母崇拜觀念的表現。〔註51〕

　　對道家和儒家的這兩位創始人的上述言說作如此解釋，也許會有人覺得過於牽強，但如再聯繫到以《周易》爲承載和表現形式的我國古代陰陽、天地、男女相對應的思維方式和思想觀念，我們就會覺得上述分析其實不無道理。傅道彬分析了《易・小畜》的卦爻辭，認爲「雲雨」一詞在周代以前就已經有性的隱喻意義了。〔註52〕《小畜》卦辭謂：「密雲不雨，自我西郊」。其卦象上爲巽（☴）、下爲乾（☰）。乾爲老男，巽爲長女，老男遇長女，自然交合不悅，故本卦九三爻辭即謂「輿說輻，夫妻反目」。孔穎達《正義》曰：「夫妻反目者，上九體巽爲長女之陰，今九三之陽被長女閉固，不能自復，夫妻乖戾，故反目相視。」〔註53〕這裡以「密雲不雨」隱喻陰陽不合，夫妻反目，與錢鍾書所言意大利「久曠」之婦自呼「雨澤不降」的思理和表達幾乎完全一致。由此可見，原始人以爲「雨」與精液同質，降雨與交合同質，這一觀念也曾較爲普遍地存在於我國遠古先民們的思維習慣和認識世界裏。那麼「多雨」、「久雨」爲「淫」，色欲過度也爲「淫」。由此可見，以「久雨」、「多雨」爲本義的「淫」字，之所以能引申出「色欲過度」的意義，表面上看似乎是以量的過度爲邏輯共同點的；而實際上，在原始人的思維習慣和觀念世界裏，精液與雨水同質，淫雨不已，也就被視爲淫欲過度的一種特殊的、

〔註51〕葉舒憲：《詩經的文化闡釋——中國詩歌的發生研究》，武漢：湖北人民出版社，1994年版，第601～602頁。但葉氏對《老子》二十三章的解釋與老子原意似有不合。

〔註52〕傅道彬：《中國生殖崇拜文化論》，武漢：湖北人民出版社，1990年版，第301頁。

〔註53〕（魏）王弼注；（唐）孔穎達：《周易正義》，北京：北京大學出版社，2000年版，第71頁。

實際的表現形式，而不單單是後者的一種形象的、有趣的比喻性表達。反過來也可以說，「淫欲」是「淫雨」的一種特殊的、人間的表現形式。所以，樸素的原始思維所賦予「淫」的這種「雨」與「欲」同一的質的規定性，才是上述引申成為可能並自自然然地被社會接受、使用的關鍵所在。

三、原始遘祭儀式的習俗化與「淫」的道德負面意義的產生

當然，並不是一開始「淫」就與「邪」、「惡」之意相聯。在男女關係上，像文明社會中那樣嚴格的道德約束和禮法限制，蒙昧時代的人類應當還沒有。「淫」的「淫邪」、「縱慾」等道德負面意義的獲得，還與古人特殊的宗教活動——遘祭儀式——的習俗化繼承與文明進程中對自由性活動的限制的矛盾有關。

如前所述，在原始人的觀念中，「雨」與精液同質，降雨與交合同質。按照原始人特有的以類相感的交感巫術的思維法則，就出現了被人類學家稱之為「遘祭」的宗教祭祀活動。弗雷澤《金枝》一書指出：原始人認為人與自然之間是交相感應的，農作物的生產和人類的生產都遵循著同一原則和方式，因此可以通過「模仿巫術」以「相似律」來相互促進，故而人間男女交合可以促進萬物繁殖，因此「往往將復活植物的根的戲劇性表演同真正的或戲劇性的兩性交配結合在一起進行，用意所在就在於借助這一做法同時繁殖果實、牲畜和人」，這種「儀式上的放任性，並不只是縱慾，乃是表現對於人與自然界的繁殖力量的虔誠態度：這種繁殖力量，是社會與文化的生存所繫，所以要被宗教所注意」。〔註54〕弗雷澤所說的這種性交感巫術儀式，在世界許多地方的古人類活動中都曾存在過。如古巴比倫每年春天都要舉行新年慶典，慶典中部落男女集合於野外，進行公開的、自由的集體交遘，參加者都相信這樣做能促進萬物復蘇，促使農作物加快生長、提高產量，同時也能保證人類自身生殖繁衍的順利與昌盛。直至近代，人類學家們還發現，在世界各地的未開化地區或部落人群中，仍然存在著類似的祭祀活動。如孟加拉奧昂人的春祭儀式，日本築波山地區每年春秋二季舉行的「燿歌」活動等。〔註55〕這些儀式或習俗活動中有一個共同的特點，就是性活動的自由和公

〔註54〕（英）弗雷澤：《金枝》（上冊），徐育新等譯，北京：大眾文藝出版社，1998年版，第472頁。
〔註55〕葉舒憲：《探索非理性的世界》，成都：四川人民出版社，1988年版，第34頁。

開。人類學者和神話宗教學者們將這種儀式或活動稱爲「遘祭」，可謂再恰當不過了。另外，當出現乾旱氣候時，原始人也會用上述思維方式去理解和解決：既然遠古以降雨爲天父之精，那麼久旱不雨就是「天地不合」。怎樣才能激發天父的情慾，使他再降雨露呢？按照交感法術的原則，人間男女的性事映像著天父地母的交合關係，當後者出現阻滯而雨露不降的乾旱氣候時，前者的活動可以帶動和激發後者，使之活躍起來，使上天再降甘露，滋潤萬物。漢代董仲舒《春秋繁露·求雨》中，就記載了當時求雨儀式中「令吏民夫婦皆偶處」的做法；而且此書中還記錄了在此種儀式中對參與者的具體要求：「凡求雨之大體，丈夫欲藏匿，女子欲和而樂」。〔註56〕顯然，人間的「丈夫」的身份映像著天父，其「藏匿」的特點正象徵天旱不雨；而女子則必須施展魅力，引發「丈夫」也即天父的性激情。我們看到，這樣的男女「偶處」的活動完全可以是公開化、合法化的，並不會有人以非禮視之。

隨著蒙昧時代的遠去，文明不斷進化，理性不斷進步，人類的自然知識和社會知識的不斷增加，人們對動植物及自身生殖繁衍的規律，逐漸有了較爲科學的認識，人類社會也開始建立一定的道德觀念和禮法制度，不斷地加強對個人欲望及其實現的限制和阻止。上古時的「男女無別」的雜婚制或群婚制，逐漸演變爲「同姓不婚」的族外婚制和「必告父母」、「非媒不得」的媒妁制，還發展出諸如「男女七歲不同席」、「男女授受不親」等兩性禁忌，婚姻制度也日漸成熟和嚴格起來了。但是，上述始自遠古的遘祭儀式或活動並沒有立刻銷聲匿跡，而是以種種方式頑強地保留和延續下來，或多或少地脫去原始宗教祭祀的色彩，大多逐漸演變成爲某種帶有狂歡節性質的習俗活動。與原始時代不同的是，較爲公開自由的性活動的形式雖被傳承下來，但已不再是純粹的祭神或娛神的虔誠宗教活動，而是變成了人神共娛甚至只是俗世男女盡情歡會的節日。

我國春秋時期仍然盛行的「上巳節」活動，也是具有這種性質的習俗之一。《周禮·地官·媒氏》載：

> 媒氏掌萬民之判。……中春之月，令會男女，於是時也，奔者
> 不禁，若無故而不用令者，罰之，司男女之無夫家者而會之。……
> 凡男女之陰訟（鄭玄注：「陰訟，爭中冓之事以觸法者。」）聽之於

〔註56〕（漢）董仲舒：《春秋繁露·求雨》第七十四，北京：中華書局，1975年版，第554頁。

勝國之社（鄭注：「勝國，亡國也。」）

孫作雲認爲這一記載是周代高禖祭祀、祓禊求子習俗的反映。與此性質相似的記載尙有《管子》中的「合獨」〔註57〕、《禮記‧月令》中的天子親祠的高禖儀式〔註58〕等。

關於此類記載，江紹原曾指出：

> 但是我們還有一個可能的解釋：仲春大會男女，的確是古代自由配合式的 Mating season 之遺留，因爲 Mating season 是野蠻社會裏面常有的現象，古中國也許有——至少是一部分古中國有。而且王肅所說，「冰泮而農桑起」，以及「萬物始生，陰陽交接」的話，豈不都是無意中暗示古中國人之所以把仲春定爲 Mating season，本來有或種「法術」的意味？簡言之，這豈不又是催生法術？

> 我疑仲春之月，本爲荒古男女自由配合之期；其後禮教之防漸起，男女例須秉禮婚嫁，否則不齒於人；唯相傳甚久之舊俗，不易立刻消滅，故一屆仲春，相悅者輒衝破禮教網羅，群爲桑中之會；「禮」化者雖痛責其無恥，有情者則不忍與之爲難；甚且以爲此時多多配合，不論合「禮」與否，均與農事有益。故「於是時也」（仲春），「自決」之男女必甚多，同情之者亦必甚多，否則何勞《周官》著者特別在此處點明？「是時」者，本野蠻時代之 Mating season 也；「奔」者，野蠻時代自由配合之風復盛也；「不禁」者，同情於暫時衝破禮教之防者之謂也；「罰之」者，文明時代禮教之聲也。〔註59〕

這些源於遠古原始宗教祭祀儀式的習俗經過漫長歷史的演變，往往會突破其原有的生殖崇拜和宗教祭祀的性質和功能，逐漸成爲民間男女自由相會和盡情歡娛的節日。春秋時期鄭國的溱水、洧水，衛國的淇水、濮水，以及陳楚等國所在的江漢流域，都流行著這樣的祭儀和習俗。《墨子‧明鬼》載：「燕之有祖，當齊之社稷，宋之桑林，楚之雲夢也。此男女之所屬而觀

〔註57〕《管子》卷十八《入國》篇：「凡國皆有掌媒。丈夫無妻曰鰥，婦人無夫曰寡。取鰥寡而合之，予田宅而家室之，三年然後事之，此之謂『合獨』。」

〔註58〕《禮記‧月令》：「仲春之月……是月也，玄鳥至，至之日以大牢祠於高禖。天子親往，后妃帥九嬪御：乃禮天子所御，帶以弓韣，授以弓矢，於高禖之前。」

〔註59〕江紹原：《禮部文件之六：〈周官〉媒氏》，載王文寶、江小蕙編：《江紹原民俗學論集》，上海：上海文藝出版社，1998年版，第199頁、第200頁。

也。」〔註60〕表明除了鄭、衛外，其他各國地域內也有這樣的風俗。所謂「男女所屬而觀」，正透露了這些習俗實際上所具有的狂歡節的性質和特徵。《詩經》中的《鄭風》、《衛風》所收入的不少詩篇，就是這一社會現象的真實反映。如《鄘風・桑中》：

> 爰采唐矣？沫之鄉矣。云誰之思？美孟姜矣！期我乎桑中，要我乎上宮，送我乎淇之上矣。

> 爰采麥矣？沫之北矣。云誰之思？美孟弋矣！期我乎桑中，要我乎上宮，送我乎淇之上矣。

> 爰采薪矣？沫之東矣。云誰之思？美孟庸矣！期我乎桑中，要我乎上宮，送我乎淇之上矣。

詩序以為「刺奔也。衛之公室淫亂，男女相奔。至於世族在位，相竊妻妾，期於幽遠。政散民流而不可止」。實際上這是一首表現青年男女在淇水之濱相期會、相愛戀的詩。詩中的「孟姜」、「孟弋」、「孟庸」，是美女的代稱，帶有戲謔的意味，並非指某個特定的女子。《鄭風・山有扶蘇》一詩的情調與此相類，不同的只是抒情主人公由男性換成了女性：

> 山有扶蘇，隰有荷華。不見子都，乃見狂且！

> 山有喬松，隰有遊龍。不見子充，乃見狡童！

詩中「子都」、「子充」都是美男子的代稱，不是指特定的男子。又《鄭風・褰裳》也有著很明顯的戲謔意味：

> 子惠思我，褰裳涉溱。子不思我，豈無他人？狂童之狂也且！

> 子惠思我，褰裳涉洧。子不我思，豈無他士？狂童之狂也且！

此二首朱熹均解為「淫女戲其所私」之語，〔註61〕拋開其視男女私情為「淫」的封建道德觀不說，實際上是很正確的認識。這些都說明，在此種「男女亟聚會」的環境和場合下，男女情愛關係具有較大的自由度。此類作品中最為著名的要數《鄭風・溱洧》一詩：

> 溱與洧，方渙渙兮。士與女，方秉蕑兮。女曰：「觀乎？」士曰：「既且」。「且往觀乎！洧之外，洵訏且樂！」維士與女，伊其相

〔註60〕　（清）孫詒讓：《墨子閒詁》，北京：中華書局，諸子集成本，1954年12月版，第142頁。

〔註61〕　（宋）朱熹：《詩集傳》，上海：上海古籍出版社，1980年新1版，第52、53頁。

謔，贈之以勺藥。

《詩序》云此詩「刺亂也。兵革不息，男女相棄，淫風大行」。〔註62〕朱熹則斷定它是「淫奔者自敘之詞」〔註63〕，清代方玉潤則說得更爲具體：

> 此詩人自敘其國俗如此，不必言刺而刺自在。想鄭當國全盛時，士女務爲遊觀。蒔花地多，耕稼人少。每值風日融和，良辰美景，競相出遊，以至蘭勺互贈，播爲美談，男女戲謔，恬不知羞，則其俗流蕩而難返也。在三百篇中別爲一種，開後世冶遊豔詩之祖。聖人存之，一以見淫詞所自始，一以見淫俗有難終，殆將以爲萬世戒。不然，「鄭聲淫」爲聖王所必放，而又何存乎？〔註64〕

方氏這段道學氣十足的話，有意無意地點出了此類「淫俗」的特點：這種特殊的習俗由來較久，流蕩難返。這是一種士女遊觀、盡情戲謔歡娛的集體性活動。活動中不合常禮常法的男女冶遊豔遇，涉於淫邪而「俗有難終」，故當引以爲戒。

方氏恰恰道出了這種由遠古承傳下來的宗教活動習俗化後的特點和實質：首先是宗教祭祀意義的減弱和消解，甚至逐漸完全不爲參與者所重視；其次，原始交感巫術和祭祀活動的形式被保留下來，即這類活動男女錯雜，「務爲遊觀」，自由歡會的特點並沒有多少改變。正如孫作雲所指出的：「可以推想當時男女雜沓，狂歡極樂的情況。這種愛絕不像是一兩個人的私下密語，而是在一個男女聚會的節日中進行的。」〔註65〕再次，這類習俗難以被納入社會業已建立的道德禮法的範圍之內，它所獲得的公開性和合法性是暫時性的，在其他時間其他環境必然會被視爲「非禮」的淫邪之舉而受到道德譴責。而且人們去古越遠，文化越先進，與普通的民間世俗生活越疏離，對這種行爲的譴責就會越嚴厲。這就是爲什麼我們看到自戰國至秦漢越來越多的文人們紛紛批判鄭衛多「淫風」、陳楚好「淫祀」〔註66〕的緣由了。由此，我們就會明白，「淫」由「多雨」而來的中性的「多」、「過」、「大」等引申義，爲什麼逐漸轉向了「邪」、「惡」、「亂」等意義。

〔註62〕 （漢）毛亨傳；（漢）鄭玄箋；（唐）孔穎達疏：《毛詩正義》，北京：北京大學出版社，2000 年版，第 376 頁。

〔註63〕 （宋）朱熹：《詩集傳》，上海：上海古籍出版社，1980 年新 1 版，第 56 頁。

〔註64〕 （清）方玉潤：《詩經原始》，北京：中華書局，1986 年版，第 226 頁。

〔註65〕 孫作云：《詩經與周代社會研究》，北京：中華書局，1966 年版，第 303 頁。

〔註66〕 （漢）班固：《漢書·藝文志》：「楚人信巫鬼，重淫祀。」

　　如聞一多在《高唐神女傳說之分析》中說：「《春秋》莊公二十三年『公如齊觀社』，三傳皆以爲非禮，而《穀梁》解釋非禮之故是『以爲尸女也』。郭（沫若）先生據《說文》：『尸，陳也，象臥之形』，說尸女即通淫之意，這也極是。」〔註67〕魯莊公二十三年爲公元前 670 年。《左傳》中的記載說明，到春秋時期，《禮記‧月令》中有關於天子嬪妃親往參與、「享以大牢」的高禖祭祀之禮，也許在民間仍以習俗節日的形式保留著，但它在上層統治者那裡，已被視爲非禮之舉了。《論語‧先進》篇載，孔子與他的學生子路、冉有、公西華、曾點共坐言志，曾點所言之志爲：「莫春者，春服既成，冠者五六人，童子六七人，浴乎沂，風乎舞雩，詠而歸。」孔子感歎「吾與點也」。對於曾點描述的暮春沐浴詠歌的情景，朱熹《論語集注》云：「今上巳祓除是也。」〔註68〕孫作雲《詩經戀歌發微》也說：「此暮春行浴之事，即指三月上巳」。〔註69〕從這裡可以看出，孔子及其弟子們對上巳節的狂歡性質已有所改造，這種儀式中所包含的帶有交感巫術性質的人神共娛與男女歡會活動，已轉而變爲個人身心寬緯自由的精神修養行爲了。這也從另一方面說明孔子不會不對鄭、衛等地流行的「男女亟聚會」的習俗有所責難。有學者據《周禮》「會男女」及《管子》「合獨」的記載認爲孔子不可能以男女戀情爲非〔註70〕，是較爲片面的。孟子所說的「不待父母之命，媒妁之言，鑽穴隙相窺，踰牆相從，則父母國人皆賤之」（《孟子‧滕文公下》）的「男女大防」之禮，其實在孔子之前就早已有了。如《詩經‧鄭風‧將仲子》：

　　　　將仲子兮，無踰我里，無折我樹杞。豈敢愛之？畏我父母。仲
　　可懷也；父母之言，亦可畏也！

　　　　將仲子兮，無踰我牆，無折我樹桑。豈敢愛之？畏我諸兄。仲
　　可懷也；諸兄之言，亦可畏也！

　　　　將仲子兮，無踰我園，無折我樹檀。豈敢愛之？畏人之多言。
　　仲可懷也，人之多言，亦可畏也！

　　這位女子對其情郎的苦心勸告說明，男女自由往來要畏懼父母、兄弟及

〔註67〕 聞一多：《高唐神女傳說之分析》，見《聞一多全集》第一冊，生活‧讀書‧
　　　　新知三聯書店，1982 年版，第 97 頁。
〔註68〕 （宋）朱熹：《四書章句集注》，北京：中華書局，1983 年版，第 130 頁。
〔註69〕 孫作云：《詩經與周代社會研究》，北京：中華書局，1966 年版，第 328 頁。
〔註70〕 程怡：《失去的天真——「思無邪」傳統批評的批評》，《華東師範大學學報》
　　　　（哲學社會科學版），1990 年第 5 期，第 74～75 頁。

他人的指責與「多言」，才是當時更爲普遍的社會心理。上述「會男女」和「合獨」的規定，及「上巳節」等禮俗中「奔者不禁」的自由往來與歡會，只能是暫時性的，只是在特定的時間和環境中才具有合法性。在平素的經常性禮儀中，應當仍然是「取妻如之何？必告父母」（《齊風・南山》），是「伐柯如何？匪斧不克。取妻如何？匪媒不得」（《豳風・伐柯》）！這種暫時性的獷放自由與棄俗越禮的情形，即使今天，在各地的「花兒會」、「潑水節」等節日場合中，也還是存在的。

通過以上論述，我們可以尋繹「淫」的觀念由原始時代到文明社會的演變過程的特點和原由，明白它幾乎在具備「多雨」、「久雨」的本義的同時，也獲得了與男女色欲相關的意義——較多、較自由的交合關係，也明白了爲什麼隨著時代的發展，它漸漸獲得了「貪欲」、「淫邪」、「罪惡」的意義的道理。聯繫到前面的論述，由此我們也可以斷定，孔子所言「鄭聲淫」，不可能簡單地指音聲「過節」、「過度」，而是帶有明顯的對淫邪貪欲行爲的道德評價的。把「鄭聲淫」之「淫」釋爲抽象的「過度」、「過中」或音調高低疾徐變化的「過節」，過繁，只是把本來很複雜的問題簡單化和表面化，因而難以徹底地解決問題，不能揭開兩千多年來籠罩其上的迷霧。

四、「無邪」即不「淫」——「思無邪」之訓釋分歧辨析

同對「淫」的訓釋一樣，歷來對「思無邪」的理解和闡釋也存在著較多歧見。

《論語・爲政》：「子曰：『《詩三百》，一言以蔽之，曰：思無邪。』」「思無邪」一語，原出《詩經・魯頌・駉》。此詩第四章末二句爲：「思無邪，思馬斯徂」，本來是用來描繪和評論魯侯（《詩序》以爲是僖公）養馬的。孔子借「思無邪」一言來概括整部《詩經》所有詩篇的特點，由於話說得十分簡約，也就引起了後人各自不同的理解。

古今學者對「思」、「無」二字，也有不同解說，如：「思」字，或釋爲「思想」、「思慮」，或釋爲語助詞，無實義；「無」字，或釋爲「無有」、或釋爲「勿」，即不要。但這不是問題的關鍵所在。對孔子「思無邪」說的訓釋的爭論，歷來多集中於「邪」的意義的理解上。就目前所見，主要有三說：

1.邪曲不正。《魯頌・駉》末章鄭《箋》云：「（魯僖公）思遵伯禽之法，專

心無復邪意也。」魏何晏《論語集解》引東漢包咸注曰：「歸於正也。」〔註71〕受這兩家較早注本的影響，人們一般認為「邪」即「不正」，「思無邪」即思慮純正無邪。這是大多數人的看法。也有學者以「無邪」指行為無邪、無不正或無邪行邪事，也可以歸入此類。〔註72〕

2.徐。釋「邪」為「徐」之借字，「無邪」即「無徐」，意思無窮無盡。于省吾《澤螺居詩經新證》先有類似考證〔註73〕。薛耀天撰文指出，「『思無邪』一語，在孔子以前的古籍中，僅見《詩·魯頌·駉》篇。此語在原詩中有此固定含義。」並認為「孔子不大可能再造一個新義的『思無邪』來評價《詩》三百」。他考論「思無邪」之「邪」通「徐」，《說文》云：「餘，饒也」，「饒，飽也」，「飽，厭也」。則「無邪」即「無徐」，即「無餘」，意謂「無厭」、「無盡」。且在《魯頌·駉》一詩中，「思無邪」與「思無疆」、「思無期」、「思無斁」等句分處各章，句式相同，意義也「完全相同」，均當以「無窮無盡」解。所以孔子用「思無邪」一言以蔽《詩三百》，是指其內容上「無所不載」、包羅萬象的豐富性。〔註74〕孫以昭《孔子「思無邪」新探》的意見大致與薛文相同。〔註75〕

這一解釋似能自圓其說。

3.邪說。張小元撰文另出新說，認為「孔子所認為的『邪』，應該是『怪、力、亂、神』，應該是『太古荒唐之說』」，「『思無邪』體現著實踐理性精神」。〔註76〕

那麼，哪種說法更符合孔子原意呢？

第三種說法基本上出於主觀的推測和猜度，於文獻並無實據，恐難使人從信。在此不討論。

〔註71〕（魏）何晏注；（宋）邢昺疏：《論語注疏》，北京：北京大學出版社，2000年版，第15頁。

〔註72〕如高亨以為「思無邪」指養馬者（騶虞）不做盜取馬草馬料的「邪事」。見高亨：《詩經今注》，上海：上海古籍出版社，1980年版，第511頁。

〔註73〕于省吾：《澤螺居詩經新證》，北京：中華書局，1982年版，第171～172頁。

〔註74〕薛耀天：《「思無邪」新解——兼談〈詩·駉〉篇的主題及孔子對〈詩〉的總評價》，《天津師大學報》，1984年第3期，第77～82頁。

〔註75〕孫以昭：《孔子「思無邪」新探》，《安徽大學學報》（哲學社會科學版），1998年第4期，第58～61頁。

〔註76〕張小元：《「思無邪」體現著實踐理性精神》，《文史雜誌》，1989年第6期，第20～21頁。

　　第二種說法就《魯頌・駉》的原詩詩意及篇章結構考釋「邪」字通「徐」，「無邪」即「無厭」、「無盡」，確實很有說服力。但認爲孔子引用「思無邪」一語仍用這一意義，是講《詩經》內容的豐富性，又似不能令人信服。首先，於文獻無徵，與秦漢以來傳統解說不合。自漢代以來，說詩者均將「思無邪」釋爲思慮無邪，歸於純正的意思。薛文舉出的論據是前引同樣出自《論語》的「興觀群怨」說：「子曰：《詩》可以興、可以觀、可以群、可以怨。邇之事父，遠之事君，多識於鳥獸草木之名。」（《陽貨》）雖然《詩經》思想內容確有包羅萬象、豐富多彩的特點，但以孔子「思無邪」與「興觀群怨」二說均討論評價這一特色，缺少說服力。其次，孔子時代人們「賦詩斷章，余取所求」〔註77〕的用詩方法大量存在，《論語》等典籍中的材料也顯示，孔子及其弟子解詩用詩並非處處遵求原義。說孔子用「思無邪」一語必定用原詩中有的「固定含義」，恐怕有些武斷。馬銀琴指出：

　　　　實質上，強調賦詩之義與詩句字面意義之間的聯繫，必須以承認賦詩之義與詩句之義彼此疏離爲前提。結合春秋時代斷章取義的賦詩實踐，我們也知道，幾乎所有的「斷章取義」，都是以詩句的字面義，而不是詩歌之義爲基礎展開的。因此，《魯頌・駉》中「思」爲語辭，「無邪」意指「牧馬之繁多」，無妨孔子斷取其句後以「思」爲思慮之「思」，以「邪」爲正邪之「邪」。〔註78〕

　　再次，有材料可以證明，至遲在「七十子」的時代，孔子此「一言」即被理解爲「歸於正」一類的意義。郭店楚簡中包括的一批儒家簡，學者多以爲是「七十子」或與「七十子」有關的作品。〔註79〕其《語叢三》（父無惡）有一簡曰：

　　　　思無疆、思無期、思無邪，思無不由義者。〔註80〕

　　此簡中「思無疆」、「思無期」、「思無邪」正分別出自《魯頌・駉》一詩的第一、二、四章，在原詩中也的確有「無窮」、「無盡」、「無徐」的意思。

〔註77〕《左傳》襄公二十八年載盧浦癸語。
〔註78〕馬銀琴：《論孔子的詩教主張及其思想淵源》，《文學評論》2004年第5期，第74頁。
〔註79〕李零：《郭店楚簡校讀記》（增訂本），北京：北京大學出版社，2002年版，第5頁。
〔註80〕李零：《郭店楚簡校讀記》（增訂本），北京：北京大學出版社，2002年版，第149頁。

但在簡中三語連用，並用「思無不由義者」總括釋義，顯然並未襲用《駉》詩中原義；而「思無不由義者」，正是鄭《箋》所謂「專心無復邪意」和包咸所注的「歸於正」的意思。由此我們還可以看出，「思」字也是釋爲「思想」、「思慮」的。「七十子」親炙孔子教誨，上述簡義很可能是傳達了孔子以「思無邪」總評《詩經》的原意的。

這樣看來，還是第一種說法於文獻最爲有證，最當信從。也就是說，漢代以來釋「思無邪」爲思慮純正無邪，不但並未誤解孔子原意，而且傳承有自，並不是東漢才突然出現的新說。

另外，「邪」與「淫」在「不正」的意義上是相通的，「無邪」當然就是不「淫」。《說文·邑部》：「邪，琅邪郡，從邑，牙聲。」許愼所舉恐怕不是「邪」的本義。其本義當如《廣雅·釋宮》：「邪，道也。」王念孫《疏證》云：「『邪』與『除』古音相近，『邪』亦『除』也。」那麼「除」又是什麼呢？《說文·阜部》：「除，殿階也。」《廣雅·釋宮》：「除，道也。」王念孫《疏證》云：「《九章算術·商功章》：負土往來七十步，其二十步上下柵除，柵除二當平道五。劉徽注云：『柵，閣也；除，邪道也。』」〔註81〕可見「除」爲古代宮閣之臺階，與「平道」相對；「邪」當然也不是指平整道路。故「邪」可引申爲偏斜、歪斜，又可引爲「不正」、「不純」等意，如《逸周書·王佩解》：「亡正處邪，是弗能居」〔註82〕，以「正」與「邪」相對，用意與《新書·道術》「方直不曲謂之正，反正謂邪」〔註83〕和《廣韻·麻部》「邪，不正也」〔註84〕相同。基於這樣的思路和訓釋，對於《魯頌·駉》詩第四章中的「思無邪」的原意，有學者理解爲以馬駕車在道路上馳騁，沒有偏斜，〔註85〕還有一些學者釋「無邪」爲「不壞、不錯」，以爲指魯侯之馬駿美不壞，〔註86〕應該都是有一定道理的。私情貪

〔註81〕（清）王念孫：《廣雅疏證》卷七上，南京：江蘇古籍出版社，2000 年版，第213～214 頁。

〔註82〕黃懷信、張懋鎔等：《逸周書匯校集注》（修訂本），上海：上海古籍出版社，2007 年版，第1038 頁。

〔註83〕（漢）賈誼：《新書》卷八，閻振益、鍾夏校注，北京：中華書局，2000 年版，第303 頁。

〔註84〕（宋）陳彭年：《廣韻》卷二，上海：上海古籍出版社 1981 年版，第 48 頁。

〔註85〕金啓華：《詩經全譯》，南京：江蘇古籍出版社，1984 年版，第 865 頁。

〔註86〕袁愈荌、唐莫堯：《詩經全譯》，貴陽：貴州人民出版社，1991 年第 2 版，第475 頁。樊樹云：《詩經全譯注》，哈爾濱：黑龍江人民出版社，1986 年版，第589 頁。

欲之「淫」為「男女不以禮交」，自屬不正當的邪曲之舉，故有時又「淫」、「邪」連用，表示不正常的男女關係。事實上，根據前引許慎、班固等人對於鄭衛等地地理風俗的描述，鄭國之地至漢代，民風仍是「男女錯雜」，「謳歌相感」，鄭地流傳的歌謠仍然風流放蕩，這是無論怎樣解釋「淫」、「邪」都不能改變的事實。這樣看來，通過訓「淫」為「過」或訓「無邪」為「無徐」來彌合孔子「鄭聲淫」與「思無邪」二論之間的矛盾，是行不通的。

第四節　孔子為何「惡鄭聲」

一、「鄭聲」與「鄭詩」的同源性及孔子對它們的不同態度

在前文的論述中，我們已能看出「鄭聲」的產生與習俗化的狂歡節式的「上巳節」、「會男女」等高禖祭祀及祓禊等原始宗教活動有密切關係。這也是它所以被指為「淫」的重要原因。孫作雲《詩經戀歌發微》一文列舉了十五首《詩經》中的愛情題材的作品，指出它們「皆屬此男女節日歡會之詩」〔註87〕。雖然並非《詩經》中全部愛情詩都是在上述禮俗節日中產生的，但按照現代對《鄭風》中《溱洧》、《褰裳》等詩內容與性質的認識，則可以肯定，「鄭聲」與「鄭風」是同源的。也就是說，「鄭聲」和《鄭風》原本都是產生自民間的通俗藝術作品，它們的性質和風格，在本質上應該是相近甚至可以說是相同的。只是《鄭風》產生在先，而且其語辭和樂調都曾經過周王朝的大師們的整理審定；而「鄭聲」產生在後，其辭其樂都保持了比前者更多的恣情無羈的自由享樂的色彩而已。〔註88〕漢代以後人們之所以在孔子所言之「鄭聲」與《鄭風》有何關係的問題上糾纏不清，其根本原因就在於「鄭聲」的具體形態已無法復睹，而其性質和特點與《鄭風》正復一致。從某種程度上說，後世學者常指《鄭風》以言「鄭聲」的特點和性質，並非大謬不然。

有學者主張《鄭詩》二十一篇「只是鄭聲的一部分」，是周代宮廷樂官「經

〔註87〕孫作云：《詩經戀歌發微》，載《詩經與周代社會研究》，北京：中華書局，1966年版，第302～315頁。

〔註88〕從孔子講的「樂則《韶》武」等用語分析，從他對「鄭聲」亂「雅樂」的指責看，本文傾向於認為「鄭聲」是指樂調而言。但由於古代詩與樂之間密切而複雜的關係，以及新生的樂調不大可能只是徒歌、鄭地在孔子時代必然有較多的不見於《詩經》及其他典籍的情歌的事實，這裡合樂調與歌辭論「鄭聲」。

過篩選、改編，從無數的鄭國民間音樂中選出的極少一部分民歌」。並認為在產生時間上「鄭聲」在前，鄭詩在後。〔註89〕這種說法看到了「鄭聲」與「鄭詩」產生的同源性質，有一定道理。從現代音樂學的眼光看，甚至可以說這是正確的認識。但若歷史地看這一問題，其錯誤也是明顯的，那就是不恰當地把「鄭聲」這一概念的內涵由「鄭國民間新樂」擴展到「鄭國民間音樂」，將它廣義化了。從這個廣義的「鄭聲」概念出發，自然會得出「鄭聲」包括《鄭詩》的結論。對此，楊興華《「鄭聲淫」考論》一文指出：

> 事實上，「鄭聲」是產生於《詩經》之後的一種「新聲」，與《鄭風》無關。《鄭風》與「鄭聲」雖然都不脫鄭俗的影響，但由於文化背景的差異，前者雖難掩其浪漫與野性，但卻自然、純淨，符合孔子時代的「無邪」標準；後者則以滿足聲色享受為目的而有涉於淫，故孔子稱前者為「無邪」，而斥後者以「淫」。〔註90〕

這一說法立論較為通達。

因此，在孔子那裡，「鄭聲」是有特定所指的，它顯然是指《詩·鄭風》及其樂調存在之後新產生的鄭地音樂，也有可能包括了其他衛、齊等地的新樂。況且他說「惡紫之奪朱」，明顯是指以此奪彼，又言「鄭聲亂雅樂」，只能是指以新亂舊，不能有舊反亂新的道理。在孔子的觀念中，必然是《鄭詩》自《鄭詩》（包括與其相配的樂調），「鄭聲」自「鄭聲」：前者與《詩經》中其他《風》詩及《雅》、《頌》一樣屬於「雅樂」，是合於禮制的；而後者則是嗜欲淫邪、沉溺於聲色享樂的靡靡之音，是嚴重違禮的。今人不妨將二者視為一物，孔子則決不可能如此「開化」〔註91〕。《論語·述而》載：「子所雅言，《詩》《書》執禮，皆雅言也」。筆者認為，此處的「《詩》」與《論語·為政》中提到的「詩三百」一樣，應當是合《雅》、《頌》與《國風》而概言之，沒有要把《鄭風》排除在外的意思，就是說與「俗樂」、「邪樂」相比，《三百篇》及其樂調都是符合「雅」、「正」的標準的。孔子對《詩經》「思無邪」的評價當然也是包括《鄭風》在內的，他不可能有以《詩》為「淫」的觀念。

〔註89〕　苗建華：《鄭聲辨析》，《星海學院學報》2000年第2期，第10頁。

〔註90〕　楊興華：《鄭聲淫考論》，《江淮論壇》2001年第1期，第107～108頁。

〔註91〕　如同上世紀七八十年代傳入內地的港臺音樂「東南風」。人們本來就指稱的是當時的港臺音樂，不可能指港臺地區解放前的音樂；同時，今天我們看「東南風」、「西北風」、「陝北民歌」等，一樣看成流行音樂，但在文革前後的相當長的時期裏，卻並非如此。

關於這一點，還可以從以下幾個方面說明：

1.《詩經》成書早於孔子。

孔子未曾刪詩，這幾乎是學界公論。多種資料表明，早在孔子之前，就已形成一個統一的權威的《詩經》本子，在周天子和各諸侯國的學校裏使用，孔子是不可能對其進行刪削處理的。正如朱彝尊所說：「竊以《詩》者掌之五朝，班之侯服，小學大學之所諷誦，夌夏之所教，莫之有異。故盟會、聘問、燕享，列國之大夫，賦詩見志，不盡操其土風。使孔子以一人之見，取而刪之，王朝列國之臣，其孰信而從之者？」〔註92〕

2.周代王官很早就以《詩》、《樂》為教，太師怎可能「誨淫」？

如前文所論，周代王室教育國子，《詩經》是重要教材，《周禮·春官·大師》：「大師……教六詩，曰風、曰賦、曰比、曰興、曰雅、曰頌。以六德為之本，六律為之音。」《禮記·王制》：「樂正崇四術，立四教，順先王《詩》、《書》、《禮》、《樂》以造士，春秋教以《禮》、《樂》，夌夏教以《詩》、《書》。」。《禮記·內則》：「十有三年，學《樂》、誦《詩》、舞《勺》。」《毛詩故訓傳》亦云：「古者教以詩樂，誦之，歌之，弦之，舞之。」〔註93〕既然要教授「國子」誦詩歌詩，當然也包括《風》詩。而《風》詩中的情詩，尤以《鄭》、《衛》（含《鄘》、《邶》）二「風」為代表，太師們若不將它們加以「由色喻於禮」的道德化和政教化解釋，則很難想像如何拿它們教授年紀尚幼的「國子」們。既經道德和政教化的改造，則這些情詩就不會被視為「淫邪」之物。如此，則學在王官的時代，《詩·鄭風》等情詩便不會被認為「淫」。

3.以孔門對《詩》的重視看，必無「淫詩」之念。

孔子可能不是第一個將《詩經》作為教材用於私學的人，但《詩經》的傳授在孔門受到高度重視的程度，在先秦時代各學派中可能鮮有過之者。有學者統計，先秦漢魏文獻中載及孔子言詩者達 190 餘次之多。〔註94〕孔子除說過要「放鄭聲」外，從未講過要在《詩經》各部分或各篇什之間作任何取捨的話。退一步而言，若孔子認為存在「淫」詩，為何只言及《鄭詩》而放過《衛風》、《陳風》等《國風》詩歌中的類似作品呢？所以他不可能把「三

〔註92〕（清）朱彝尊：《經義考》卷十八，北京：中華書局，1998 年 11 月版，第 533 頁。
〔註93〕（漢）毛亨傳；（漢）鄭玄箋；（唐）孔穎達疏：《毛詩正義》，北京：北京大學出版社，2000 年版，第 367 頁。
〔註94〕鄔然：《孔子〈詩〉說綜覽》，載中國詩經學會編：《第二屆詩經國際研討會論文集》，北京：語文出版社，1996 年版，第 333 頁。

百篇」中的任何一首看成「淫詩」。

4.從春秋多國賦詩情況看，孔子時代不可能存在「淫詩」觀。

春秋時期，各國諸侯會盟行人聘問時賦詩言志的情況非常普遍。孔子曾告誡其子伯魚：「不學《詩》，無以言」（《論語・季氏》），就是把學習《詩經》作為人際交往、從政應對的語言前提和基本修養來看的。從《左傳》、《國語》等先秦典籍的記載來看，許多被後儒斷為「男女媟洽之辭」的所謂「淫詩」，在春秋時期各國的聘問燕享的外交應對中，常常被拿來賦誦演唱。如：《左傳》昭公十六年曾記載鄭國子產等六位大臣在接待晉國使者趙宣子的宴會上賦詩的情形：

> 夏四月，鄭六卿餞宣子於郊。宣子曰：「二三君子請皆賦，起亦知鄭志。」子齹賦《野有蔓草》。宣子曰：「孺子善哉！吾有望矣。」子產賦《鄭》之《羔裘》。宣子曰：「起不堪也。」子大叔賦《褰裳》。宣子曰：「起在此，敢勤子至於他人乎？」子大叔拜。宣子曰：「善哉，子之言是！不有是事，其能終乎？」子游賦《風雨》，子旗賦《有女同車》，子柳賦《蘀兮》。宣子喜，曰：「鄭其庶乎！二三君子以君命貺起，賦不出鄭志，皆昵燕好也。」

此處鄭國六卿所賦，皆為鄭詩，其中《野有蔓草》、《褰裳》、《風雨》、《有女同車》、《蘀兮》五首，朱熹以為都是「淫奔期會之詩」；《羔裘》，明李經綸以為是「存之無謂」的「淫亂之詩」。而趙宣子卻欣然接受，認為是子產等六位大臣以「君命」相貺，「皆昵燕好也」。若這些詩在當時被視為「淫」詩，當不會出現這種賦之者不以為非，受之者不以為辱的情形。

總之，儘管事實上「鄭聲」或「鄭衛之音」等新樂與以《詩經・鄭風》為代表的諸多情詩具有同源同性的特點，但孔子對它們的態度卻是完全不同的：他把前者視為淫樂，十分厭惡，意欲放而逐之；而對後者則尊崇有加，不但讚歎其「思無邪」，而且還用為私學教授的重要教材，要求自己的學生和兒子努力學習。孔子對二者的評價之所以會有如此迥異，並非如一些學者所說的是對《鄭風》的似嫌矛盾的「雙重態度」〔註95〕，而是有其歷史的社會觀念的特定邏輯的。至少在孔子時代及此後相當長的時期內，這樣的評判標準和邏輯是為社會所廣泛接受的。

〔註95〕　羅章：《試談孔子以雙重標準論鄭詩》，《西南師範大學學報》（哲學社會科學版）1997年第3期，第69～72頁。

二、「鄭聲」「亂雅」與孔子正樂

如前所述，孔子所言的「鄭聲」儘管可能是專指鄭地新樂，但從先秦及秦漢人對「新樂」、「鄭衛之音」、「淫樂」的性質很相近的描述和幾乎相同的厭惡反對的態度看，應該可以認爲它們基本上是一回事。我認爲所謂「亂雅樂」就是指這些以「鄭聲」爲代表的新樂逐漸流行，進而發展到越俎代庖，擾亂了《三百篇》原有的音樂。

在周王朝強盛時期，周禮對《詩經》及其樂調的賦誦和演奏禮儀有過一套相當嚴格的儀式和規定。如《儀禮·燕禮》所載燕享之禮中歌詩儀式，對於奏樂歌詩的篇目、順序及使用樂器都有較爲嚴格的規定：

> 樂正先升，北面立於其西。小臣納工，工四人，二瑟，小臣左何瑟，面鼓執越，内弦右手，相入。升自西階，北面東上坐，小臣坐，授瑟乃降；工歌《鹿鳴》、《四牡》、《皇皇者華》，卒歌。……笙入，立於縣中；奏《南陔》、《白華》、《華黍》。……乃間歌《魚麗》，笙《由庚》；歌《南有嘉魚》，笙《崇丘》；歌《南山有臺》，笙《由儀》。遂歌鄉樂，周南：《關雎》、《葛覃》、《卷耳》；召南：《鵲巢》、《采蘩》、《采蘋》。大師告於樂正曰：正歌備。

> ……若以樂納賓，則賓及庭奏《肆夏》；賓拜酒，主人答拜而樂闋。公拜受爵而奏《肆夏》。公卒爵，主人升受爵以下而樂闋。升歌《鹿鳴》，下管新宮，笙入三成，遂合鄉樂。若舞則《勺》。

《儀禮》的「鄉飲酒禮」、「鄉射禮」中也有與此類似的固定化、程式化的奏樂歌詩及舞樂的禮儀規定。另外，在選用詩樂時還曾有過很嚴格的區分身份等級的要求，用詩儀式中體現了維護已有政治秩序的用意。如《左傳·襄公四年》載叔孫穆子訪問晉國，對晉侯安排的接待他的享禮中所奏樂歌，就是依周禮的規定作出不同的反應的：

> 穆叔如晉，報知武子之聘也。晉侯享之。金奏《肆夏》之三，不拜。工歌《文王》之三，又不拜。歌《鹿鳴》之三，三拜。韓獻子使行人子員問之曰：「子以君命，辱於敝邑。先君之禮，藉之以樂，以辱吾子。吾子捨其大而重拜其細，敢問何禮也？」對曰：「《三夏》，天子的所以享元侯也，使臣弗敢與聞。《文王》，兩君相見之樂也，使臣不敢及。《鹿鳴》，君所以嘉寡君也，敢不拜嘉！《四牡》，君所以勞使臣也，敢不重拜！《皇皇者華》，君教使臣曰：『必諮於周』。

臣聞之：『訪問於善為咨，咨親為詢，咨禮為度，咨事為諏，咨難為
謀。』臣獲五善，敢不重拜！」。

晉國受周禮的浸潤不似魯國那樣深，也可能是不太在意周禮的規定。叔
孫豹來自素稱「禮義之邦」的魯國，對每一次奏樂的反應和舉動都力求合禮：
《肆夏》之三本為周天子燕享諸侯時所用，《文王》之三本為諸侯國國君相見
時所用，而晉侯卻用來宴享他這個諸侯國的使臣，雙方身份和等級均不合適。
所以他均不作拜謝，而只對合於周禮的用以「嘉寡君」、「勞使臣」和「教使
臣」的「《鹿鳴》之三」作出「三拜」的反應。又如《左傳》文公四年，衛國
甯武子使魯，文公為之設宴，席間「為賦《湛露》及《彤弓》，甯武子「不辭，
又不答賦」。文公派人詢問原因，甯武子回答說：

昔諸侯朝正於王，王宴樂之，於是乎賦《湛露》，則天子當陽，
諸侯用命也。諸侯敵王所愾而獻其功，王於是乎賜之彤弓一，彤矢
百，旅弓十，旅矢千，以覺報宴。今陪臣來繼舊好，君辱貺之，其
敢干大禮以自取戾？

魯人所以賦《湛露》，很可能取其三、四章之「顯允君子，莫不令德」、「豈
弟君子，莫不令儀」之意，以讚美甯武子；所以賦《彤弓》，則當是取其二、
三章之「我有佳賓，中心喜之。鍾鼓既設，一朝右之」，「我有嘉賓，中心好
之。鍾鼓既設，一朝酬之」，用以表達悅賓之情與厚待之意。這本是一番好意，
但因為二詩本為天子燕享諸侯所用，文公卻用於宴陪臣，甯武子認為於禮不
合，便不願接受。

上述雖然均屬於用詩用樂違禮僭越行為的記載，但也可以說明《詩經》
確曾被賦予承載周王朝政教統治秩序的作用和功能。當然，作為晉國大臣的
韓獻子和作為一國之君的魯文公不但對自己用詩的越禮之處毫無知覺，而且
對受享者的守禮之舉也毫無理解，還要派人質問，也說明在春秋時期周王朝
的禮樂制度隨著其統治力的衰弱而失去原有的權威性和影響力，不為諸侯各
國所重視和遵從的情況。在孔子生活的春秋末期，這樣的「禮崩樂壞」的現
象就更為普遍了。《論語・八佾》載：

三家者以《雍》徹，子曰：「『相雍辟公，天子穆穆』，奚取於
三家之堂？」

孔子謂季氏，「八佾舞於庭，是可忍也，孰不可忍也？」

祭禮結束時奏《雍》，本來只有周天子的宗廟才可應用；「八佾」之舞，

本來是周天子才能使用的最高等級禮樂，卻出現在季孫、孟孫、叔孫三家的庭堂上。可見即使是在號稱「禮義之邦」的魯國，也是存在著用樂用舞的僭越現象，而且從性質上說，違禮的程度更爲嚴重。孔子曾經讚歎周代禮制完備，明言：「周監於二代，郁郁乎文哉！吾從周。」（《論語・八佾》）他自然會很激烈地反對對禮樂的公然僭越和破壞。

《左傳》中還記載了最爲嚴重的不知賦詩之義的情形。襄公二十七年，同樣是前述在晉國不受晉侯越禮詩樂宴享的叔孫穆子，他在接待齊慶封來聘時，「與慶封食，不敬，爲賦《相鼠》，亦不知也。」次年，齊國內亂，慶封又來奔魯國。「叔孫穆子食慶封。慶封氾祭，穆子不悅，使工爲之誦《茅鴟》（杜注：『《茅鴟》，逸詩，刺不敬』），亦不知也」。作爲齊國公子，應當也屬「國子」之類，竟然不知燕享歌詩之禮，甚至於聽不出「相鼠有皮，人而無儀，人而無儀，不死何爲」的尖刻譏刺，眞是令人費解。這雖然只是個別的特殊例子，但從中也可見各國《詩》教廢弛的嚴重程度。

在以《詩經》及其樂調爲代表的「正樂」或「古樂」越來越不被重視的同時；新興的俗樂卻在各國大行其道，廣受喜好和歡迎。如前引《禮記》所載「端冕而聽古樂則唯恐臥，聽鄭衛之音則不知倦」的魏文侯之流的王侯貴族，在孔子時代也不在少數。《左傳・襄公十一年》載，蕭魚之會時，鄭人賂晉侯以師悝、師觸以及鍾磬女樂。我們看到，不單是樂器和歌伎，連鄭國的樂師也成了重要的行賄品。與此相類的活動，《左傳》中還記載有一次：襄公十五年，鄭國「以賂請尉氏、司氏盜於宋，與師筏、師慧」。對此，師慧曾故作驚人之舉，旁若無人地在宋朝堂之上「私焉」（即小便），並且借題發揮，譏刺宋朝庭「無人」，說「若猶有人，豈其以千乘之相，易淫樂之矇？」子罕聽到後，「固請歸之」。由此可見，當時諸侯大多必然好尙鄭樂，所以鄭人以樂師及鍾磬女樂行賄宋晉。孔子云：「天下有道，則禮樂征伐自天子出；天下無道，則禮樂征伐自諸侯出。」（《論語・季氏》）這些來自鄭國的樂師和女樂在各國朝庭演奏著「靡曼幻妙」的鄭樂，盡情逸娛，很可能還以這些新鮮的曲調取代原來出自周太師的《詩經》原樂調，唐突《風》《雅》，這就使得它們在孔子眼中完全變成了浸邪世道、迷亂人心、敗壞禮義，淆亂政治秩序的靡靡之音，所以他才要將其與利口禍國的姦佞巧諂之徒相提並論，義正辭嚴地呼籲必須「放鄭聲，遠佞人」。《論語・微子》也載：「齊人歸女樂，季桓子受之，三日不朝，孔子行。」當魏文侯、魯定公、季桓子們在燕享朝會時捨棄舊有的詩樂，而演奏和欣賞著來自鄭、衛、齊、宋的「新聲」時，孔子就

更會覺得「是可忍，孰不可忍」，不能不把後者視爲淆亂雅樂的罪魁禍首了。正因爲痛恨「雅樂」被嚴重淆亂，所以孔子才有「正樂」之舉。《論語・子罕》載：「子曰：『吾自衛反魯，然後樂正，《雅》、《頌》各得其所。』」《史記・孔子世家》亦云：「三百五篇，孔子皆絃歌之，以求合於《韶》、《武》、《雅》、《頌》，禮樂自此可得而述。」〔註96〕我想孔子若眞的爲《詩經》三百零五首詩絃歌配樂，最大的可能是盡可能恢復先前已有的古樂，絕非另造新聲。若只是《雅》、《頌》等樂歌的序次紊亂，則不須「絃歌之」，而且僅僅恢復其舊有次序，也不必稱爲「樂正」。最有可能的情況是，《詩經》原有的由周王室的大師「比其音律」譜就的傳統樂調，受到了以「鄭聲」爲代表的「新聲」、「淫樂」的衝擊和破壞，變得零亂不全，或者不爲各諸侯國樂師們重視，束之高閣了。而周王室的地位此時實際上已淪爲一諸侯國，哪裏還有權威和能力約束各國的種種僭越行爲；對於業已普遍的淆亂雅樂的現象，自然更無暇顧及了。因而孔子要重新整理發明，使之返雅歸正。他的所謂「正樂」，就是要將被「淫聲」奪占的詩樂陣地奪回來，再交給傳統舊樂，做的應該是「撥亂反正」的復古工作。

三、淫樂亂政與孔子「放鄭聲」之論

前文已經論述了「淫」的觀念的由來，說明了孔子所言之「淫」的概念實際與貪色淫欲有關。「鄭聲」之所以被稱爲「淫樂」，的確是與它具有濃厚的縱情聲色的色彩，被認爲是腐蝕世道人心，壞禮敗德的主要媒介和表現有關。而孔子之所以「惡」而欲「放」之，固然是因爲它淆亂雅樂，但主要還在於它是聲色享樂的媒介和代表，出於對現實社會中人們尤其是上層的君王貴族沉溺淫欲、享樂無度的現象的深切擔憂和巨大憤怒。孔子「鄭聲淫」的斷語不是憑空而發，而是在顏回「問爲邦」時說的，也就是說當時人們尤其是統治者對以「鄭聲」爲代表的新樂的好尙，已經集中體現了「治道虧缺」（《史記・樂書》）、「以欲忘道」（《禮記・樂記》）的世風，孔子才對其大加撻伐的。

在整個上古的歷史記憶和政治觀念中，淫樂亂德與女色亡國往往是緊密相連的。屈原《離騷》中陳辭重華一節，表現或隱含的正是這種歷史觀：

> 啓《九辯》與《九歌》兮，夏康娛以自縱。不顧難以圖後兮，五子用失乎家巷。羿淫遊以佚畋兮，又好射夫封狐。固亂流其鮮終兮，浞又貪夫厥家。澆身被服強圉兮，縱慾而不忍。日康娛而自忘

〔註96〕　（漢）司馬遷：《史記》，北京：中華書局，1959年版，第1936頁。

兮，厥首用夫顛隕。夏桀之常違兮，乃遂焉而逢殃。后辛之菹醢兮，
殷宗用而不長。湯禹儼而祗敬兮，周論道而莫差。

關於夏啓康娛自縱之事，《墨子・非樂上》載云：

啓乃淫溢康樂，野於飲食，將將鍠鍠，管磬以方。湛濁於酒，
渝食於野，萬舞翼翼，章聞於天。天用弗式。〔註97〕

從《山海經》所載夏啓「上三嬪於天，得《九辯》、《九歌》以下」的情況
看，他所好者，大概也是一種新樂。夏啓的兒子太康，也「淫放失國」〔註98〕；
後來代夏政的羿，佚遊無度、「淫於原獸」（《左傳・襄公四年》），寒浞殺之而
「貪厥家」（《左傳・襄公四年》），顯然也是逞欲縱淫之人，故又為浞所殺；
就連其後少康殺浞，也先「使女艾諜浞」（《左傳・哀公元年》），是投其所好，
應該與春秋時越王句踐對吳王夫差使用的手段相似。夏代最後之帝夏桀，更
是聲色亡國的典型。《國語・晉語一》記史蘇之語曰：

昔夏桀伐有施，有施人以妹喜女焉。妹喜有寵，於是乎與伊尹
比而亡夏。〔註99〕

《列女傳・夏桀末喜傳》云

末喜者，夏桀之妃也。美於色，薄於德，亂孽無道，女子行丈
夫心，佩劍帶冠。桀既棄禮義，淫於婦人，求美女，積之於後宮，
收倡優侏儒狎徒能為奇偉戲者，聚之於旁，造爛漫之樂，日夜與末
喜及宮女飲酒，無有休時。置末喜於膝上，聽用其言，昏亂失道，
驕奢自恣。為酒池可以運舟，一鼓而牛飲者三千人，鞈其頭而飲之
於酒池，醉而溺死者，末喜笑之，以為樂。……於是湯受命而伐之，
戰於鳴條，桀師不戰，湯遂放桀，與末喜嬖妾同舟，流於海，死於
南巢之山。詩曰：「懿厥哲婦，為梟為鴟。」此之謂也。〔註100〕

「爛漫之樂」與「淫於婦人」，正是夏桀亡國的重要罪因。商代末帝紂王，
寵信妲己，好樂無已，最終導致國破身亡，與夏桀一樣，也成為荒淫亡國的
暴君的典型。《史記・殷本紀》載，他「犬聚樂戲於沙丘，以酒為池，縣肉為

〔註97〕 （清）孫詒讓：《墨子閒詁》，北京：中華書局，2001 年版，第 260～263 頁。
「鍠鍠」原作「銘」，「管磬以方」原作「筧磬以力」，據孫氏校注改。
〔註98〕 《左傳・襄公四年》杜預注。
〔註99〕 徐元誥：《國語集解・楚語上》，北京：中華書局，2002 年版，第 250 頁。
〔註100〕（漢）劉向撰；張濤譯注：《列女傳譯注》，濟南：山東大學出版社，1990 年
版，第 254 頁。

林，使男女倮相逐其間，爲長夜之飲」〔註101〕，可以說是縱情聲色到了極點。

至於周幽王爲博褒姒一笑，招來犬戎之亂，身死國亂，平王被迫遷都，對於春秋時代來說，更是最爲著名和深刻的歷史教訓。《詩·大雅·瞻卬》即有「哲夫成城，哲婦傾城」、「亂匪降自天，生自婦人」的沉痛之論。

總之，三皇五帝時代因去古太遠，或有此類因爲好聲色而致亡亂的事，今已不可考。即以夏、商、西周三代而論，基本上每一次國家的覆亡和衰亂，君主的縱慾好樂，都被史家指爲最主要的原因。這是女色禍國乃至「女子禍水」論的淵源，也幾乎隱然保存著或形成了一種「淫樂」禁忌的意識和思想。

到孔子的時代，上至天子諸侯，下至卿士、大夫，因荒淫貪欲，沉溺女色而亡身誤國的事例層出不窮。更有因淫心放蕩而背棄人倫，造成「父子相殺，兄弟相滅」的人間慘劇者。《史記·衛康叔世家》載：

> 初，宣公愛夫人夷姜。夷姜生子伋，以爲太子，而令右公子傅之。右公子爲太子取齊婦，未入室，而宣公見所欲爲太子婦者好，說而自取之。〔註102〕

《史記·伍子胥列傳》載：

> 楚平王有太子，名曰建，使伍奢爲太傅，費無忌爲少傅。無忌不忠於太子建。平王使無忌爲太子取婦於秦。秦女好，無忌馳歸，報平王曰：「秦女絕美，王可自取，而更爲太子取婦。」平王遂自取秦女而絕愛幸之生子軫。〔註103〕

正是在色欲的驅動下，衛宣公和楚平王都做出自娶太子婦的醜事，造成父子兄弟相殘的悲劇一再上演，前者造成衛國長期內亂，後者引發出伍子胥覆楚的災禍。而著名的晉國驪姬之亂，陳國夏姬之亂，都因國君好色縱慾而招致了宗室相殘、國家大亂的結果。縱觀春秋的歷史，幾次大的禍亂都與淫亂有直接的關係。由此看來，淫心的氾濫可以直接導致君臣、父子、兄弟關係的崩潰，而且更造成社會的動亂、國家的危覆。再如魯桓公夫人文姜與其兄齊襄公的不倫之戀的穢行暴露，導致魯桓公暴死齊國；而她淫心之熾，在此後竟然仍數次歸國會兄。其事《春秋》雖有記載，卻均以曲筆諱書，表明其在魯國是難以言表的奇恥大辱，孔子必然也是深爲痛心和憤怒的。

對於女色淫樂的敗德亂政，孔子更有切身之痛。魯定公時，孔子曾任大

〔註101〕 （漢）司馬遷：《史記》，北京：中華書局，1959 年版，第 105 頁。
〔註102〕 （漢）司馬遷：《史記》，北京：中華書局，1959 年版，第 1593 頁。
〔註103〕 （漢）司馬遷：《史記》，北京：中華書局，1959 年版，第 2171 頁。

司寇並「攝相事」，魯政蒸蒸日上。齊景公和大夫黎鉏君臣擔心魯國強大後會危及齊國的安全，共同商議應對之策。奇怪的是，他們想出的對策不是加兵，也不是用間，而是誘以俗樂，腐以女色。據《史記·孔子世家》載：

> 定公十年春，及齊平。夏，齊大夫黎鉏言於景公曰：「魯用孔丘，其勢危齊。」乃使使告魯為好會，會於夾谷。魯定公且以乘車好往。孔子攝相事，曰：「臣聞有文事者必有武備，有武事者必有文備。古者諸侯出疆，必具官以從。請具左右司馬。」定公曰：「諾。」具左右司馬。會齊侯夾谷，為壇位，土階三等，以會遇之禮相見，揖讓而登。獻酬之禮畢，齊有司趨而進曰：「請奏四方之樂。」景公曰：「諾。」於是旄旌羽袚矛戟劍撥鼓譟而至。孔子趨而進，歷階而登，不盡一等，舉袂而言曰：「吾兩君為好會，夷狄之樂何為於此！請命有司！」有司卻之，不去，則左右視晏子與景公。景公心怍，麾而去之。有頃，齊有司趨而進曰：「請奏宮中之樂。」景公曰：「諾。」優倡侏儒為戲而前。孔子趨而進，歷階而登，不盡一等，曰：「匹夫而營惑諸侯者，罪當誅！請命有司！」有司加法焉，手足異處。……〔註104〕

此次齊魯兩君的夾谷「好會」就這樣不歡而散，孔子堅持原則，成功地抵制了齊國君臣蓄謀而發的「糖衣炮彈」的攻擊，其後齊景公自覺理虧，「歸所侵魯之鄆、汶陽、龜陰之田以謝過」。但魯定公及其信臣季桓子並非意志堅強的拒腐者。定公十四年，孔子由大司寇行攝相事，魯國政治頓時出現新氣象，又引起了齊國君臣的不安：

> 齊人聞而懼，曰：「孔子為政必霸，霸則吾地近焉，我之為先並矣。盍致地焉？」黎鉏曰：「請先嘗沮之，沮之而不可則致地，庸遲乎！」於是選齊國中女子好者八十人，皆衣文衣而舞《康樂》，文馬三十駟，遺魯君。陳女樂文馬於魯城南高門外。季桓子微服往觀再三，將受，乃語魯君為周道游，往觀終日，怠於政事。子路曰：「夫子可以行矣。」孔子曰：「魯今且郊，如致膰乎大夫，則吾猶可以止。」桓子卒受齊女樂，三日不聽政。郊，又不致膰俎於大夫。孔子遂行，宿乎屯。而師己送，曰：「夫子則非罪。」孔子曰：「吾歌可夫？」歌曰：「彼婦之口，可以出走；彼婦之謁，可以死敗。蓋優哉游哉，

〔註104〕（漢）司馬遷：《史記》，北京：中華書局，1959年版，第1915～1916頁。

維以卒歲！」師己反，桓子曰：「孔子亦何言？」師己以實告。桓子
喟然歎曰：「夫子罪我以群婢故也夫！」〔註105〕

　　齊國的女樂在春秋戰國時常被與「鄭聲」、「鄭衛之音」相併提，均屬「淫樂」。在孔子看來，以「鄭聲」爲代表的「淫樂」在各國宮庭裏的流行，導淫敗德，腐政致亂，眞能產生「覆邦家」的惡劣影響和嚴重後果，他當然要深惡而痛絕之了。

四、「鄭聲淫」論與「淫詩說」的影響

　　孔子「鄭聲淫」之「淫」的意義與後世通常認爲的「淫欲」之「淫」的理解基本一致，不能僅簡單地釋爲「過」、「過度」等抽象意義，或者只從音調高低及節奏繁簡等純音樂形式的角度去解釋，而是本來就含有「淫邪」、「淫靡」等與色欲相關的內涵。這是我們通過前文的辨析得出的結論。孔子所謂「鄭聲」是新樂俗樂的代稱，不是指《詩經》中的《鄭風》及與之相配的樂調。雖然二者實際上具有同源同性的特點，但孔子時代的社會觀念中對它們的認識有著完全不同的價值判斷。前者被視爲敗德亂政的靡靡之音，是「淫聲」、「淫樂」；後者則是周王朝統治秩序的象徵，是政教德化的載體，是「古樂」、「正樂」。而前者作爲新生音樂，有著比後者更爲活潑新鮮的情調和形式，因而在當時逐漸流行並對後者的正統地位和權威性產生了嚴重的衝擊與破壞。所以孔子才既有「鄭聲淫」的判語，有「惡鄭聲」、「放鄭聲」的激烈態度和倡議，又有對整個《詩三百》「思無邪」的論斷。後人以爲孔子「鄭聲淫」與「思無邪」二論相齟齬，是因爲他們的判斷基於與孔子不盡相同或完全不同的認識邏輯和價值標準，實在是歷史的誤會。非要在此問題上挖掘什麼「聖人之心」〔註106〕，未免有些求之過深。

　　古今中外的思想史和藝術史上，由於社會觀念的延續性和變化的滯後性，對本屬同類的事物做出不同甚至完全相反的價值判斷的現象，都曾出現過。例如：

　　《聖經・舊約》中有《雅歌》八章一百一十七節，「從頭到末，見不到一點宗教的意味」，也「沒有提到神或神的名字」、「沒提到律法、聖殿、祭祀等」，

〔註105〕（漢）司馬遷：《史記》，北京：中華書局，1959 年版，第 1918 頁。
〔註106〕程世和：《「思無邪」與「鄭聲淫」——淫邪世界中的聖者話語》，《東方叢刊》1996 年第 2 期，第 139～152 頁。

完全是「用最優美的文筆，描寫出來的人間最動人的愛情詩歌」。〔註107〕《雅歌》對女性的描寫細膩而直露，對愛情的歌唱富於激情，《詩經》中的最眞率的愛情詩與之相比，也顯得含蓄。如：

> 高貴的淑女啊！
>
> 你的纖足在鞋子裏，多麼雍容華貴；
>
> 你圓潤的腿像美玉，是巧奪天工的傑作。
>
> 你的肚臍像圓杯，滿盛各式美酒；
>
> 你的腰像一堆麥粒，環繞著百合花；
>
> 你的雙乳像一對孿生的羚羊；
>
> 你的脖子像一座象牙臺；
>
> ……
>
> 我心愛的人兒，逗人喜歡的女郎，
>
> 你是多麼美麗，多麼可愛！
>
> 你的體態窈窕像棕樹，胸脯如同樹上的果子。
>
> 我要攀上這棕樹，緊緊握住它的枝子。
>
> 但願你的乳房像兩串葡萄，你的氣息如蘋果般清香。
>
> 你的吻像浮酒那樣香甜，直流入我口內，直流到我唇齒間。〔註108〕

這完全是沉醉在愛情之中的熾烈吟唱。但在基督教牧師的解釋系統中，肚臍盛酒是象徵人人均受神的孕育；「你的雙乳」被釋爲「兩胸」（two breast），代表信徒敬奉基督耶穌的「信心和愛心」；「吻」則代表獻身於主和對主的愛。〔註109〕據現代學者研究，《雅歌》是公元前960年所羅門王登基以後，民間所有有關所羅門王故事的情歌和其他情歌的彙編，其產生的下限，至遲爲撒瑪利亞淪陷於亞述的公元前722年。《聖經》本文稱之爲「所羅門之歌」，並說它是「詩歌中最美的詩歌」。《雅歌》中的這些詩歌，本來是表現所羅門王與女子書拉密由戀愛到結婚的愛情生活的，與西方各國人間俗世流行傳唱的男女戀歌相比，其實並無二致，但因爲收入了《舊約》，它們就被神聖化和教義化了。猶太教認爲它們描寫的是上帝和子民的關係，基督教則認爲它們表現

〔註107〕 裴普賢：《詩經比較研究與欣賞》，臺北：學生書局，1983年版，第111～112頁。

〔註108〕 《聖經・舊約》，神版。

〔註109〕 裴普賢：《詩經比較研究與欣賞》，臺北：學生書局，1983年版，第133～135頁。

的是基督與教會的關係。〔註110〕

又如宋人對柳永詞的看法，也體現了這種同類異評的觀念邏輯的特點。據宋代張舜民《畫墁錄》載：

> 柳三變詞忤仁廟，吏部不放改官。三變不能堪，詣相府。晏公曰：「賢俊作曲子麼？」三變曰：「只如相公亦作曲子。」公曰：「殊雖作曲子，不曾道『綵線慵拈伴伊坐』。」柳遂退。

同是「作曲子」，同為婉約派詞人，只不過柳永詞俚俗，不似晏殊詞雅致，就為他帶來了道德上負面的評判，害得他不得不「奉旨填詞」〔註111〕，一生落魄。

不只是宋仁宗和晏殊，宋代不少文人都對柳永創作頗有微辭。如陳師道說他「作新樂府，骫骳從俗」〔註112〕（《後山詩話》），李清照也曾批評他「詞語塵下」〔註113〕。而清人鄧廷禎更指責他的《樂章集》中「冶遊之作居其半，率皆輕浮猥媟，取譽箏琶」。〔註114〕這些都與「鄭聲」被稱為「淫樂」的評判邏輯很有相似性。

但是，孔子並無如宋明理學家們那樣的涉情即淫的觀念，並非全然以男女之情為非禮，所以他才會對《詩經》中那些真率熱烈的愛情詩一併給予「思無邪」的評價。這也是他與後儒不同之處。但中國古代文學史上那些比較多地、直率地表現愛情的作品，往往被加上道德上較為負面的評價的傳統，也與孔子「鄭聲淫」論及其衍生的「淫詩說」的影響有很大關係。民間新生藝術和通俗文學往往較難被正統文學觀所承認和接納，也與此有關。

當然，由於喜好「淫樂」與嗜色縱慾行為往往緊密相隨，對春秋時代在貴族階層較多地存在著沉溺享樂、淫佚腐化現象的憂慮和痛恨，也是孔子厭惡「鄭聲」的一個重要原因。從這個意義上說，我們若將孔子指斥「鄭聲」純粹視為保守落後的表現，顯然有失公允。

〔註110〕裴普賢：《詩經比較研究與欣賞》，臺北：學生書局，1983年版，第134頁。
〔註111〕《苕溪漁隱叢話》後集引《藝苑雌黃》載：有薦柳永之才於仁宗者，「上曰：『得非填詞柳三變乎？』曰：『然。』上曰：『且去填詞。』由是不得志，日與狂猖子縱遊娼館酒樓間，無復檢約，自稱云：『奉旨填詞柳三變』。」
〔註112〕（宋）陳師道：《後山詩話》，見何文煥輯：《歷代詩話》，北京：中華書局，1980年版，第311頁。
〔註113〕（宋）李清照：《詞論》，見郭紹虞、王文生編：《中國歷代文論選》一卷本，上海：上海古籍出版社，1979年版，第189頁。
〔註114〕（清）鄧廷禎：《雙硯齋詩話》，轉引自常振國、絳雲編：《歷代詩話論作家》，長沙：湖南人民出版社，1984年版，第579頁。

第四章 「述而不作」與「春秋筆法」
——孔子述作觀的淵源與實質

錢穆曾說：

> 真要研究孔子，實在不該忽視了《春秋》。至少我們該知道，
> 為何在中國儒學史裏，大部分尊崇孔子的人，都會注意到《春秋》？
> 他們看重《春秋》的意見究竟在那裡？我們必認識到這一層，才始
> 懂得孔子在中國學術思想史上，以往的真地位和真價值。我們亦得
> 先明白了已往學者推尊孔子《春秋》之真意義，才能再來下批判，
> 再來作衡量。〔註1〕

錢穆對於孔子刪《詩》《書》，作《易傳》等事，都不相信；而認為古
來通常所說的孔子的著述事業中，「其明白可徵信者，厥惟晚年作《春秋》
一事。」〔註2〕

今天不少學者可能連孔子作《春秋》之說也不相信或有所保留，但無論
如何，孔子與《春秋》關係至為密切，《春秋》在「六經」中最受孔子重視，
則無多少疑問。《春秋》為孔子晚年最後的述作，所謂「獲麟絕筆」的傳說，
更為它添了一層神聖感；「知我」、「罪我」之說，也顯出它在孔子心目中不可
替代的重要性。這些都與所謂「春秋筆法」有密切關係。歷來人們對於孔子
是否在《春秋》中借「筆削」褒貶寄寓了令「亂臣賊子」懼恨不已的「微言

〔註1〕錢穆：《孔子與春秋》，《兩漢經學今古文平議》，北京：商務印書館，2001 年
　　　版，第 266 頁。
〔註2〕錢穆：《孔子傳・序言》，北京：生活・讀書・新知三聯書店，2002 年版，第
　　　2 頁。

大義」，信之者崇之至高無上的地步，不信者則以爲是經生的向壁虛造，不予認可和重視。筆者相信儒家「六經」中的《春秋》爲孔子所作。這個問題目前的討論已經很深入，沒有多少新材料和新發現，但爲了討論孔子述作觀的由來和實質，本文仍將依據常見的文獻材料，對事實作一梳理和必要的評述。孔子也曾明確表示過「信而好古，述而不作」的志趣和選擇。這一表態的意涵和實質是什麼？「不作」的態度宣示與「作《春秋》」的實際行動之間，是否存在著貫通自洽的邏輯理路？本文將追溯史職由來，依據周代史官的書寫習慣與特點，結合《春秋》時期史學下移的時代特徵，探討孔子借「述古」與「修史」所表達、堅持和樹立的史學精神和士人精神。最後，在此基礎上，本文也要用一定篇幅來討論歷代學者爭論無已的「諱筆」問題。

第一節　孔子作《春秋》說論析

「六經」並非如今文學家所說，均爲孔子所作，但都經過孔子的整理和編定，這在今天學術界，基本已成共識。古人對於孔子與「六經」的關係普通認識和描述，於《詩》、《書》，言「刪」、「序」；於《禮》、《樂》，言「定」、「正」；於《周易》，言「贊」、言「傳」，一般不言「作」；唯獨於《春秋》，言「修」言「次」言「成」之外，又常言「作」。而且，歷來經學家們多相信，孔子借「作」《春秋》寄寓了「微言大義」。因爲孔子有過「信而好古，述而不作」的宣言，所以關於《春秋》是否眞是孔子所作，或者孔子究竟如何「作」了《春秋》，歷來有許多爭論。在討論「述而不作」和「春秋筆法」之前，我們有必要對孔子「作《春秋》」說作些梳理。

一、對孔子作《春秋》的懷疑與爭論

孔子作《春秋》的事實，自左丘明、孟子起，至唐宋之前，向來無疑議；唐劉知幾開始懷疑經文，質疑所謂《春秋》「義法」，有《惑經》之作；至宋代，王安石有「斷爛朝服」之譏，劉克莊有「史克舊文」之說，但大多數學者仍不輕疑經文；清代今文學者多視《左傳》爲僞書，但仍不疑孔子曾作《春秋》。現代疑古思潮流行，錢玄同、顧頡剛等便完全否定孔子對《春秋》的著作權。

當代學者中，楊伯峻《春秋左傳注》流傳廣，影響大，其《前言》以爲

《春秋》是魯國編年史，「《春秋》本魯史舊文，……孔丘實未嘗修《春秋》，更不曾作《春秋》」，孔子與它的關係，僅僅是「用過《魯春秋》教授過弟子」。〔註3〕後來主張「走出疑古時代」的李學勤先生曾兩次撰文反駁此說。〔註4〕對《春秋》的著作權，今天學界大多承認孔子曾作《春秋》，但對「作」字之名義，並不以今日之創作視之，有以為襲用魯史者，有以為依傍魯史而整理、修訂者，也有以為孔子所修《春秋》別是一部書，乃《左傳》所依底本者〔註5〕，究其實質，與不信孔子作《春秋》者相去不甚遠。

其實關於孔子與《春秋》關係的材料，各家所依據的基本相同；只是信者據之以信，而不信者據之以非，信與不信，是之與非，歧疑紛爭於是便多而難平了。比如，《左傳·僖公二十八年》「天王狩於河陽」一事的記載，因為解讀和標點的不同，竟成為正反方共同的論據：

> 是會也，晉侯召王，以諸侯見，且使王狩。仲尼曰：「以臣召君，不可以訓。故書曰『天王狩於河陽』，言非其地也，且明德也。」

這是楊伯峻《春秋左傳注》的句讀〔註6〕。而李學勤先生是這樣引述此段文字的：

> 是會也，晉侯召王，以諸侯見，且使王狩。仲尼曰：「以臣召君，不可以訓。」故書曰「天王狩於河陽」，言非其地也，且明德也。〔註7〕

顯而易見，這兩種句讀方式的關鍵分歧，是「故書曰：『天王狩於河陽』」一句的主詞問題。楊伯峻以「天王狩於河陽」是魯國史官所書，孔子只是解釋其書法義涵；而李學勤則以這五字一句話為孔子所書，揭示其所隱含的大義的是左丘明。

從整個段落的語流連貫性來看，楊伯峻的標點似乎使「故書曰」的主詞

〔註3〕楊伯峻：《春秋左傳注·前言》（修訂本），北京：中華書局，1990年第2版，第16頁。

〔註4〕李學勤：《孔子與〈春秋〉》，《李學勤文集》，上海：上海辭書出版社，2005年版，第366頁。

〔註5〕姚曼波：《〈春秋〉考論》，第三章：《孔子〈春秋〉——〈左傳〉祖本考》，南京：江蘇古籍出版社，2002年版，第94頁。

〔註6〕楊伯峻：《春秋左傳注》（修訂本），北京：中華書局，1990年第2版，第473頁。

〔註7〕李學勤：《孔子與〈春秋〉》，《李學勤文集》，上海：上海辭書出版社，2005年版，第367頁。

無著落，後一種點讀法應該更合理。但楊氏的點讀也並非完全講不通。司馬遷《史記》中對「王狩河陽」一事的記載也一再評說：

> 孔子讀史記至文公，曰：「諸侯無召王。」「王狩河陽」者，《春秋》諱之也。（《晉世家》）

> （孔子）乃因史記作《春秋》……故吳楚之君自稱王而《春秋》貶之曰「子」；踐士之會實召周天子，而《春秋》諱之曰「天王狩於河陽」。（《孔子世家》）

> 二十年，晉文公召襄王，襄王會之於河陽踐土，諸侯畢朝，書諱曰：「天王狩於河陽。」（《周本紀》）

最後一段文字與《左傳·襄公二十八年》的記載就很接近，「書諱曰：『天王狩於河陽』」一句，也並無主詞。而《晉世家》中文字同樣也存在句讀歧義。只有《孔子世家》中的記載，從孔子「因史記作《春秋》」說起，可以明確看出司馬遷對孔子著作權的認識，但其他各條記載並不能使讀者毫無異議地認可「王狩河陽」的載筆爲孔子原創。因此支持楊伯峻意見的學者，今天還有不少。

綜合各家反對《春秋》爲孔子所作的學者的觀點，主要理由大致有如下幾條：

1.《論語》中無孔子作《春秋》記載；除孟子外，同時代無人提及孔子作《春秋》。

2.今本《春秋》載孔子卒年，不可能出自其手。

3.「春秋」之名早已有之。《禮記·坊記》、《韓非子·內儲說右上》引魯《春秋》四條文字，均與今本《春秋》同；《竹書紀年》「其著書文意大似《春秋》經」〔註8〕，如《春秋》「王狩河陽」條，《紀年》記載爲：「周襄王會諸侯於河陽」。可見「孔子諱之」云云，不見得正確。

4.孔子自言「述而不作」，故不應作《春秋》。

以上理由，均不能成爲否定孔子作《春秋》的堅證。首先，有關孔子的事，《論語》中沒有記載的必然有不少；戰國時除孟子外未見其他人提及的孔子事蹟也還有不少，不能因此就認定它們不曾發生。其次，先秦典籍成書、傳承過程複雜，其今本往往並非寫定於一時、出於一人之手。況且《春秋》

〔註8〕（晉）杜預：《春秋左傳集解後序》，（唐）孔穎達：《春秋左傳正義》，北京：北京大學出版社，2000 年版，第 1983 頁。

三傳經文，只有《左傳》記載孔子之卒，更不能藉以否定《春秋》出於孔子之可能性。同樣，《公》、《穀》兩傳載孔子生年也應如是看。再次，《竹書紀年》中與《春秋》經文相同或相似的內容，有的學者以爲是襲取自後者〔註9〕。即使不存在沿襲問題，《紀年》是採用晉《春秋》舊文，與魯《春秋》有相同的記載內容和書法形式，也很正常。最後，關於孔子「述而不作」的宣言，尤其不能作機械死板的理解：且不說「不作」並不意味著只「述」不「作」的承諾，就以孔子時代而論，何者爲「述」，何者爲「作」，可能也與孟子時代的思想不一致，更不用說今天的撰著觀念了。〔註10〕

二、記載孔子「作《春秋》」較早文獻分析

一般認爲，最早明確提及孔子作《春秋》的，是孟子。《孟子・滕文公下》：

世衰道微，邪說暴行有作，臣弒其君者有之，子弒其父者有之。孔子懼，作《春秋》。〔註11〕《春秋》，天子之事也；是故孔子曰：「知我者其惟《春秋》乎，罪我者其惟《春秋》乎！」

又云：

昔者禹抑洪水，而天下平；周公兼夷狄，驅猛獸，而百姓寧；孔子成《春秋》，而亂臣賊子懼。

又《離婁下》云：

孟子曰：「王者之跡熄而《詩》亡，《詩》亡然後《春秋》作。晉之《乘》，楚之《檮杌》，魯之『春秋』，一也。其事則齊桓、晉文，其文則史。孔子曰：『其義則丘竊取之矣。』」

《公羊傳》、《穀梁傳》的作者，無疑也是堅信孔子作或修《春秋》的。《公羊傳・昭公十二年》：

春，齊高偃帥師納北燕伯於陽。伯於陽者何？公子陽生也。子曰：「我乃知之矣。」在側者曰：「子苟知之，何以不革？」曰：「如爾所不知何？《春秋》之信史也，其序，則齊桓晉文，其會，則主

〔註9〕李學勤：《孔子與〈春秋〉》，《李學勤文集》，上海：上海辭書出版社，2005年版，第370頁。

〔註10〕除此之外，學者們提出過的孔子不作《春秋》的具體理由還有一些，都並無確實無疑的證據。參張漢東：《孔子作〈春秋〉考》，《齊魯學刊》，1988年第4期，第112～118頁。

〔註11〕此處及以下引文中，爲醒目計，筆者對自認爲能反映孔子作《春秋》之事及其所據原始史料文獻來源的詞句，加了著重號。

會者爲之也，其詞；則丘有靠焉耳！」

又，《春秋·哀公十四年》：「十有四年春，西狩獲麟。」《公羊傳》云：

> 有以告者曰：有麋而角者。孔子曰：孰爲來哉？孰爲來哉？反
> 袂拭面，涕沾袍。顏淵死，子曰：噫，天喪予。子路死，子曰：噫，
> 天祝予。西狩獲麟，孔子曰：吾道窮矣。《春秋》何以始乎隱？祖之
> 所逮聞也。所見異辭，所聞異辭，所傳聞異辭。何以終乎哀十四年？
> 曰：備矣。君子何爲爲《春秋》？撥亂世，反諸正，莫近諸《春秋》，
> 則未知其爲是與？其諸君子樂道堯舜之道與？末不亦樂乎？堯舜之
> 知君子也，制《春秋》之義，以俟後聖。以君子之爲亦有樂乎此也。

又《春秋·宣公元年》：「晉放其大夫胥甲父於衛。」《公羊傳》云：「孔
子蓋善之也。」

《春秋·桓公二年》：「宋督弒其君與夷及其大夫孔父。」《穀梁傳》云：

> 孔，氏；父，字謚也。或曰：其不稱名，蓋爲祖諱也，孔子故
> 宋也。

西漢司馬遷作《史記》，屢次推崇孔子作《春秋》之義。《史記·孔子世
家》云：

> 魯哀公十四年春，狩大野。叔孫氏車子鉏商獲獸，以爲不祥。
> 仲尼視之，曰：「麟也。」取之。曰：「河不出圖，雒不出書，吾已
> 矣夫！」顏淵死，孔子曰：「天喪予！」及西狩見麟，曰：「吾道窮
> 矣！」喟然歎曰：「莫知我夫！」……子曰：「弗乎弗乎，君子病沒
> 世而名不稱焉。吾道不行矣，吾何以自見於後世哉？」乃因史記作
> 《春秋》，上至隱公，下訖哀公十四年，十二公。據魯，親周，故殷，
> 運之三代。約其文辭而指博。故吳楚之君自稱王，而《春秋》貶之
> 曰「子」；踐土之會實召周天子，而《春秋》諱之曰「天王狩於河陽」：
> 推此類以繩當世。貶損之義，後有王者舉而開之。春秋之義行，則
> 天下亂臣賊子懼焉。孔子在位聽訟，文辭有可與人共者，弗獨有也。
> 至於爲《春秋》，筆則筆；削則削，子夏之徒不能贊一辭。弟子受《春
> 秋》，孔子曰：「後世知丘者以《春秋》，而罪丘者亦以《春秋》。」

又《史記·太史公自序》轉述其父司馬談之語云：

> 幽厲之後，王道缺，禮樂衰，孔子修舊起廢，論《詩》、《書》，
> 作《春秋》，則學者至今則之。

又《匈奴列傳》云：

> 太史公曰：孔氏著《春秋》，隱桓之間則彰，至定哀之際則微，
> 爲其切當世之文而罔襃，忌諱之辭也。

又《三代世表》云：

> 孔子因史文，次《春秋》，紀元年，正時日月，蓋其詳哉！

又《史記·十二諸侯年表》序云：

> 是以孔子明王道，干七十餘君莫能用，故西觀周室，論史記舊
> 聞，興於魯而次《春秋》，上記隱，下至哀之獲麟，約其辭文，去其
> 煩重，以是義法，王道備，人事浹。七十子之徒受其傳指，爲有所
> 刺譏襃諱挹損之文辭不可以書見也。魯君子左丘明懼弟子人人異
> 端，各安其意，失其實，故因孔子史記具論其語，成《左氏春秋》。

《漢書·藝文志》中的這段話，也常爲論者所引用：

> 古之王者世有史官，君舉必書，所以愼言行，昭法式也。左史
> 記言，右史記事，事爲《春秋》，言爲《尚書》，帝王靡不同之。周
> 室既微，載籍殘缺，仲尼思存前聖之業，乃稱曰：「夏禮吾能言之，
> 杞不足徵也。殷禮吾能言之，宋不足徵也。文獻不足故也，是則吾
> 能征之矣。」以魯周之國，禮文備物，史官有法，故與左丘明觀其
> 史記，據行事，仍人道，因興以立功，就敗以成罰，假日月以定曆
> 數，借朝聘以正禮樂。有所襃諱貶損，不可書見，口授弟子。弟子
> 退而異言。丘明恐弟子各安其意，以失其眞，故論本事而作傳，明
> 夫子不以空言說經也。

上述文獻中，對於孔子於《春秋》所作的工作的描述，用詞頗不一致；
另外也都提到了孔子所依據的原始文獻材料的問題。如孟子所用詞匯，是
「作」、「成」；對所依據的原始材料，則借孔子的話說是自魯《春秋》「竊取
其義」。《公》、《穀》二《傳》的用詞，則是「革」、「爲」；對於其原始材料，
則隱含著「因」（與「革」相對）舊史和繼往聖（堯舜）的意思。而司馬遷所
論，用詞最多，有「爲」、「作」、「次」、「修」、「著」、「成」及「筆削」、「約
去」等；對所依據文獻材料，又常用一「因」字，一個「舊」字，有「因史
記舊文」、「修舊起廢」、「論史記舊聞」〔註12〕等語，明確說孔子是「因史記

〔註12〕此處「論」爲論次之義。據何茂活、程建功：《從詞源學角度看〈論語〉之「論」
　　　　及其異解》，《孔子研究》，2007 年第 6 期，第 106～112 頁。

作《春秋》。至於班固，先從「古之王者必有史官」、「左史記言，右史記事，事爲《春秋》，言爲《尙書》」說起，談到孔子與左丘明觀魯、周「史記」，又用到「據」、「仍」、「因」、「就」、「假」、「借」等詞，說明孔子「作《春秋》」的實際行動、內容，顯然也是把魯周「史記」視爲原始文獻的。

從上面的分析可知，左丘明、孟子、《公》《穀》二傳作者及司馬遷等人對孔子作《春秋》的事實是確然不疑的，對於孔子是如何「作」《春秋》，也是清楚的。從上述文獻記載的分析看，孔子「作《春秋》」是可信的，其事實之要素，大略有如下幾點，也是眞實可信，值得重視的：

1.依傍舊史而成。爲孔子所主要借用的，是魯《春秋》，據司馬遷的記載，也應借鑒了「周史記」；由孔子重視文獻及周遊列國的經歷看，極可能列國史書即墨子所謂「百國春秋」，也在參考之列。

2.《春秋》雖然因襲魯《春秋》，但決非原本照搬，而是進行了增損筆削。《春秋》經文簡括，每年下所記往往只有幾件事。當時天下國內、國際每年發生的可記、當記之事必然很多，依常理，記事爲國史常規職掌，其所記較此當多出至少數倍。可見，孔子必然是大量刪削了魯《春秋》原有內容和條文，修成今本《春秋》的。正如皮錫瑞所云：

> 計當時列國赴告，魯史著錄，必十倍於《春秋》所書。孔子筆削，不過十取其一。蓋惟取其事之足以明義者，筆之於書，以爲後世立法，其餘皆削去不錄，或事見於前者，即不錄於後，或事見於此者，即不錄於彼，以故一年之中，寥寥數事，或大事而不載，或細事而詳書。〔註13〕

《公羊傳·莊公七年》：

> 不修《春秋》曰：「雨星不及地尺而復。」君子修之曰：「星霣如雨。」

「不修《春秋》」之說，證明今本《春秋》並非魯史舊秩，同時也說明其中的記事條目並非全然移錄舊有史文，部分文字是經過孔子修訂潤色的。

3.孔子所傳，並非徒經。孔子所撰《春秋》經文，即今本之簡約綱目式大事記《春秋》文本，但孔子借《春秋》的敘事和文法寄寓了自己一定的立場與愛憎，此即所謂「微言大義」。對每一條目的具體史實及所含義理，孔子另有解說，且曾口授弟子。

〔註13〕 （清）皮錫瑞：《經學通論四·春秋》，北京：中華書局，1954年版，第22頁。

總之，拿今天的標準來看，孔子於《春秋》的實際工作，基本上可視爲是編纂的工作。但是，除「作」之外，古人對此的描述和說法的用詞差異之多，表明他們對孔子「作《春秋》」一事的性質和意義的認識的複雜性。出現這一現象的緣由，後文再論。

三、孔子作《春秋》的實質和意義尚需挖掘

今天學界中，大多學者都在不同程度上承認和接受孔子「作《春秋》」之說。對孔子於《春秋》的著作權，像楊伯峻那樣完全否定，認爲他「實未嘗修《春秋》，更不曾作《春秋》」的研究者，並不很多。但也有人極力否定孔子與《春秋》成書的直接關係，甚至連編修之功也不許之於孔子。〔註14〕也有人以爲孔子所修《春秋》別是一部書，乃《左傳》所依底本，〔註15〕其實還是反對孔子作《春秋》的看法的。

不過，現當代學者即或能認同孔子「作《春秋》」或「修《春秋》」之說，但對「作」字之名義，並不以今日之創作視之，大多也只認爲是編纂、整理或修訂。有以爲襲用魯史者，有以爲孔子《春秋》是「整理、修訂」魯國國史而成的，有以爲孔子不過把《春秋》「作爲現代史教材」用以教學，只是編了一部分提綱挈領式的「教學大綱」〔註16〕；對於其文字是否有嚴格的「義法」，即使有，這種「義法」是否爲孔子所創，其中是否含有什麼特殊的筆削褒貶，微言大義，都不見得有積極的認同。此類認識和意見，在筆者看來，雖然表面上認可孔子對《春秋》的編撰之功，但究其實質，與不信孔子作《春秋》者，相去也不甚遠。

〔註14〕 徐中舒《左傳的作者與成書年代》一文認爲，孔子時代《春秋》還是魯國秘藏的國史，今本《春秋》即魯《春秋》原文，其在孔門流傳出於孔子既沒之後，且並未經過孔子筆削。見徐中舒：《左傳選·後序》，北京：中華書局，1963 年 9 月版，第 349 頁、372 頁。有的學者則以爲《春秋》爲國家秘檔，孔子無資格觀看，甚至斷言「孔子未曾讀過《春秋》」。見王和《孔子不修春秋辨》，《史學理論研究》，1993 年第 2 期，第 116 頁。按：魯《春秋》可能較其他諸侯國完善和嚴密，故《左傳·昭公二年》有晉韓宣子「觀魯《春秋》」之事。但「秘藏」、「秘檔」云云，並不可信。

〔註15〕 姚曼波：《〈春秋〉考論》，南京：江蘇古籍出版社，2002 年版。除此書外，作者十數年間發表多篇論文力主此說，並曾與牛鴻恩等學者往復論爭。參牛鴻恩：《厭棄〈春秋〉尊〈左傳〉——姚曼波女士〈左傳〉「藍本」作於孔子說駁議》等文，牛文載《聊城大學學報》(哲學社會科學版) 2002 年第 1 期。

〔註16〕 匡亞明：《孔子評傳》，南京：南京大學出版社，1990 年版。

另外，近代以來，隨著經學的式微，《春秋》作為「經」的光環被拂去，降而為「史」，其神聖性和崇高感大大降低，就算是被認為出自「聖人」之手，它也往往只被視作一部簡約含蓄的編年大事記，被視為先秦敘事散文尚未完全成熟時的產物；而「春秋筆法」云云，也常被今人理解為一般的筆墨含蓄和字句隱括的代名詞；那些使「亂臣賊子懼」的皇皇「大義」和苦心筆削，遂成為讓人不好理解的浮誇和諛頌了。

筆者認為，對於孔子之作《春秋》及所謂「微言大義」和「春秋筆法」，經學時代的認識和解說，大多有附會穿鑿和過於神秘化的弊端和局限，由此形成的觀念障蔽和思維定式，隨著思想解放的發生，現代學術理念的確立，逐漸被打破和克服，帶來了前所未有的突破，當然意味著巨大的進步。但是，跳出舊的界限，打開新的視野，往往也同時加大了與歷史的距離和隔膜，形成了新的誤區和盲點。今天我們對孔子作《春秋》的性質和目的，以及通過「春秋筆法」所隱含和體現的義理、思想，理解上往往有簡單化之嫌，看得過於普通，未能充分瞭解、正視孔子作《春秋》之事的時代氛圍和個人情懷，有意無意地低估或忽略了其在後世的巨大而深遠的影響。

總而言之，雖然古今學人以往的研究和討論已很深入，取得的發現和成果非常豐富，就孔子作《春秋》及「春秋筆法」的名實、意義作更多的探索，仍是必要的。

第二節　古代史職演變與記事傳統

在討論《春秋》及「春秋筆法」之前，我們先須簡要回溯「史」職在先秦時代的身份職掌與記事方式的演變過程，以及春秋時代史籍撰著制度及形態特徵。

一、說「史」

許慎《說文解字》：「史，記事者也，本作𠹻，從又持中。中，正也。」史為記事者，這是漢代的一般觀念。但釋「史」所手持的「中」為「正」，是指抽象的道德或態度，並非具體可持的事物。據王國維《釋史》一文的引述，吳大澄《說文古籀補》謂「史象手執簡形」；江永《周禮疑義舉要》則以為是「以手持簿書也」；而王氏則以「中」為盛算之器，亦以盛簡，故認

爲「史字從右持中，義爲持書之人」。〔註 17〕章太炎、范文瀾又以爲「中」
爲簡策之省形，〔註 18〕馬敍倫以爲是「筆之初文」，〔註 19〕沈剛伯以爲是筆
簡二物的合寫。〔註 20〕這些說法實質上都是依「史」爲「記事者」，即史官
的身份和職事爲據進行解釋的。另外，也有人釋「中」爲「干」，說是「博
取野獸的工具」〔註 21〕，或說是使者所持之旗杆〔註 22〕；還有人認爲「中」
是指卜人占卜用的「弓鑽」或「工鑽」。〔註 23〕徐復觀由史的原始職務本所
以事神，是與「祝」同一性質，推論「史」字應「從口，與祝之從中同。因
史告神之辭，須先寫在冊上，故從ㄓ，ㄓ像右手執筆，將筆所寫之冊，由口
告之於神，故右手所執之筆，由手直通向口」。〔註 24〕這一考釋似乎略嫌迂
曲，但他考慮到「史」的原始職掌不限於記事，是正確的。

　　無論由「史」字的古文字字形看，還是由古文獻中有關「史」的職掌的
記載分析，上述各說法似乎均有一定道理。這說明「史」的原始身份和職掌
較爲複雜。季旭昇說：「從古文字、文獻所記『史』職之多元、古文字史事吏
一字分化等現象來看，先秦『史』的性質應該是很廣泛的，不是只限於『記
事者』。」〔註 25〕他又指出，「先秦所謂『事』甲骨文中『史』或省作『中』，
可知『中』當讀如『史』，不讀『中』。」這讓我們想起張舜徽關於《說文》「記
事者也」之釋的一段精彩論述：

〔註 17〕王國維：《釋史》，《觀堂集林》卷六，北京：中華書局，1959 年影印本，第
　　　　263〜269 頁。
〔註 18〕章太炎：《文始》卷七，浙江圖書館校刊本下冊，第 44 頁。范文瀾：《正史考
　　　　略》，《范文瀾全集》（第二卷），石家莊：河北教育出版社，2002 年版，第 7
　　　　頁。
〔註 19〕馬敍倫：《說文解字六書疏證》卷六，上海：上海書店，1985 年版，第 81 頁。
〔註 20〕沈剛伯：《說「史」》，杜維運、黃進興編：《中國史學史論文選集一》，臺北：
　　　　華世出版社，1976 年版，第 8 頁。
〔註 21〕四川大學歷史系：《甲骨金文字典》，成都：巴蜀書社，1993 年。
〔註 22〕（日）林巳奈夫：《中國先秦時代的旗》，《史林》，1966 年 49 卷 2 號，第 66
　　　　〜94 頁。
〔註 23〕勞榦：《史字的結構及史官的原始職務》，杜維運、黃進興編：《中國史學史論
　　　　文選集一》，臺北：華世出版社，1976 年版，第 30 頁。李樂毅：《漢字演變
　　　　500 例》，北京：北京語言學院出版社，1992 年版，第 305 頁。
〔註 24〕徐復觀：《原史——由宗教向人文的史學的成立》，《兩漢思想史》第三卷，上
　　　　海：華東師範大學出版社，2001 年版，第 134〜136 頁。
〔註 25〕季旭昇：《說文新證》（上），臺北：藝文印書館，2002 年版，第 200 頁。按：
　　　　此說根據于省吾《釋古文字中附劃因聲指事字的一例》，載《甲骨文字釋林》，
　　　　北京：中華書局，1979 年版，第 446〜447 頁。

這個「記事者也」四字的解釋，和米部「粉」字下所云「傅面者也」，詞例正同。古代訓詁家的通例，用「者」字來指物的極多：人們多拘執於後世語法，認爲「者」字專指人言，那就錯了。記事之物，便是文字，所以「史」字的本義，又是古代文字的通稱。由這一義引申起來，記事之人，固可稱之爲史；記事之冊，也可稱之爲史：這都是後起之義。〔註26〕

如果讓這個推論更進一步再寬泛一些，可以說「史」即「事」，記事之人、所記之事、用以記事的文字、記事之簡冊，都可以稱「史」，與「事」相通。這樣的理解，有助於我們不再糾纏於「史」所持的「中」究竟是何物的追索，直觸「史」及史職的最本質意義層面——「史」者，「事」也！至於「史」所持的「中」，應當與記事的行爲、工具有關，而且本身就是所記之「事」的代表或象徵；而這裡的「事」，也就不限於操筆載記的了。若由這個角度出發進行推論，本文認爲，「史」所持之「中」，應該就是後世的史書之「史」的象形；它最早的形態，當然不是後世的簡冊、簿書，甚至也不是甲骨，而是文字產生之前古人用以記事的實物，如刻木記事之木或結繩記事之繩之類。

二、文字產生以前的記事方式

遠古人類開始記事，傳承神靈譜系、部族歷史及生存知識和經驗，應當遠在文字產生之前，其主要的形式，當然是口耳相傳。無論何民族，從它有口耳相傳的故事的時候起，到把歷史寫在簡策上面的時候止，中間所經歷的時間總是很長的。〔註27〕在這漫長的過程中，都有過實物記事和刻畫記事的階段。在中國最著名者莫過「結繩記事」。《易‧繫辭》：「上古結繩而治，後世聖人易之以書契。」李鼎祚《周易集解》引《九家易》曰：「古者無文字，其有約誓之事，事大大其繩，事小小其繩，結之多少，隨物眾寡。各執以相考，亦足以相治也。」〔註28〕在近代西南獨龍族、怒族、傈僳族等部落發現的結繩記事的實例，也證明了這一傳說的眞實性。在西方，摩爾

〔註26〕張舜徽：《中國歷史要籍介紹》，武漢：湖北人民出版社，1955年版，第2頁。
〔註27〕徐旭生：《中國古史的傳說時代》，北京：文物出版社，1985年版，第216頁。
〔註28〕「事大大其繩，事小小其繩」，《繫辭傳》引鄭玄《注》作「事大大結其繩，事小小結其繩」，意思更明顯。參趙達夫：《八進位制子遺與八卦的起源及演變》，霍想有主編：《伏羲文化》，北京：中國社會科學出版社，1994年版，第115頁。

根所發現的「易洛魁人的貝珠帶」,更爲人類學、神話學、符號學及史學家們頻頻提及。〔註29〕在包括我國在內的世界各地還都發現過一些部落中存在刻木記事方式的遺存。〔註30〕需要注意是,這些記事方式所採用的符號雖然簡單,但所記錄的事物卻非常豐富和複雜,小至個人債務,大至部落章程條規及祖先傳說,無不藉以保存和傳播。這些記事方式的功能的實現,必須借助特殊的講解人。這些講解人往往是部落首領或巫師,其身份具有神聖性,他們用語言詳細解說和敘述那些由特殊形態的繩結、刻痕、貝珠、圖案代表的神和祖先的歷史和意志,使它們實際上具有後世的「史冊」的功能。而他們也是這些「史冊」的實際掌管人和傳承人。這些記載和解釋行爲,無論基於怎樣濃厚的巫術崇拜、宗教信仰的意識和方式,其實質都是對神靈、祖先知識的掌握和對神意的壟斷,這些權力的本質,是對活人世界的組織、秩序的掌控權和解釋權。這些權力的最早擁有者,在家族中爲長老或族長,在部落中爲首領或酋長,在部落聯盟和早期國家中則爲領袖或王者。這就是爲何早期國家首腦其實也是大巫的緣故了。陳夢家《商代神話與巫術》:「由巫而史,而爲王者的行政官吏;王者自己雖爲政治領袖,同時仍爲群巫之長。」剪髮斷爪,以己爲牲,禱於桑林的商湯,顯然是大巫。即使周代建立之際的文王、周公,其實仍具有大巫的身份。〔註31〕

在王權上升、神權下降,政教分離的漫長過程中,《國語・楚語下》所記載的觀射父關於重黎「絕地天通」的論說,爲我們提示了王權政治確立過程中對神意解釋權的收歸與壟斷:

> 昭王問於觀射父,曰:「《周書》所謂重、黎實使天地不通者何也?若無然,民將能登天乎?」

> 對曰:「非此之謂也。古者民神不雜。民之精爽不攜貳者,而又能齊肅衷正,其智慧上下比義,其聖能光遠宣朗,其明能光照之,其聰能聽徹之,如是則明神降之,在男曰覡,在女曰巫。是使制神之處位次主,而爲之牲器時服,而後使先聖之後之有光烈,而能知

〔註29〕 (美)路易斯・亨利・摩爾根著;楊東蓴等譯:《古代社會》(上),北京:商務印書館,1977年版,第130頁。

〔註30〕 李家瑞:《雲南幾個民族記事和表意的方法》,《文物》,1962年第1期,第12～14頁。

〔註31〕 陳夢家:《商代神話與巫術》,《燕京學報》第20期,1936年12月,第535頁。

山川之號、高祖之主、宗廟之事、昭穆之世、齊敬之勤、禮節之宜、威儀之則、容貌之崇、忠信之質、禋絜之服，而敬恭明神者，以爲之祝。使名姓之後，能知四時之生、犧牲之物、玉帛之類、彩服之宜、彝器之量、次主之度、屛攝之位、壇場之所、上下之神祇、氏姓之所出，而心率舊典者爲之宗。於是乎有天地神民類物之官，是謂五官，各司其序，不相亂也。民是以能有忠信，神是以能有明德，民神異業，敬而不瀆，故神降之嘉生，民以物享，禍災不至，求用不匱。

「及少昊之衰也，九黎亂德，民神雜糅，不可方物。夫人作享，家爲巫史，無有要質。民匱於祀，而不知其福。蒸享無度，民神同位。民瀆齊盟，無有嚴威。神狎民則，不蠲其爲。嘉生不降，無物以享。禍災薦臻，莫盡其氣。顓頊受之，乃命南正重司天以屬神，命火正黎司地以屬民，使復舊常，無相侵瀆，是謂『絕地天通』。

「其後三苗復九黎之德，堯復育重、黎之後不忘舊者，使復典之。以至於夏、商，故重、黎氏世敘天地，而別其分主者也。其在周，程伯休父其後也，當宣王時，失其官守而爲司馬氏。寵神其祖，以取威於民，曰：『重寔上天，黎寔下地。』遭世之亂，而莫之能禦也。不然，夫天地成而不變，何比之有？」〔註32〕

楊向奎以爲「絕地天通」是「巫的開始」，過常寶認爲將此視爲「巫的職業化過程」更確切；〔註33〕而李零則認爲這一記載體現了「職官的起源，特別是史官的起源」〔註34〕。「絕地天通」時代出現的職業化的巫覡，也許還未具備後世典型史官的職守與地位。但它的意義首先在以下兩點：一、天命解釋權的集中和壟斷。部落聯盟或早期國家的產生，使「家爲巫史」的話語系統有了統一的內在需求。二、天意和神意的載記記錄權的集中。部族和國家的歷史，最早即表現爲天命轉移史和祖先德望史，這一點從《尙書》反覆申說天命即可看出。

〔註32〕徐元誥：《國語集解・楚語上》，北京：中華書局，2002 年版，第 512～516 頁。

〔註33〕過常寶：《原史文化及其文獻研究》，北京：北京大學出版社，2008 年版，第 5 頁。

〔註34〕李零：《中國方術考》，北京：人民中國出版社，1993 年版，第 12 頁。

筆者以爲，雖然觀射父勾畫了一個「民神不雜」——→「民神雜糅」、「家爲巫史」——→「絕地天通」、「民神相分」的歷史過程。但總體而言，「絕地天通」其實是神權的集中，發生的時代大概是早期部落聯盟式王權國家形成時期。或者也可以認爲，「絕地天通」的事，每當部落聯盟成立或部落兼併事件發生的時候，都會發生一次。這個時期的記事方式，可能仍在結繩或類似「貝珠帶」的實物記事時期。顓頊時代這次「絕地天通」之所以重要，很可能在於體現了王權對神權的領導和掌握。部落或早期國家的產生，使「家爲巫史」的話語系統有了統一的內在需求，其實這也是「天命」解釋權的集中。「民神同位」、「神狎民則」的「民神雜糅」亂象結束，「民神不雜」的秩序建立；「神」的地位上升，「民」的地位下降，而「司天」承受和解說「神」意，其實也決定了「司地」御民方式並規定了民的行爲規範。在此之後，那些巫覡的眼光開始逐漸向下，越來越偏重於人間聖王的來歷和事蹟的記載及傳承了。因此，將觀射父所說的「重黎實使天地不通」視之爲史官的起源，應該是合適的。司馬遷以重黎之後及其事業的傳承者自居和自豪，也應是這個原因。不過，真正的史職的成立，還應當是在文字產生之後。

三、文字產生與巫史分家

魯迅《且介亭雜文·門外文談》曾談到「史」由巫發展而來：

> 原始社會裏，大約先前只有巫，待到漸次進化事情繁複了，有些事情，如祭祀，狩獵，戰爭……之類，漸有記住的必要，巫就只好在他那本職的「降神」之外，一面也想法子來記事，這就是「史」的開頭。……再後來，職掌分得更清楚了，於是就有專門記事的官。〔註35〕

完全獨立於巫之事神職掌的專門記事的史官的成立，其實是比較晚的。最早的帶有「史」的性質的記事，應該還是由巫覡承擔的。最原始的「史」的內容，應該是神話和祖先的事蹟、傳說，其形態則應當是前面所提到的結繩、刻木和貝珠帶等實物記事和口傳形式。實物記事的客觀性低，存在隨意解釋的可能性，與權杖等神物有某種相似性。口傳形式的任何內容，其變異度大，穩定性差，是很自然的。而且，如結繩記事、貝珠帶等實物記事，往往主要集中在神史、神意和神示。「示」，《說文》所引古文作「𥘅」，云：「天

〔註35〕魯迅：《魯迅全集》第六卷，北京：人民文學出版社，1981年版，第86頁。

垂象見吉凶，所以示人也。」其形象正是作一個繩索上垂掛繩索。由「示」字可看出由結繩記事向「八索」轉變的過程。〔註36〕真正的人世的活動的實錄性記載和傳承，要到文字產生以後才會成爲現實。成熟的文字系統是人類智慧和理性發展到一定程度的需要和產物，本身就標誌著人類關於自然、自身的知識積累和智力提高到了脫離蒙昧、步入文明的大門。從此，人類社會行爲要用一套具有相對穩定的意義系統的符號來記載和傳承，這套符號工具的發明和成熟，對人類社會文明進程的推進的貢獻之大，並不亞於石器、弓箭等實物工具。筆者認爲，文字符號產生、豐富、成熟的過程，正是巫史轉化以及史職逐漸分化、成熟的過程。史的記事職掌，當然可以遠溯至事神靈、述神意、傳神跡的巫的時代；由巫而史的轉變，或者說，史職從巫覡系統中分化出來，發展到完全獨立，也經歷了相當漫長的過程。但無論怎樣，文字之史的出現，是中國上古文化由巫術宗教文化向理性文化轉變的大事。

文字的產生、發展和完善，肯定有一個漫長的歷程，當然不可能是哪一個人在一時一地集中地創造完成的。但是，巫或巫史本來擔負記述傳承神鬼意志和部族世系的職事，記事表意的符號、文字主要由他們來發明和傳承，是很自然的；在某個或某些特定時地，他們中的一位或幾位，對於文字符號的數量的增加和體系的形成，作出了突破性的、決定性的創造和貢獻，成熟的文字系統從此建立，也是必然之事。在古代文獻中「作書」的蒼頡又常被稱「史皇」，就是這個原因。《世本》：「蒼頡作書，史皇作圖。」宋忠注曰：「黃帝之世，始立史官。倉頡沮誦居其職矣。至於夏商，乃分置左右。」張澍注引《春秋元命苞》曰：「倉帝史皇氏，名頡，姓侯岡。」〔註37〕《呂氏春秋・君守篇》：「倉頡造書。」高誘注：「蒼頡生而知書，寫仿鳥跡以造文章。」〔註38〕《淮南子・本經訓》：「昔者倉頡作書而天雨粟，鬼夜哭。」《淮南子・脩務訓》：「史皇產而能書。」高誘注云：「史皇，倉頡。生而見鳥跡，知著書，故曰史皇。」〔註39〕許慎《說文敘》云：「黃帝之史倉頡，見鳥獸蹏

〔註36〕 趙遠夫：《八進位制子遺與八卦的起源及演變》，霍想有主編：《伏羲文化》，北京：中國社會科學出版社，1994年版，第122頁。

〔註37〕 （清）王謨、秦嘉謨等輯：《世本八種》，北京：商務印書館，1957年版，王謨本第36頁，張澍粹集補注本第12頁。

〔註38〕 （戰國）呂不韋著；陳奇猷校釋：《呂氏春秋新校釋》，上海：上海古籍出版社，2002年版，第1061頁，1073頁。

〔註39〕 （漢）劉安著；何寧集釋：《淮南子集釋》，北京：中華書局，1998年版，第571頁，1336頁。

远之跡，知分理之可相別異也，初造書契。」〔註40〕這些記載說明，傳說中造字的蒼頡與史職有密切聯繫。此類記載也表明，文字，尤其是較成熟的文字系統的產生，對於記事之史的正式成立，作用極爲關鍵。因此，我們可以這樣認識文字產生與史職成立的關係：遠古的由巫承擔的記事之職事促進了文字產生和不斷進化，而文字系統的成熟和完善，又反過來促成了記事之職的專門化。這一過程的實質，是巫史分家、史職獨立的開始。《淮南子・本經訓》所謂蒼頡作書而天雨鬼哭，實際是以往由神巫所壟斷的天命神意借由文字載記而可以一再被復述、解釋、借鑒，以至規範世間民人生活行動的影響力大大增加了；這一變化意味著由巫者所掌握的宗教神權的削弱。文字作爲比結繩記事更先進、更具穩定性的符號，對於事、象本身所顯示的天命神意的固化作用是決定性的。這樣，史官的載記能更確實地起到指導、規範現實世界的社會關係和社會行爲的作用。對於舊有的人神秩序和關係，這是一面強化規範，一面變化改造。神跡漸漸趨向於人事，神意漸漸讓位於人心，天命漸漸靠攏於天道，神秘性漸漸消解，客觀性日趨增強。在這個過程中，巫祝的地位下降，史官的地位提高，巫術宗教文化也就逐漸演變爲史官文化了。

四、商周史官及史記

班固《漢書・藝文志》云：

> 古之王者世有史官。君舉必書，所以慎言行，昭法式也。左史記
> 言，右史記事，事爲《春秋》，言爲《尚書》，帝王靡不同之。〔註41〕

今天我們可以看到的具有歷史檔案性質的實物材料，最早只是殷商時期的甲骨卜辭。所謂「唯殷先人，有典有冊」〔註42〕，應當是可信的。但班固所謂「世有史官」的「古之王者」究竟有多早，那些更早的王者的「載籍」又是什麼呢？

《左傳・昭公十二年》載：

> 左史倚相趨過。（楚靈）王曰：「是良史也，子善視之。是能讀
> 《三墳》、《五典》、《八索》、《九丘》。」

《尚書》僞孔《序》說：

〔註40〕　（漢）許慎著；（清）段玉裁注；許惟賢整理：《說文解字注》，南京：鳳凰出版社，2007 年版，第 1306 頁。
〔註41〕　（漢）班固：《漢書》，北京：中華書局，1964 年版，第 1715 頁。
〔註42〕　（漢）孔安國傳、（唐）孔穎達疏：《尚書正義》，北京：北京大學出版社，2000 年版，第 503 頁。

伏犧、神農、黃帝之書，謂之三墳，言大道也。少昊、顓頊、
高辛、唐、虞之書，謂之五典，言常比道也。……八卦之說，謂之
八索，求其義也。九州之志，謂之《九丘》，丘，聚也，言九州所有，
土地所生，風氣所宜，皆聚此書也。《春秋左氏傳》曰楚左史倚相能
讀三墳、五典、八索、九丘，即謂上世帝王遺書也。

《周禮・春官・宗伯》：

（外史）掌三皇五帝之書。

三皇五帝時代是否有書籍，以何種形態存在和傳承，目前還是謎。這些
春秋時的楚左史尚能解讀的上古帝王遺書，究竟是何種形態和內容，很難考
證信實。但這個時期已有某種形式的記事之「書」，大概還是可信的。從它們
的名稱看，並不太像成熟的「史」類典籍。

三皇五帝時代是否已設置主要以記人事爲主的史官，即便已設置，他們
與巫覡的關係怎樣，目前尚不清楚。夏商時期史的職掌已出現，則是毫無疑
問的。這從《尚書》中的《虞夏書》和《商書》就可看出。

使用龜甲與獸骨進行占卜不知起源於何時，一般認爲在甲骨上契刻記錄
占卜過程，始於晚商時期。這些契刻者有時在甲骨上留下了署名。這些「簽
署者」本身「多爲卜人」〔註43〕，他們當中，專司占卜過程記錄、書刻卜辭、
保存甲骨檔案的職掌，可能逐漸分化出來，這應該可以視作巫史分化的例證。
〔註44〕不過後世意義上的專司記事的「史」職在商代可能還沒有完全獨立。
見於甲骨文的史職名，有「大史」、「小史」、「我史」、「三史」等稱謂，可見
史官在商朝已形成初步的職階系列〔註45〕。據王國維的考證，殷周時代王室
「大小官名及職事之名，多由史出」，卜辭中有「卿史」、「御史」之名，銅器
銘文及其他文獻中有時稱作「卿事」、「御事」。他說：「史之本義，爲持書之
人，引申而爲大官及庶官之稱，又引申而爲職事之稱。其後三者各需專字，
於是史、吏、事三字於小篆中截然有別，持書者謂之史，治人者謂之吏，職

〔註43〕陳夢家：《殷虛卜辭綜述》，北京：中華書局，1988年版，第181頁。

〔註44〕陳夢家認爲這些「簽署者」是甲骨文獻的經管者，胡厚宣認爲他們簽名「多
於記事文字之末，知此官者，乃記事之史。」饒宗頤認爲，「當日鍥刻者別由
史官任之，與貞卜者異其職掌。」而徐復觀則說：「貞人所鍥刻的是甲骨，而
史所書是典冊。」認爲他們只是貞人而非史。以上並見過常寶《原史文化及
文獻研究》第9頁所引。

〔註45〕過常寶：《原史文化及其文獻研究》，北京：北京大學出版社，2008年版，第
10頁。

事謂之事。」〔註46〕他又認爲三者的明確分別是在秦漢之際,在《詩》、《書》的時代「尚不甚分別」。史、吏、事三者的分野是否晚至春秋戰國以後,尚可討論,但它們在商代和周初還難以區分,則是肯定的。另外,聯繫到在商代與「史」同源的「尹」字所代表的職官如甲骨文中所見「三尹」、「甲尹」、「多尹」、「族尹」、「令尹」、「小尹」已經自成系列,同時其職掌與「史」官系列多有重疊交叉之處,而地位卻要高於「史」,並可能是「史」的管理者的情況看,商代的史職範圍仍較廣,幾乎包括治人、事天、理事等重要的政務、宗教事務。在國家政治生活中,此時的「史」扮演著遠比後世的主司記事的史官更爲重要和豐富的角色。

在商周易代之際,許多史官載其圖籍,棄商歸周,是值得注意的現象。《呂氏春秋‧先識覽》載:

> 殷內史向摯見紂之愈亂迷惑也,於是載其圖法,出亡之周。武王大說,以告諸侯曰:「商王大亂,沈於酒德,辟遠箕子,爰近姑與息。妲己爲政,賞罰無方,不用法式,殺三不辜,民大不服。守法之臣,出奔周國。」〔註47〕

陝西岐山鳳雛村周原發現的一片甲骨載:「唯衣雞子來降,其執暨厥史。在旃爾卜曰南宮鴞其作。」學者釋「衣雞子」爲「殷箕子」〔註48〕,就是《呂氏春秋》中武王提到的「箕子」。箕子是文丁之子,帝乙的弟弟,紂王的叔父,曾在武王克商後爲其陳「洪範九疇」,是殷末重要的賢臣。他去商適周,也是「執暨厥史」,看來也是「載其國法」的。

殷周易代之際,還有很多史官棄商歸周,如《逸周書‧商誓》中武王所提到的太史比、小史昔;《尚書‧酒誥》中周公所提到的太史友、內史友,這些史官都是從殷商王朝投誠過來的。另外,銅器銘文中所記載的史官,如微氏、作冊益、作冊折等,他們都是殷代遺民。王玉哲說:「在商的末年,這些有遠見的殷商貴族或王室大臣們投奔歸周,並不是空手去的。他們大都攜帶著他們在商王國掌管的部分器物西去,用以邀賞。主持占卜的貞人是掌管甲

〔註46〕 王國維:《釋史》,《觀堂集林》卷六,北京:中華書局,1959年版,第269~270頁。

〔註47〕 (戰國)呂不韋著:陳奇猷校釋:《呂氏春秋新校釋》,上海:上海古籍出版社,2002年版,第955~956頁。

〔註48〕 陳全方:《周原出土的西周甲骨文》,見陳全方:《周原與周文化》,上海:上海人民出版社,1988年版,第139頁。

骨的，他們的投奔周族，必然也會載其甲骨檔案，挾以俱來。」〔註49〕既然貞人「載其甲骨檔案，挾以俱來」，而掌管文書檔案的史官投奔周人時，亦當攜帶大量的典冊而來。

據胡新生《異姓史官與周代文化》一文的研究，周王朝史官大多出自辛、尹、程、微等異姓家族，如對紂「七十五諫而不聽」而去，文王親迎以爲公卿，做了周的太史的辛甲，以及在武王入殷儀式上宣讀代殷受命文書、成王洛邑告成典禮上作冊祭告文王武王的尹佚等，都是由商入周的。這些家族投靠周後，一直世襲史職，直至春秋時期，著名的晉太史董狐，即辛氏後代；而尹氏後人還曾隨王子朝「奉周之典籍以奔楚」〔註50〕。

顯然，這些由前朝投奔來的史官在周初享有較爲崇高的政治地位。他們「載其圖法」去商至周，說明他們需要一個政治實體和平臺來發揮和實踐自己對天命的解釋權和對人事的干涉、安排權（後者以前者爲基礎）。他們的意見和願望雖然大多以天命神意的形式言說，其實也是以社會生活和現實政治的合理性和規律性爲基礎的。從後來在周王朝得到重用的情形看，他們固然是史，而且還擔當著不少卜祝祭祀的宗教事務，但在實際的國家政治體制中，他們也是重要人物，是重臣。所以他們從商王朝帶走的「圖法」所代表的，是天命的護祐，同時也是政事人事的「禮法」和經驗。無論在天命宗教還是現實政治的層面上，他們的去舊就新，都標誌著神意和人心的轉移，體現爲政權合法性的移易。這一切在顯示史官在周初的重要性的同時，也表明了他們對王權依附性的增強，或者說，是王權對巫史宗教權力的掌控的加強。

許兆昌總結西周史官職掌，分爲文職事務（政府機構中的文字、文書工作）、館職事務（收集、保存、典藏檔案文獻及圖書）、史職事務（史料收集與彙編、史著編撰與保存）、禮職事務（禮儀活動）、天職事務（預測、推算「天道」）、武職事務（征伐戰爭）六個方面，基本上包括了當時王朝政治活動的各個方面。過常寶指出，這些職能中史官本身的宗教性質和文獻職能是最基本的。「宗教性質使得史官具有指導社會事務的權威，而文獻職能又使得史官的行爲專業化，因此史官能受到社會的普遍認同。」〔註51〕楊寬認爲，

〔註49〕王玉哲：《陝西周原所出甲骨文的來源試探》，《社會科學戰線》，1982 年第 1 期，第 104 頁。

〔註50〕胡新生：《異姓史官與周代文化》，《歷史研究》，1994 年第 3 期，第 43～58 頁。

〔註51〕過常寶：《原史文化及其文獻研究》，北京：北京大學出版社，2008 年版，第 48～49 頁。

西周時王室存在著大史僚和卿事寮兩大史職系統，職位相當尊崇。「大史可以說是周王的秘書長，同時又是歷史家、天文學家、宗教家。既是文職官員的領袖，又是神職官員的領袖。其地位僅次於主管卿事寮的太師或太保。」〔註52〕從這一現象看，過常寶的分析是實際的。但是史官的地位從殷末帝乙時開始，在整個周代都是處於下降中的。西周時的太師、太保兼有巫史的職能，實際是國家的宰相一級的重臣，他們很多時候要仰仗和取得大史僚的支持和幫助。但到了西周末東周初，大史部分的職事已多局限於記事、教育、諮詢，而卿事部分則發展成為國家政權的掌控者了。所以筆者以為，到了春秋時期，史官的記事職能還在繼續，甚至看似頑強地堅持著王者師的知識和意識形態優勢感，但史籍的神聖性的步步降低，卻是事實。所以史官的權威似乎已經主要不是來自其宗教性質的職能，而主要是由他們的記錄君主言行，解答興衰規律的文化和學識壟斷所提供的了。周王室和各諸侯國的史官們載錄和傳承天子諸侯卿大夫的言行，本身已經成為他們的主要職事。而這一職事仍然影響後者行為的同時，其影響力也在逐漸削弱。春秋時期對良史的渴望和讚許，恰恰表明他們的稀有和日漸弱小。而史官們竭力試圖堅守的對天道大義的解釋權，將由孔子通過作《春秋》承接下來，在將要來臨的漫長的君主專制社會裏頑強地存在，作為道統與治統相抗衡。關於這一時期史官的載錄行為及其影響，我們將在下節討論「春秋筆法」時，再進行較詳細的梳理和分析。

第三節　述而不作與春秋筆法

一、孔子時代的「《春秋》教」

這裡先要討論的是春秋時期官學系統中的《春秋》之教。如前文所述，最早的歷史教育可追溯到結繩記事的時代。西周時期各國貴族教育所用的教材大同小異，其中就有以《春秋》教國子的史學教育。史籍而以「春秋」為名，可能起源極早。但明確記載貴族官學教育以《春秋》作教材的，是《國語·楚語上》申叔時為士亹論如何教傳太子：

> 教之《春秋》，而為之聳善而抑惡焉，以戒勸其心；教之《世》，

〔註52〕楊寬：《西周中央政權機構剖析》，《歷史研究》，北京：中華書局，2004年版，第29～30頁。

而爲之昭明德而廢幽昏焉，以休懼其動；教之《詩》，而爲之導廣顯德，以耀明其志；教之禮，使知上下之則；教之樂，以疏其穢而鎮其浮；教之《令》，使訪物官；教之《語》，使明其德，而知先王之務用明德於民也；教之《故志》，使知廢興者而戒懼焉；教之《訓典》，使知族類，行比義焉。〔註53〕

又，前文曾引述的《禮記‧經解》中載孔子的話：「入其國，其教可知也。……屬辭比事，《春秋》教也。」也說明《春秋》之教在各國的普遍和重要。

申叔時所提到的《春秋》、《世》、《語》及《故志》、《訓典》，應該都是史籍類教材。它們之間的區別並不很明確。而孔子所說的「屬辭比事」的「《春秋》教」，其施教範圍顯然要比太子、史官的範圍廣。

另外，晉司馬侯向悼公薦叔向曰：「羊舌肸習於《春秋》。」悼公於是使叔向傅太子彪。〔註54〕

士亹、申叔時、叔向都不是史官，都能用《春秋》教育太子，應該都算是「習於《春秋》」的。可見當時一般貴族《春秋》教的普遍情況。

還有鄭國子產不是史官，卻是聞名於世的博物君子，他的知識體系中，當然也少不了《春秋》之教的內容。

蒙文通曾排比《史記》中周、秦《本紀》及各諸侯《世家》最早明確紀年的時間，發現除周、魯稍早，自屬王始有紀年外，其餘各諸侯國多自共和前十五年左右始有明確紀年，少者爲六七年前。他據此認爲這說明諸國《春秋》的開始興起，應當都在共和前後之時。聯繫到孟子所言「《詩》亡而後《春秋》作」之語，這一發現確實值得讓人深思〔註55〕。但是編年記事的史書體例，恐怕不會遲至「共和執政」時期才漸次產生，所以這一現象也令人頗感疑惑。

比如司馬遷就說：「余讀《諜記》，黃帝以來皆有年數。」〔註56〕他明言讀過的類似上古譜諜類史書還有《五帝系諜》、《春秋曆譜諜》、《秦記》等。而班固《漢書‧藝文志》還著錄了《黃帝五家曆》十四卷、《帝王諸侯世譜》二十卷、《古來帝王年譜》五卷等。

〔註53〕 徐元誥：《國語集解‧楚語上》，北京：中華書局，2002 年版，第 485～486頁。
〔註54〕 徐元誥：《國語集解‧晉語七》，北京：中華書局，2002 年版，第 415 頁。
〔註55〕 蒙文通：《中國史學史》，上海：上海人民出版社，2006 年版，第 10 頁。
〔註56〕 （漢）司馬遷：《史記》，北京：中華書局，1959 年版，第 488 頁。

再如《墨子‧明鬼》篇中所引述的「百國春秋」，除燕、宋、齊等諸侯國外，還包括「周之《春秋》」〔註57〕；劉知幾《史通‧六家》引《墨子》中語云「吾見百國春秋」，又引稱《汲冢瑣語》提及除「晉《春秋》」、「魯《春秋》」外，尚有「夏殷《春秋》」〔註58〕。又，《竹書紀年》記魏國史，「記夏以來至周幽王為犬戎所滅，以事接之，三家分，仍述魏事至安釐王之二十年。蓋魏國之史書，大略與《春秋》皆多相應。」〔註59〕這些都說明紀年體史書起源之早。《禮記‧禮運》載孔子語云：「我欲觀夏道，是故之杞而不足徵也，吾得夏時焉；我欲觀殷道，是故之宋而不足徵也，吾得坤乾焉。《坤乾》之義，《夏時》之等，吾以是觀之。」也顯示在春秋時期，夏殷兩代的類似文獻尚未完全失傳。

所以，目前我們可以探討的，實際上是為何自西周末「共和執政」後「《春秋》」受到各國諸侯的格外重視的問題。《文史通義‧方志立三書議》云：「故《周書》迄平王（《秦誓》乃附侯國之書），《春秋》亦託始於平王，明乎其相繼。」〔註60〕大致而言，真正的編年史的確立，當在兩周之際，有學者以《春秋》開始的隱公元年為編年史成立的標誌，也是有道理的。〔註61〕若從西周末編年史始興算起，至孔子時，約經過二百餘年，各國《春秋》可能已到了衰落的時候。很可能《春秋》與《詩》一樣，也是霸主政治興起後以尊王相號召的風尚使之強化並流行起來的。不過到孔子所處的春秋末，《春秋》之記史體例與大義與《詩》一樣遭到輕慢和破壞，所以他才需要「修《春秋》」以糾偏反正，正如他的「正樂」使《雅》、《頌》各得其所一樣，抱著強烈的正統意識和批判精神。我們一直糾纏於孔子究竟有無「作」或「修」《春秋》，而往往忽略了他心中對《春秋》的慎重與敬畏。另外，我們也應該注意到，孔子對《詩經》的整理，是較為自信的，自稱已使《雅》、《頌》各得其所了。但對《春秋》，卻有「知我」「罪我」之感歎，一再宣稱目的是「載諸行事」

〔註57〕 （清）孫詒讓：《墨子閒詁》，北京：中華書局，2001 年版，第 224～233 頁。

〔註58〕 （唐）劉知幾著：張振珮箋注：《史通箋注》，貴陽：貴州人民出版社，1985年版，第 10 頁。

〔註59〕 （唐）房玄齡等撰：《晉書‧束皙傳》，北京：中華書局，1974 年版，第 1432頁。

〔註60〕 （清）章學誠著：葉瑛校注：《文史通義校注》，北京市：中華書局，1985年版，第 572 頁。

〔註61〕 陶懋炳：《中國古代史學史略》，長沙：湖南人民出版社，1987 年版，第 27頁。

的深切著明。這可能是基於對《春秋》所代表和隱含著的天道人道精神的審慎的藉重，也是出於自己以非史官的身份而不得已修《春秋》的苦衷無人理解的預感和擔憂。

二、春秋時代史官的實錄傳統

就文獻所見，春秋時周天子、各國諸侯均有史官，「陪臣執國命」時，各國大夫還有家史執筆左右以記其言行。秉筆直書是當時人們對史官職業原則和操守的基本認識。孔子曾感歎爲「古之良史」的董狐，其直筆不隱的事蹟歷來爲人所稱道，他也成爲「良史」的典型和代稱了。《左傳·宣公二年》載，晉靈公不君，趙盾驟諫不從，反遭加害，於是逃亡。接下來就發生了趙穿弑君而趙盾受惡名的事：

> 乙丑，趙穿攻靈公於桃園。宣子未出山而復。大史書曰：「趙盾弑其君。」以示於朝。宣子曰：「不然。」對曰：「子爲正卿，亡不越竟，反不討賊，非子而誰？」宣子曰：「烏呼，『我之懷矣，自詒伊戚』，其我之謂矣！」孔子曰：「董狐，古之良史也，書法不隱。趙宣子，古之良大夫也，爲法受惡。惜也，越竟乃免。」

孔子雖讚賞趙盾爲「良大夫」，爲其背上「弑君」的惡名而歎息，但在《春秋》裏，仍然記此事曰：「秋，九月，乙丑，晉趙盾弑其君夷皋。」

另外一起著名的直書事蹟，是齊國的崔杼弑君事件中齊太史以死衛護實錄原則。據《史記》載，齊莊公因與崔杼妻通淫而爲後者所殺，晏子也不滿他並非「爲社稷死」，雖然爲其「枕屍而哭，三踴而出」，算是盡了爲臣之節，但並沒有爲他復仇。然而齊國太史卻不放棄直書的權利：

> 齊太史曰：「崔杼弑其君。」崔杼殺之。其弟復書，崔杼復殺之。少弟復書，崔杼乃捨之。南史氏聞太史盡死，執簡以往，聞既書矣，乃還。

齊太史兄弟以生命捍衛直書權利的事蹟，說明當時史官的書寫環境已大不如前，那些靠僭越篡奪掌權的諸侯權臣們對天命鬼神的敬畏可能已所存無多，對於史官的忌憚自然也會更少。他們之所以對留惡名於史冊心存忌諱，一方面出於自身和家族利益的考慮，另一方面可能也由於對死後聲名的重視。不過這位崔杼弑君在前，連殺兩太史在後，之所以最終放棄繼續殺戮，當然是因爲明白殺之無益，反而更增惡名，方才作罷。這也說明史官家族往

往把依實直書、書法不隱作爲安身立命的信仰和原則。但從董狐和齊太史所受到的讚頌看，反過來也證明許多史官已無法堅持實錄原則了。

《史記・曆書》曰：「幽、厲之後，周室微，陪臣執政，史不記時，君不告朔，故疇人子弟分散，或在諸夏，或在夷狄，是以其禨祥廢而不統。」〔註62〕司馬遷的祖先「世典周史」，但也在「惠襄之間」（前651年左右）「去周適晉」〔註63〕。直至魯昭公二十六年（前516），周庭內亂，王子朝被逐奔楚時，召氏之族、毛伯得、尹氏固、南宮嚚還「奉周之典籍」相從。這顯示諸侯對史官的需要的增加。到了春秋晚期，各國「公室日卑」，史官們不得不「託庇於大族」，成爲大夫乃至陪臣的家史。如晉國董狐的後人董安，就淪爲趙簡子家史，晉國的太史史黶與史墨都曾爲趙簡子史。〔註64〕「史」的身份，由遠古時期的神或神使，發展到夏商時期演變爲大巫，尚有部落首領或國家之主的實際權威，到周代漸漸變爲帝王師，雖然仍擔負溝通天人的職責，但畢竟在人間的地位低了一個層級；到春秋早期，因爲諸侯興起爭霸的需要，他們的地位有所上升；而春秋晚期的大多數史官，已經淪爲諸侯大夫乃至陪臣的備位僕從，其權威性當然大不如前了。

儘管如此，當時貴族對於史書的載記，還是比較重視的。如果自己的惡行和醜事被寫入史冊的話，他們也許不再擔心生前遭到神的懲罰，死後接受神的審判，但卻很忌憚當世和後人的道德譴責，畏懼無法抹去的昭彰惡名。如，魯桓公二年，宋國的華督弒宋殤公，魯文公十五年，他的曾孫華耦來魯國時，仍然以罪人子孫自恥，甚至不敢接受魯君親自宴請：

　　　三月，宋華耦來盟，其官皆從之。……公與之宴，辭曰：「君
　　之先臣督，得罪於宋殤公，名在諸侯之策。臣承其祀，其敢辱君，
　　請承命於亞旅。」魯人以爲敏。（《左傳・文公十五年》）

此時距華督弒君，將近百年（前710～前612），可見留罪惡之名於「諸侯之策」，對整個家族都有不良影響。又如《左傳・襄公二十年》載衛甯惠子

<hr>

〔註62〕　（漢）司馬遷：《史記》，北京：中華書局，1959年版，第1258～1259頁。
〔註63〕　（漢）司馬遷：《史記・太史公自序》，北京：中華書局，1959年版，第3285頁。
〔註64〕　《國語・晉語》：「趙簡子田於婁，史黶聞之，以犬待於門。」《左傳・昭二十一年》亦載史墨爲趙簡子占夢之事。參見胡新生：《異姓史官與周代文化》，《歷史研究》1994年第3期。但白壽彝認爲春秋時各國世卿的家史仍是官史，不同於後來的私家之史。見白壽彝：《中國史學史》第一冊，上海：上海人民出版社，2006年版，第139頁。

之死：

> 衛甯惠子疾，召悼子曰：「吾得罪於君，悔而無及也。名藏在
> 諸侯之策，曰：『孫林父、甯殖出其君。』君入則掩之。若能掩之，
> 則吾子也。若不能，猶有鬼神，吾有餒而已，不來食矣。」悼子許
> 諾，惠子遂卒。

令衛甯惠子不能瞑目的「藏在諸侯之策」的「出君」惡名，似乎確實被其子悼子所「掩之」了。《春秋》記此事，現作「衛侯出奔齊」。悼子實際做的，只是於襄公二十六年殺衛殤公，把衛獻公迎回復立。究竟是魯國史官，還是孔子修《春秋》時刪改了原有的記載，今已不可考。這兩件事反映出史官載錄之筆對當時各國貴族，均存在一種道德審判和聲名評騭的壓力。也可見史官憑著自己的直筆載記之權，仍掌握著一定的話語權。這種話語權，源於史書原有的神聖性，也因為史官群體本身的職責和載錄行為客觀上不可能為政治權力完全掌控。

《韓詩外傳》卷七載：

> 趙簡子有臣曰周舍，立於門下三日三夜。簡子使問之，曰：「子
> 欲見寡人何事？」周舍對曰：「願爲諤諤之臣，墨筆操牘，從君之過，
> 而日有記也，月有成也，歲有效也。」〔註65〕

周舍所說的逐日、月、年操筆執簡「從君之過」而如實記載的事，實際是把用於國君的「君舉必書」用之於世卿。〔註66〕不少學者注意到《左傳》、《國語》對齊、晉、鄭等國的世卿如晏嬰、叔向、子產等的事蹟言論記載往往較詳實，所以推測這些材料可能是取自他們的家史。〔註67〕此事可注意者，一是家史也看重有過必書的實錄原則，一是這些家史的載記可能流通至諸侯國史那裡。只是其間的機制無文獻可徵，尚不清楚。

過常寶認爲，春秋時期是史官的又一黃金時期（前一黃金期爲西周前期）。載錄工作的日常化、制度化，以及有意識地編輯史著文獻的開始，是該時期史官職責意識加強和史學觀念進步的兩個重要表現。由此，史學進入了一個新的歷史階段，而歷史意識的增強，使這個時期的史官更加廣泛地參

〔註65〕 （漢）韓嬰撰：許維遹校釋：《韓詩外傳集釋》卷七，北京：中華書局，1980年版，第247～248頁。
〔註66〕 白壽彝：《中國史學史》，上海：上海人民出版社，2006年版，第139頁。
〔註67〕 白壽彝：《中國史學史》，上海：上海人民出版社，2006年版，第139頁。

與各國的政治事務，常扮演著周王、諸侯和大臣的事務顧問和諮詢者的角色。〔註68〕

葛兆光說：「當時人對秩序的理性依據及價值本原的追問，常常追溯到歷史，這使人們形成一種回首歷史，向傳統尋求意義的習慣。先王之道和前朝之事是確認意義的一種標識和依據。」〔註69〕春秋時期的史官雖然仍掌有祭祀、占卜之職，但他們所熟知的天命轉移和神靈喜怒的豐富現象和知識，使他們富於解釋和處理人間事務的經驗和智慧，在春秋時期巨大的社會變革中，他們也基本完成了由巫史的宗教主義史觀向人本理性主義史觀的過渡。這是這個時期各國史官所表現出的共同思想傾向。所以，實錄原則不僅是一種傳統，而且也是一種新的社會話語建立的要求和表現。

三、「春秋筆法」的特徵與「述而不作」的實質

孔子修《春秋》，借微妙而嚴格的「春秋筆法」體現對二百餘年歷史上人物事件的褒貶之義，這是大多接受《春秋》為孔子所作的學者所信的。《孟子・滕文公下》：

> 世衰道微，邪說暴行有作，臣弒其君者有之，子弒其父者有之。

孔子懼，作《春秋》。《春秋》，天子之事也。是故孔子曰：「知我者，其惟《春秋》乎；罪我者，其惟《春秋》乎！」

又《孟子・離婁下》：

> 王者之跡熄而《詩》亡，《詩》亡然後《春秋》作。晉之《乘》，楚之《檮杌》，魯之《春秋》，一也。其事則齊桓、晉文，其文則史，孔子曰：「其義則丘竊取之矣。」

《荀子・儒效》：「《春秋》言是，其微也。」楊倞注：「微，謂儒之微旨，一字為褒貶，微其文，隱其義之類是也。」〔註70〕

最早言及「春秋筆法」的一段文字，是《左傳・成公十四年》對《春秋》經文「僑如以夫人婦姜氏至自齊」的評論：

〔註68〕過常寶：《原史文化及其文獻研究》，北京：北京大學出版社，2008年版，第81～88頁。
〔註69〕葛兆光：《世紀前中國的知識、思想、信仰與世界》，上海：復旦大學出版社，1998年版，第169頁。
〔註70〕（戰國）荀況著；（清）王先謙集解：《荀子集解》，北京：中華書局，1988年版，第133頁。

捨族，尊夫人也。故君子曰：「《春秋》之稱，微而顯，志而晦，
婉而成章，盡而不污，懲惡而勸善，非聖人誰能修之？」

《左傳》的作者借君子之口讚歎的「聖人」，一般認爲是指孔子。而「微
而顯」、「志而晦」至「懲惡而勸善」被杜預借用，概括演繹爲《春秋》筆法
之五種屬辭比事的文例，成爲後世理解和闡釋《春秋》經文與大義的重要依
據和凡例。《左傳》中另一處提到《春秋》記事筆法「微而顯，婉而辨」的特
點的文字，見於《左傳·昭公三十一年》：

冬，邾黑肱以濫來奔，賤而書名，重地故也。君子曰：「名之
不可不愼也如是。夫有所有名，而不如其已。以地叛，雖賤，必書
地，以名其人。終爲不義，弗可滅已。是故君子動則思禮，行則思
義，不爲利回，不爲義疚。或求名而不得，或欲蓋而名章，懲不義
也。齊豹爲衛司寇，守嗣大夫，作而不義，其書爲『盜』。邾庶其、
莒牟夷、邾黑肱以土地出，求食而已，不求其名，賤而必書。此二
物者，所以懲肆而去貪也。若艱難其身，以險危大人，而有名章徹，
攻難之士將奔走之。若竊邑叛君，以徼大利而無名，貪冒之民將置
力焉。是以《春秋》書齊豹曰『盜』，三叛人名，以懲不義，數惡無
禮，其善志也。故曰：《春秋》之稱微而顯，婉而辨。上之人能使昭
明，善人勸焉，淫人懼焉，是以君子貴之。」

被稱爲「三叛」的邾黑肱、莒牟夷和邾庶其本來地位微賤，即使出奔他
國，按理史官通常不必載錄，但他們都是帶著土地叛國奔魯，史官因爲重地
之故，不單記其來奔之事，而且還書其名於史冊〔註71〕。齊豹本是衛國的守
嗣大夫，襲殺衛侯之兄公孟縶，造成衛國大亂，本可書名；雖然他殺公孟縶
是由於不能忍受後者的輕狎辱奪，但因爲這是輕肆犯上的不義之行，所以《春
秋·昭公二十年》記此事僅云「盜殺衛侯之兄縶」，稱其爲「盜」而不書名。
書名與不書名，都是爲了「懲不義，數惡無禮」，就史筆而言，均可稱「善」。
通過這樣借文辭的變化增損隱含的褒貶之義，達到使「在上者」即王侯明智，
對在下爲臣者，則達到勸勉善人、戒懼惡行的目的。

《左傳》中常以「君子曰」的形式評騭史實、臧否人物，以上兩段評論

〔註71〕《左傳·襄二十一年》：「邾庶其以漆、閭丘來奔。……庶其非卿也，以地來，
雖賤，必書，重地也。」《昭五年》：「莒牟夷以牟婁及防、茲來奔。牟夷非卿
而書，尊地也。」

代表了戰國前期思想界對《春秋》所包含的「筆法」的認識〔註72〕。晉杜預
《春秋左氏傳序》主要依據《左傳‧成公十四年》「微而顯，志而晦」等語總
括發揮提出了《春秋》筆法的基本凡例：

> 其發凡以言例，皆經國之常制，周公之垂法，史書之舊章。仲
> 尼從而修之，以成一經之通體。其微顯闡幽，裁成義類者，皆據舊
> 例而發義，指行事以正褒貶。諸稱「書」、「不書」、「先書」、「故書」、
> 「不言」、「不稱」、「書曰」之類，皆所以起新舊，發大義，謂之變
> 例。然亦有史所不書，即以為義者。此蓋《春秋》新意，故傳不言
> 凡，曲而暢之也。其經無義例，因行事而言，則傳直言其歸趣而已，
> 非例也。故發傳之體有三，而為例之情有五。一曰微而顯。文見於
> 此，而起義在彼。稱族，尊君命；捨族，尊夫人。梁亡、城緣陵之
> 類是也。二曰志而晦。約言示制，推以知例，參會不地，與謀曰及
> 之類是也。三曰婉而成章。曲從義訓，以示大順，諸所諱辟，璧假
> 許田之類是也。四曰盡而不污。直書其事，具文見意，丹楹刻桷，
> 天王求車，齊侯獻捷之類是也。五曰懲惡而勸善。求名而亡，欲蓋
> 而章，書齊豹盜，三叛人名之類是也。推此五體，以尋經傳。觸類
> 而長之，附於二百四十二年行事，王道之正，人倫之紀備矣。〔註73〕

　　就杜預提出的「三體」、「五例」及所舉各具體事例看，是基本符合《春
秋》記事屬辭之書法的實際情況的。所謂「三體」，即發凡言例，是沿用魯史
舊章的通例；新意變例，是雖依舊例書法記事，但賦予新義，以形成變例。
這實際上是依舊書法為基礎而有錯綜變化，是舊例新用，所以稱之「變例」；
歸趣非例，即雖無義例可循，但直書其事表明義旨和傾向，可以說是無例之
例。這「三體」概括了《春秋》筆法體例的基本來源和特徵：無論依據魯史
舊例或遵循或變化，還是依事直書不循舊例，載錄之「辭」的選擇，都是根
據孔子對所記之事的價值判斷而寓以褒貶大義。所謂「五例」，即「微而顯」，
指文辭簡約但屬意顯明；「志而晦」，指明載其事而包含隱曲之義；「婉而成

〔註72〕關於《左傳》中「君子曰」，宋‧林栗云：「《左傳》凡言君子曰是劉歆之辭。」
　　　　劉逢祿、康有為等承之。但據楊向奎、鄭良樹等學者考證，《左傳》、《國語》中
　　　　「君子曰」決非後人附益。參楊向奎《論「君子曰」》及鄭良樹《論〈左傳〉「君
　　　　子曰」非後人所附益》、《再論〈左傳〉「君子曰」非後人所附益》等文。見鄭良
　　　　樹：《竹簡帛書論文集》，北京：中華書局，1982年版，第341頁，第358頁。
〔註73〕（晉）杜預注；（唐）孔穎達疏：《春秋左傳正義》，北京：北京大學出版社，
　　　　2000年版，第16～23頁。

章」，指採用曲筆但不亂大義，順理成章；「盡而不污」，指直書其事，不必多加渲染品評而其義自見；「懲惡而勸善」，指用特書之辭彰顯人物行事是否合禮符義，以達到贊勉善者、撻戒惡人的目的。

杜預提出的以上「三體」、「五例」，實際是爲了揭示《左傳》闡釋的《春秋》的基本體例。雖然後世不少學者對其多有批評，也指出其中部分凡例並不具有一貫性，驗諸《春秋》經，常有矛盾違異之處，但如果我們承認《春秋》載錄之文確有某種義例存在的話，要概括分析這種筆法義例，就很難繞過這「三體」、「五例」。

事實上杜預「三體」、「五例」是基本由《左傳》解經文字總結出來的〔註74〕。《左傳》中往往先敘史實，然後揭示《春秋》經文的書法義旨。通常，何以「書」、「不書」、「先書」、「故書」、「不言」、「不稱」、「書曰」的原由和深意，由作者揭破，使讀者更好地理解《春秋》所記的「本事」的同時，也能瞭解記事者即史官的態度。如：

《春秋·僖公五年》：「冬，晉人執虞公。」《左傳》云：

> 晉侯復假道於虞以伐虢。宮之奇諫曰：「虢，虞之表也。虢亡，虞必從之。晉不可啓，寇不可翫，一之謂甚，其可再乎？諺所謂『輔車相依，唇亡齒寒』者，其虞、虢之謂也。」公曰：「晉，吾宗也，豈害我哉？」……弗聽，許晉使。……冬十二月丙子朔，晉滅虢，虢公醜奔京師。師還，館於虞，遂襲虞，滅之，執虞公及其大夫井伯，以媵秦穆姬。而修虞祀，且歸其職貢於王。故書曰：「晉人執虞公。」罪虞，且言易也。

就歷史事實看，本來是虞國一再許晉假道之請，最終被晉襲取並滅國，但《春秋》並未記此事爲「晉滅虞」，卻書曰：「晉人執虞公。」對這一書法所含的「大義」，元代趙汸分析說：

> 《春秋》凡滅，無不書。虞已滅矣，曷爲不言滅？諱滅也。曷爲於此焉諱之？春秋諸侯有相滅者矣，未有滅天子畿內之國者。於是，晉人來虢又滅虞，惡其滅畿內諸侯以偪天子，故爲王室諱之也。此以歸之，其但言執之，何諱？不言滅則言執，不言以歸也。《春秋》筆削不足以盡義，而後有變文，故滅虢不書，書「來下陽」，不言取；

〔註74〕關於《左傳》是否爲解說《春秋》而作的問題，歷來學者們有不同看法。本文對此取肯定的意見。

—154—

滅虞不書，書「執虞公」，不言「以歸」，以不書爲王室諱，則變文
以明晉罪也。〔註75〕

《春秋》「晉人執虞公」之書，不單是爲了表明對虞公見利忘義、貪賂忘
身的過錯的批評而已，還包含著明顯的尊王室、明晉罪的深義。這樣看來，《左
傳》隨「本事」解說筆法揭示深義，很多時候也有未盡之處。所以杜預要進
一步分門別類地概括提煉出「《春秋》」筆法」的基本凡例。

孔穎達曾就此作過實例列舉：

> 稱「書」者，若文二年「書士穀，堪其事」；襄二十七年「書
> 先晉，晉有信」，如此之類是也。「不書」者，若隱元年春「正月，
> 不書即位，攝也」；「邾子克，未王命，故不書爵」，如此之類是也。
> 「先書」者，若桓二年「君子以督爲有無君之心，故先書弑其君」；
> 僖二年，虞師晉師「滅下陽，先書虞，賄故也」，如此之類是也。「故
> 書」者，隱三年，「壬戌，平王崩，赴以庚戌，故書之」；成八年「杞
> 叔姬卒，來歸自杞，故書」，如此之類是也。「不言」者，若隱元年
> 「鄭伯克段於鄢。不言出奔，難之也」；莊十八年「公追戎於濟西。
> 不言其來，諱之也」，如此之類是也。「不稱」者，若僖元年「不稱
> 即位，公出故也」；莊元年「不稱姜氏，絕不爲親」，如此之類是也。
> 「書曰」者，若隱元年「書曰鄭伯克段於鄢」，隱四年『書曰衛人立
> 晉』，眾也」，如此之類是也。〔註76〕

關於《左傳》傳文中所提示的「凡」書，杜預列出「五十凡」，楊向奎對
此有過細緻的分析：

> 《左傳》之言「凡」，可分三類：若其言「書」、「不書」，如「凡
> 諸侯之女行，唯王後書」，「凡物不爲災不書」，是爲史官修史時法則，
> 今簡謂之「史法」，凡例中屬於此者共有九條。若其言「曰」言「爲」，
> 如「凡師能左右之曰『以』」，「凡平原出水爲大水」，爲修史時之屬
> 辭，今簡謂之「書法」，凡例屬於此者共二十二條。若其言「禮」、
> 言「常」，如凡天災有幣無牲，非日月之眚不鼓，「凡侯伯救患分災

〔註75〕 （元）趙汸撰，（明）倪尚誼補《春秋集傳》卷五，《僖公上》，清康熙19年
通志堂刻本。
〔註76〕 （晉）杜預注；（唐）孔穎達疏：《春秋左傳正義》，北京：北京大學出版社，
2000年版，第19頁。

討罪，禮也」，今簡謂之「禮經」，凡例中屬於此者共十九條。〔註77〕

這裡所概括的三類中，「史法」、「書法」，自然可歸之於「筆法」，他似乎不認為「禮經」十九條也是一種「書法」的「凡例」。其實，言「禮」、言「常」各條，也是依「禮」依「經」應該做的事，因合「禮」合「經」而被記載，總體上當然可看作是一種「史法」。不過楊先生對這「五十凡」所揭示的「筆法」，並不認為是出於孔子。他說：

> 夫所謂「凡」者，全稱肯定或否定之辭，有一例外，即難言「凡」，況多例外乎！今就已加研討者言之，知孔子不惟未本此而修史，抑尚不為《左傳》所原有，當屬後人之竄加者也。〔註78〕

這就是說，這些「筆法」即使存在，也是本於魯史，而非孔子。這樣的認識是有問題的。在春秋二百餘年間，在各代舊史官那裡，此類凡例或許沒有杜預所概括總結的那般完整嚴密，但總是有一些記事規則和慣例，因而也有一定的「書法」義例的；孔子修《春秋》時，若說對此毫無感受和認識，一點也不重視，恐怕也不可能。皮錫瑞《經學通論》「春秋是作經不是作史」條謂：

> 說《春秋》者，須知《春秋》是孔子作。作是做成一書，不是鈔錄一過。
>
> 又須知孔子所作者，是為萬世作經，不是為一代作史。經史體例所以異者，史是據實直書，不立褒貶，是非自見；經是必借褒貶是非，以定制立法，為百王不易之常經。〔註79〕

這裡顯然誇大和聖化了孔子修《春秋》的主旨和志向，孔子當然不能預料修纂的教材會成為「百王不易之常經」。捨此不論，則皮氏所論實為卓見。孔子修成的《春秋》與其所依傍的魯《春秋》，在體例和性質上確實有很大差異。徐復觀則對此有較通達客觀的看法：

〔註77〕 楊向奎：《略論「五十凡」》，《繹史齋學術文集》，上海：上海人民出版社，1983年版，第216頁。

〔註78〕 楊向奎：《略論「五十凡」》，《繹史齋學術文集》，上海：上海人民出版社，1983年版，第216頁。對《左傳》釋「書法」、舉「凡例」文字為後人竄入說，楊先生後來有顛覆式修正，改以為自《左傳》撰述之初，即與各國策書之記事合編為《左氏春秋》，非出後人之竄加也。不過對「春秋筆法」不出孔子之說，似並無改變。見楊向奎：《論〈左傳〉之性質及其與〈國語〉之關係》，《繹史齋學術文集》，上海：上海人民出版社，1983年版，第189頁。

〔註79〕 （清）皮錫瑞：《經學通論四·春秋》，北京：中華書局，1954年版，第2頁。

　　《春秋》的文字，既出於魯史之舊，則所謂書法，也應分爲三
部分，一部分是魯史之舊的書法；另一部分是孔子的書法；再一部
分是作傳的人由揣測而來的書法。三部分混合在一起，難於辨認；
但由此可以得出既不應完全拘守書法，也不應完全否定書法的結
論。〔註80〕

　　這一論述，的確反映了今本《春秋》的實際情況。「春秋筆法」雖得名於
孔子修《春秋》，但其所蘊涵的精神，本源于良史而有所發展，後人對其又有
闡釋中的演繹與增飾乃至曲解。所以不能因爲魯《春秋》舊有一定「書法」
就否定孔子的貢獻，因爲魯、晉、宋等國舊史「書法」的存在，恰恰可以證
實今本《春秋》孔子「筆法」的可信性。同樣也不能因爲後世對《春秋》「書
法」的穿鑿附會，就認爲孔子「筆法」也是虛構或本來無甚大義。

　　今天看《春秋》筆法，所應當重視者，仍然離不開杜預所揭櫫之「體」
與「例」。所謂「體」，就是孔子修《春秋》時用以選材和立意的一般標準，
比如始筆絕筆、載錄與否等。這與魯《春秋》的區別應當是巨大的。如莊存
與所云：

　　《春秋》之義，不可書則辟之，不忍書則隱之，不足書則去之，
不勝書則省之。辭有據正則不當書者，皆書其可書以見其所不可書；
辭有詭正而書者，皆隱其所大不忍，辟其所大不可，而後目其所常
不忍、常不可也；辭若可去可省而書者，常人之所輕，聖人之所重。
《春秋》非記事之史，不書多於書，以所不書知所書，以所書知所
不書。〔註81〕

孔子對魯《春秋》史錄的存刪，文辭的繁省，當然是基於一定的價值判斷和
褒貶態度而進行的。

　　所謂「例」，則是指孔子修史時對各類史實根據不同情況選用不同的字
眼、句法、措辭，如「書」、「故書」、「不言」、「稱」、「不稱」之類等。這一
類措辭的問題，可能襲用魯舊史舊文的地方頗多，其文例雖然最繁最細，但
其所代表所隱含的「大義」即使爲孔子所首肯，大多應該還是出於前代或當
代史官的手筆的。如書殺，有「殺」、「誅」、「弑」之分，又有「稱人」、「稱

〔註80〕　徐復觀：《原史——由宗教向人文的史學的成立》，《兩漢思想史》第三卷，上
　　　　海：華東師範大學出版社，2001年版，第156頁。
〔註81〕　（清）莊存與：《春秋正辭》，《皇清經解》卷387《春秋要指》，第2頁。

「國」之分〔註82〕；記戰爭有「伐」、「侵」、「戰」、「圍」、「救」、「取」、「執」、「潰」、「敗」等不同的用詞，不見得字字隱含孔子微旨大義。如清人顧棟高《讀〈春秋〉偶筆》云：

> 春秋書「初」、書「猶」、書「遂」，俱聖筆煩上添豪處；書「初獻六羽」，以明前此之僭；書「初稅畝」，以志橫征之始；「猶繹」、「猶三望」，是認其可已而不已；「猶朝於廟」，是幸其禮之未盡廢；「遂伐楚」、「次於陘」、「遂伐許」、「遂圍許」，是志其赴機之捷；「遂滅賴」、「遂滅逼湯」、「遂伐曹，入其郭」，是志其兵威之暴；「遂及齊侯宋公盟」，是志其國事之擅。他如曰「誘殺」，曰「以歸」，曰「取師」，曰「大去」，曰「棄師」，曰「逃歸」，曰「殲」，曰「戕」，曰「用」，皆聖人用意下字，此其顯然者。〔註83〕

顧氏所列舉的「煩上添毫」與「用意下字」之處，當然不見得處處都是聖人筆墨。但他的思路給我們以很大啓發：今本《春秋》文辭中那些有較明顯和濃厚的感情色彩和價值判斷的措辭，很可能是出於孔子改動魯《春秋》原文的地方。此類褒貶傾向明顯、價值判斷直露的字眼，不太符合一般國史就事記事及承告而書的習慣，因而很有可能是出於孔子的。當然，要全然分辨孔子修削之跡，是非常困難的。

至於孔子對「不修《春秋》」所作「筆削」的整體情況，可推知者，是今本《春秋》襲其編年記史體例而刪削了大量史實和條目。唐・趙匡說：

> 故褒貶之指在乎例（諸凡是例），綴述之意在乎體。所以體者，其大概有三，而區分有十。所謂三者，凡即位、崩薨、卒葬、朝聘、盟會，此常典，所當載也，故悉書之，隨其邪正而加褒貶，此其一也。祭祀、婚姻、賦稅、軍旅、搜狩，皆國之大事，亦所當載也。其合禮者，夫子修經之時悉皆不取，故公、穀云：常事不書，是也。其非者及合於變之正者，乃取書之，而增損其文，以寄褒貶之意，此其二也。慶瑞災異，及君被殺被執，及奔放逃叛，歸入納立，如此非常之事，亦史策所當載，夫子則因之而加褒貶焉，此其三者也。

〔註82〕《春秋・隱公四年》：「衛人殺州吁於濮。」《公羊傳》：「其稱人何？討賊之辭也。」《穀梁傳》云：「稱人以殺，殺有罪也。」《春秋・僖公七年》：「鄭殺其大夫申侯。」《穀梁傳》云：「稱國以殺大夫，殺無罪也。」

〔註83〕（清）顧棟高：《春秋大事表・讀〈春秋〉偶筆》，北京：中華書局，1993年版，第30頁。

　　此述作大凡也。〔註84〕

　　這樣的分析，有見於刪削而著眼於存述，顯然比《公》、《穀》兩傳在字句中求「微言大義」，要客觀一些。

　　孔子所以自認「述而不作」，他自己和門弟子甚至再傳弟子均不認為「作」了《春秋》，其緣由正在這裡。所謂「其文則史」，「其事則齊桓晉文」，固然是「述」；而「其義則丘竊取之矣」，既然是「取」，當然就隱含著襲用的意思，雖說「竊取」之「竊」透露出一定的私意和主見來，但顯然也不是自認為師心獨造的用語。由此看來，孔子對《春秋》，無論文辭還是旨義，總體上並不自認為前無古人的創造。只是在他節取魯《春秋》文本，經編訂作為私學教材使用的過程中，因為對「常事」的刪削，使得《春秋》之教本來就有的「懲惡」傾向格外突出了。而且孔子對魯《春秋》本身具有的義例，有深刻的認識，他向弟子講解教授時，恐怕主要也是解釋闡發史官措筆為文的緣由和含義。

　　本文認為，孔子修《春秋》，對刪削「不修《春秋》」而來的記事條目，必定作過義例、措辭的調整和統一；但是，他應該並未根據自己的私見大量修改魯舊史的原文。首先，在史實的層面上，正如前人所一再強調的，孔子有「多聞闕疑」的精神，不會輕易改國史筆墨。其次，孔子確實對魯《春秋》的原文有極敬重的態度。如他有時甚至不修改魯《春秋》中明知的錯誤。弟子對此有疑問，他給出的理由是「如爾所不知何」。再次，更重要的是，如前文所述，春秋史官載記自有久遠的傳統和成熟的制度；相關職掌制度二百餘年間容或有些變化，但在職業精神、道德理念、筆墨風格和文字體例上，也自有相當的穩定性。孔子對魯史原文即使有所改動，其自認的理義依據，也是聖王精神和「周公舊法」，並不將之視為創造式的改作和新變。孔子自言「述而不作」，其思想背景和具體所指，正在這裡。

　　這就是說，孔子雖然不自認對《春秋》有新作之實，而後人卻紛紛許之以造作之功，這實際上是由時代觀念變遷而形成的一種事實上的「追認」。孔子節取編錄魯《春秋》的部分原文，在他看來，這毫無疑問是一種現成的借用；其義例、筆法，無論後人如何神化，在孔子一則歸諸「周史」舊制，即由周公所確定的「天子之事」；一則以為仍不出原史官的習慣文法，即使某些

〔註84〕　（唐）趙匡：《春秋闡微纂類義疏》，是書已佚，引文見（唐）陸淳：《春秋啖趙集傳纂例》卷一，北京：商務印書館叢書集成初編本，1936年版，第7頁。

文辭句法經他修正，其修正的依據，仍是周公之制作主旨與史官之舊法原理，他只是作了「撥亂返諸正」的工作而已。他個人並非史官，甚至也不是學官，爲了教學的需要，修改刪削魯《春秋》原文，本沒有存爲後世史官存法的目的和志向。以《春秋》爲代表的孔門「六藝」成爲後世學者宗崇的「六經」，必然不可能是孔子所能立志而爲或在世時能完全逆料的。很可能孔子在世時，早年所用經他編修的《春秋》教材影響之大，爲他始料未及，所以在他生命最後的歲月裏，開始悉心編纂一個定本。「知我」「罪我」之說，透出他以非官方的「士」的身份影響到承載官方意識形態的史冊載錄之法的自豪與不安兼存的微妙心態。

到了戰國時期，天子權威更趨衰沒，以天子爲中心的修史原則在各諸侯國不再貫徹施行，而孔子《春秋》又越來越廣泛地流行於官私學府中，幾乎成爲「統編教材」，其所蘊含的尊王室、貶諸侯的思想和義法更深入人心。於是在春秋末爲普通之事的「述」《春秋》，到了戰國中期，就成了難得的壯舉和不朽的遺產，在「私淑」孔子的孟子及其他追隨者那裡，一變而爲「作《春秋》」了。無論是親炙孔子教誨的游夏之徒，還是「私淑」孔子服膺其學說的孟子，甚至是漢代的司馬遷、班固，他們對於孔子依傍舊史編爲《春秋》的事實，在認識上差別並不大。即使如《左傳》、《公羊》、《穀梁》的作者，不管他們賦予《春秋》以怎樣的筆削大義，對上述事實，應該都是知曉和承認的。如此看來，他們對孔子「作《春秋》」的推崇和討論，與今天的獨立創作式憑空自撰的「作」的標準並不一致。

所以，對魯《春秋》「筆則筆，削則削」，又參酌周史及齊、衛等其他諸侯國史冊進行一些修訂，依據一定的原則改動某些辭句，形成相對嚴密的義例和筆法，無論對一個以繼承周公之道自許的私學教育家來說，還是對一個一心想拯濟天下的政治家來說，當然不能說是毫無寄託。但是在孔子的時代，這一行爲的巨大影響和意義，到了他的晚年才露出端倪。即使「七十子」之徒及再傳弟子們，大體上仍然是以《春秋》的主要體例和義法歸諸舊史的。但到了戰國時代，隨著孔子《春秋》影響力的增大和流行度的擴大，再加上儒家學派的重視和宣傳，在君德澆薄、「地醜德齊」（《孟子·公孫丑下》）的戰國諸雄看來，《春秋》中的大部分筆法都像是對自己的譏責。到了漢代，君主專制確立，一方面「大一統」的意識形態需要借孔子《春秋》來宣傳灌輸，另一方面對君主的評判又不可能像春秋尤其戰國時那樣切直無憚，於是「微

言大義」之類的筆法挖掘和提煉就流行起來。某種程度上說，這自然也是一種追認。

總而言之，孔子於《春秋》，從其史料來源於魯《春秋》言，是論次；從其義例和筆法主要依據舊法來說，是因襲；從其大量刪削魯《春秋》常見條目和內容，以及改易部分辭句，統一義例來說，是修訂；從其實際上由此確立一種義法精神、修史原則，以一己之力、一人私意而評騭王侯爲後世尊信師法，使自己主要用以教學的《春秋》成爲戰國中期及以後士人認識春秋時代的主要典籍和依歸說，當然是創作。

四、關於「諱筆」

《春秋》存在「爲尊者諱，爲賢者諱，爲親者諱」的隱諱筆法，比起「三《傳》」及後人總結的義例被揭出存在例外，這一事實常常更能成爲否認或批判「《春秋》筆法」的存在和合理性的學者的理由。如果承認「諱筆」的合理性，《春秋》「筆法」的「微言大義」和據事「直書」以正時弊的宏大目的和獨立精神就讓人生疑；「微言」與「直書」，「諱筆」與「實錄」之間存在這樣的矛盾和罅隙，讓孔子爲天下萬世謀的鴻願變得局促，而《春秋》作爲史書的信實度也大打折扣，甚至被扣上「穢史」之稱。〔註85〕

《春秋》的「諱筆」，最明顯者爲「不書」與曲筆。《春秋》本來有「常事不書」的義例，依上文，史官本有不書之事，孔子修《春秋》時又刪削部分他認爲意義不大的「常事」的記錄。《春秋》經文保留的「常事」，往往意味著史官和孔子對其事「非常」、不合禮義的譏責態度。〔註86〕所謂「諱書」，即「隱而不書」，就是指對一些「非常」之事或大事反而不予載錄。

比如，《春秋》僖公元年記：「春王正月。」如按《春秋》體例，此下應接著書「公即位」。對此，《左傳》解釋說：「元年春，不稱即位，公出故也。公出復如，不書，諱之也。諱國惡，禮也。」此類情形和筆法在《春秋》中並不鮮見。魯國十二國君中，「元年春，王正月」之下不書「公即位」者，除僖公外，還有隱公、莊公、閔公；另外，定公元年之下既不書「王正月」，又

〔註85〕 蔡尚思：《蔡尚思文集》上海：上海人民出版社，2001 年版，第 127 頁。

〔註86〕 例如，《春秋‧桓公五年》：「四年春正月，公狩於郎。」《桓八年》：「八年春正月己卯，烝。」《桓十四年》：「秋八月壬申，御廩災。乙亥，嘗。」狩、烝、嘗，本爲四時常規祭儀，依例不必載錄。故《公羊傳》皆釋曰：「常事不書，此何以書？譏。」並對三件事的違禮之處作了解說。

不書「公即位」。據《左傳》的解說，隱公「不書即位，攝也」，莊公「不稱即位，文姜出故也」，閔公「不書即位，亂故也」；至於定公，則因昭公去年死於國外，次年六月柩至於國，則定公只得於六月即位，而次年又不得不改王，故不書「王正月，公即位」。

又如，《春秋》成公十年記：「秋七月，公入晉。冬十月。」冬十月下無記事。《左傳》云：「秋，公如晉。晉人止公，使送葬……冬葬晉景公。公送葬，諸侯莫在。魯人辱之，故不書，諱之也。」

也有部分史實的「不書」並非刻意隱諱。如魯僖公二十四年重耳借秦穆公之力入晉殺懷公，《春秋》均不載，《左傳》則載錄並作了解釋：「二十四年春王正月，秦伯納之。不書，不告入也。……壬寅，公子入於晉師。丙午，入於曲沃。丁未，朝於武宮。戊申，使殺懷公於高梁。不書，亦不告也。」若當事國不通告則他國史官是否一定雖知不書，尚有疑問，此處暫不論。

據《公羊傳》的理解，《春秋》諱而不書的基本原則，一是「於外大惡書，小惡不書；於內大惡諱，小惡書」，一是「為尊者諱，為親者諱，為賢者諱」〔註87〕。考之《春秋》經，大致符合實際。不過這類「諱書」基於某種禮義價值判斷，本身包含著對事件的臧否態度，也不能視作對事實和真相的一味掩蓋。而「諱國惡」也是禮的要求，所以隱而不書也並非是由於私意的簡單迴護和遮蔽之舉。〔註88〕

曲筆，是指對某些需要隱諱的史實，雖有載錄，但不以實直書，而是變換常例用辭記載。除最著名的「王狩河陽」之事外，又如周襄王因王子帶之亂，出奔避居於鄭國，《春秋·僖公二十四年》記：「冬，天王出居於鄭。」《公羊》、《穀梁》均云「王者無外」、「天子無出」，顯然視之為曲筆。《左傳》亦云：「天子無出。書曰：『天王出居於鄭』，避母弟之難也。」杜預注曰：「天子以天下為家，故所在稱居。」明顯曲解，或者是不動聲色地講出了如此曲筆的理據。倒是孔穎達疏云：「出居，實出奔也。」可謂一語中的。

《春秋》本是依據魯《春秋》修成，所以書中涉及魯國的曲筆較多。如隱公十一年，魯大夫羽父使人殺隱公而立桓公。《春秋》書：「冬十有一月壬

〔註87〕（漢）公羊壽傳；（漢）何休解詁；（唐）徐彥疏：《春秋公羊傳注疏》，北京：北京大學出版社，2000年版，第63、69頁。
〔註88〕過常寶：《原史文化及其文獻研究》，北京：北京大學出版社，2008年版，第106頁。

辰，公薨。」杜預注：「實弒，書薨……史策所諱也。」又桓公十八年，桓公與夫人文姜到齊國，齊侯與文姜私通，桓公指責，齊侯使公子彭朱殺桓公。《春秋》書云：「夏四月丙子，公薨於齊。」按《春秋》直書其事，規範用辭的常例，「凡自虐其君曰弒，自外曰戕」。故杜預注云：「不言戕，諱之也。」

又如，昭公二十五年，昭公舉兵討伐公族季氏，季氏反擊，昭公敗逃齊國。《春秋》書：「九月乙亥，公孫（遜）於齊。」杜預注：「諱奔，故曰孫（遜），言自孫（遜）讓而去位者。」如此之類，皆變換直書常例用辭而爲君諱恥、諱過，乃是避實就虛的一種形式。

再如，魯莊公晚年，其弟公子叔牙欲廢世子般而立公子慶父，公子季友鴆殺叔牙。莊公死後，子般即位，慶父殺死子般，立閔公，後又殺之。季友立僖公，迫使慶父自殺。這一段王室兄弟叔侄相殘的史實，《春秋》只記作：「秋七月癸巳，公子牙卒。……冬十月乙未，子般卒。公子慶父如齊」（莊公三十二年）；「秋八月辛丑，公薨。……公子慶父出奔莒。」（閔公二年）此類魯國宗室內部的大惡之事，本爲「弒」而書曰「卒」、「薨」，本爲逼迫弟侄自殺，只書曰「卒」，《公羊傳》均歸爲「爲親者諱」，顯然都是曲筆隱諱。

這一類曲筆諱書，比起「隱而不書」，不單載之典策的史事眞相被遮掩，而且惡的性質被從字面上改變，從修史求信實的角度看，確屬不可原諒的缺陷。國君被殺或被弒，卻只書曰「薨」；宗室內訌相殺，於死者只書曰「卒」，與正常死亡的用辭相同。魯君被辱、被執、戰敗等，變文書之，不載詳情；周天子戰敗、受辱，不明言敗辱。還有，諸如魯國侵滅小國，不書「滅」而書「入」；齊桓公滅紀，不書其名……凡此之類，以今天歷史科學的精神和眼光衡量，當然是有違實錄原則的。

不過，對於《春秋》中實際存在的諱筆事實及筆法，事實上不能以今日歷史學的原則和要求簡單理解和批判。有以下三點須注意：

一、無論是《公》、《穀》、《左》還是司馬遷、杜預，對《春秋》諱筆所反映的歷史事件的眞相，都是清楚的。這反映出他們對《春秋》載錄措辭並沒有純粹的「據實直書」的要求，也不擔心「諱筆」會模糊和改變歷史事件的眞實性質，對「諱筆」的合理性有較爲統一的心照不宣的承認。這表明我們對《春秋》的「實錄」性質應從兩個層面看：史實層面和史錄層面。史實是自在的，其過程和性質有某種公開性，典冊的簡單條目並不能改變人們對歷史事件實際情形的瞭解；而史錄用一種特殊的形式記錄下史實的條目，實

質上包含了一種價值評判，無論是否屬「諱筆」，是否採用了「不書」和曲筆，都是如此。正如張高評先生所指出的，「於迴護曲飾、微婉顯晦中，自見直書實錄。」曲筆見義，表現出的仍是「刺譏褒諱抑損」，這與孔子所說的父子互相爲隱而「直在其中矣」的精神相通。所以，「曲筆實際是直書實錄的變奏。」〔註89〕

二、此類「諱筆」大多並非出自孔子手筆。文獻中常見的對「諱筆」的解釋，諸如「魯人諱之」、「史策諱之」乃至《春秋》諱之」等，大多顯然不能歸諸孔子。即便如「王狩河陽」，也有可能是基於魯國史官「爲天子諱」的特筆。〔註90〕

三、孔子編纂《春秋》用以教學，其所看重者，在於「屬辭比事」，即以歷史事實的眞相和性質闡釋應證史書的載錄文辭。而這些內容，恰恰是由《左傳》、《公羊傳》和《穀梁傳》等所反映的。從某種程度上說，對後世影響至大的，實際上是孔子纂錄魯《春秋》舊文而又以事實及對事實的評判傳之弟子及後學。這就是所謂不可書見的「口授」於弟子的「傳旨」。這等於是將史冊的載記和解釋權一併接過，成爲他品陟譏責世人，並爲後世立法的工具。

從這個意義上說，孔子在世衰道微、史法不彰的時代，通過纂述《春秋》，使得史官原本保有的話語權力轉移到了士人階層，這是革命性和開創性的貢獻，是通過「述」的方式達到了「作」的目的。在漫長的封建專制時代裏，史官群體的實錄原則及評論當世的權利一直能得到最高權力者至少表面上的承認，某種程度上實乃拜孔子所賜。這是我們今天討論「春秋筆法」應該多加重視的。

五、孔子作《春秋》的意義與影響

如前文所論述，孔子於《春秋》，無論稱「修」還是稱「作」，其實際所做的工作是編纂，並不是現代意義上的創作。這是許多學者反覆指出和強調過的。承認這一點，並無損於孔子這一工作的重大意義和價值。事實上，恰是那些知曉或認同孔子依傍魯史舊文「修」或「作」《春秋》者，往往更能深刻瞭解和評價他的偉大創舉和不朽貢獻。

〔註89〕 張高評：《春秋書法與左傳學史》，上海：上海古籍出版社，2005年版，第76～77頁。

〔註90〕 趙伯雄：《春秋學史》，濟南：山東教育出版社，2004年版，第9頁。

如錢穆《孔子傳》一書曾指出：

> 孔子《春秋》因於魯史舊文，故曰其文則史。然其內容不專
> 著眼於魯，而以有關當時列國共通大局爲主，故曰其事則齊桓晉
> 文。換言之，孔子《春秋》已非一部國別史，而實爲當時天下一部
> 通史。〔註91〕

「通史」的說法，大致也可以看作是一種追認，不過卻頗能揭示孔子修
《春秋》對魯《春秋》舊史在編纂精神上的巨大超越。徐復觀說：

> 孔子所學所教的詩書禮樂，可以說均來自古代之史；孔子在知
> 識方面的學問，也主要是來自史。《論語・八佾》載孔子語曰：「夏
> 禮吾能言之，杞不足徵也。殷禮吾能言之，宋不足徵也。文獻不足
> 故也。足則吾能征之矣。」這裡說「文」（簡冊）與「獻」（賢人）
> 不足，乃是指修史之禮制與賢能之良史均已不存，實在是含著無限
> 的感慨的。正如他說的「吾猶及史之闕文也，有馬者借人乘之，今
> 亡矣夫！」（《論語・衛靈公》），感歎當世史官載記已遠不如古時史
> 官嚴謹慎重。徐云：史之義，莫大乎通過眞實的記錄，給人類行爲，
> 尤其是給政治人物的行爲以史的審判，此乃立人極以主宰世運的具
> 體而普遍深入的方法；所以孔子晚年的修《春秋》，可以說是他以救
> 世爲主的學問的必然歸趨，不是偶然之事。〔註92〕

他又指出，孔子修《春秋》所懷的救世的使命感，超越了一己、一國的
界限，超越了自己的階層和時代，達到了天地人類的本質和運命的高度：

> 孔子把他對人類的要求，不訴之於「概念性」的「空言」，而
> 訴之於歷史實踐的事實，在人類歷史實踐事實中去啓發人類的理性
> 及人類所應遵循的最根源的「義法」，這便一方面決定了由他所繼承
> 的「史」的傳統，不讓中國文化的發展，走上以思辨爲主的西方傳
> 統哲學的道路。一方面，把立基於人類歷史實踐所取得的經驗教訓，
> 和他由個人的實踐發現出生命中的道德主體，兩相結合，這便使來
> 自歷史實踐中的知識，不停留在淺薄無根的經驗主義之上；同時又
> 使發自道德主體的智慧，不會成爲某種「一超絕待」的精神的光景，

〔註91〕錢穆：《孔子傳》，北京：生活、讀書、新知三聯書店，2002年版，第99頁。
〔註92〕徐復觀：《原史——由宗教向人文的史學的成立》，《兩漢思想史》第三卷，上
　　　　海：華東師範大學出版社，2001年版，第150～151頁。

或順著邏輯推演而來的與具體人生社會愈離愈遠的思辨哲學。他所成就的，乃是與自己的生命同在，與萬人萬世的生活同在的中庸之道。以「素隱行怪」之心來看孔子之道，以鄉愿順世之心來看孔子之道，孔道之不明，其原因正難以一二指。

……

第三，因為他的動機、目的，是來自對人類運命的使命感，這一方面使他冒犯著政治的迫害，以探求事實的真相，而不敢有所含糊隱蔽。《春秋》中的「微」，《春秋》中的「諱」，只有在各種專制下的史學家，要以客觀求真的動機寫「現代底本國史」時，才可以瞭解、體會得到。孔子告訴他的學生，說那裡是「微」，那裡是「諱」，即係告訴天下後世，在「微」「諱」的後面，有不可告人的真實，有不可告人的醜惡。不可告人的醜惡，較之可告人的醜惡，更顯示其為醜惡。從《春秋》與孔子的時間關係看，孔子所處理的是近代史、現代史。而他的這種由道德而來的大勇氣，是寫近代史、現代史的人所必不可少的勇氣。近代史、現代史，是構成歷史的可靠基礎。另一方面，主觀的價值判斷，容易至曲歷史事實。但對人類沒有真正關切的心情，也不能進入到歷史事實的內層去。「知子莫若父」，主要來自為父者對子有真正關切之情。要揚棄主觀而又要有真正的關切，二者之間，似乎是一種矛盾；這種矛盾的克服，要靠來自於他有最高道德責任的感情，這也可以說是「真正史學者的共感」。由此可以瞭解，孔子對人類運命使命感的偉大道德精神，在史學上有克服上述矛盾的重大意義。我們評估一部歷史著作的價值，不是僅憑作者治學的方法即能斷定的。運用方法的是人，人一定被他的起心動念所左右。標榜純客觀，而對自己的民族國家人民，沒有一點真正感情的人，對人類前途，就不會有一點真正的關切。由近數十年的事實，證明了這種人常是只圖私利、賣弄資料反道德的人。誰能相信這種人會保持客觀謹嚴的態度，寫出可以信任的歷史。所以一個史學者的人格，是他著作可否信任的第一尺度。〔註93〕

〔註93〕徐復觀：《原史——由宗教向人文的史學的成立》，《兩漢思想史》第三卷，上海：華東師範大學出版社，2001年版，第157～158頁。

　　徐復觀認爲「孔子修《春秋》的動機、目的，不在於今日所謂『史學』，而是發揮古代良史以史的審判代替神的審判的莊嚴使命。」對孔子來說，他所審判評騭的，是近代史、現代史，這需要有大勇氣和大智慧。而孔子正有這樣的「由道德而來的大勇氣」。這些看法和論述，非常精闢地指出了孔子「作《春秋》」的意義遠在一般的史實的載記和史書的修撰之上，也說明了孔子並不是基於今日的「史學」目的去「作《春秋》」的。正如孟子所言，作爲歷史書寫的「文」與作爲記載內容的「齊桓晉文」之「事」，只是孔子表達其對於王道人事的評判的「義」的載體。孔子借《春秋》寄託和表現某種重要的價值和評判，應當是事實。那麼對他運用的特殊書法也就應該承認；事實上這種書法也並非由他新造新用。所謂「微言大義」，或說「春秋筆法」，嚴格來說，就其具體的史識和史筆而言，本不是孔子憑空創造的。孔子告訴學生們魯《春秋》原有的載記文法與用語何者爲「微」，何者爲「諱」，並以此爲法則和標準，撰著了《春秋》，等於是由他把這些被破壞和已然式微的史官話語系統再度找回和強化了。所以才有「孔子作《春秋》而亂臣賊子懼」的效果。

　　臺灣學者許嘉哲說：

　　　　《春秋》經的文本性格本質上也不是一種正面陳述理想、直接給出答案的理論建構，而是孔子企圖對宇宙混亂失序的人類社會大問題的嘗試回答。經典之所以爲經典，能在每個時代有人會去閱讀與研究，不是單靠外部歷史與社會的條件所促成而已，而是自有一種可爲後代參考啓發的深刻價值在其中。經典中所內蘊而恒久流傳的價值，在於經典總是對於人類與世界構成普遍性與永恆性、具有歷史結構意義的大問題一再提出其響應經驗與解答智慧，所以才成爲其在歷史中的恒久流傳。《春秋》經就是孔子嘗試爲其春秋時代環境中，掌握權勢、掌握資源、掌握知識、甚至壟斷道德解釋與定義權力的亂臣賊子，因爲無人可加以制裁而愈形囂張不知忌憚，長此以往將使天理無報、人道失衡的深度憂慮動機驅使下，所以才站在道德教化權威的高度視野，企圖來整頓亂臣賊子的所作所爲，不使之在天下後世人心中留下天道蕩然無存的錯誤意義解讀，以免醞釀成社會人心普遍趨向唯利的、尚力的、好爭的、錯誤的世界觀而遺毒天下。〔註94〕

────────────

〔註94〕 許嘉哲：《〈春秋正辭〉之義理詮釋研究》，高雄師範大學碩士論文，第202～203頁。

　　以上論說，深入分析孔子作《春秋》的偉大意義和影響，並給予了極高的評價，都是極有道理和極富見地的。這些意見，以經學家們以孔子作《春秋》寓褒貶大義、立萬世之法的看法爲基礎，在中國古代文化思想史的背景上作了更爲深刻、科學的思考和論述，對我們認識這一問題，有非常有益的啓發。近代經學家皮錫瑞曾說：

　　　　孔子手訂六經，以教後世，非徒欲使後世學者，誦習其義，以
　　治一身，並欲使後世王者，實行其義，以治天下，《春秋》立一王之
　　法，其義尤爲顯著，而唯公羊知《春秋》是素王改制，爲能發明斯
　　義。〔註95〕

　　孔子尊王室，倡仁義，「宗周」守禮，當然反對諸侯專政、陪臣執命的混亂與紛爭，但若說他生前就存著非常自覺的爲後世王者立法制義的「素王」之志，恐怕也不符合實際。上面所引述的各家論說，與皮錫瑞的看法很有相通之處，對於孔子「作《春秋》」的偉大意義和深遠影響存在、發生的事實，都有明確而精彩的分析和肯定，但對其主觀目的和宗旨的推論和發明，就多少有些理想化的色彩了。

　　如筆者在前文所論，孟子以來對《春秋》及其所承載的「微言大義」的推崇備至，某種程度上是一種由於現實的影響力而給予的「追認」。本文認爲，要全面客觀地認識和評價孔子作《春秋》的時代原因和思想背景，尤其是恰切理解他「述而不作」的宣言與「修」、「作」《春秋》的行動之間的觀念邏輯，還應該從孔子所處的春秋晚期的史官文化向士君子文化轉型、官學下移向諸子之學興起的社會思潮演變實際去考查。

　　史官的職掌和話語權本由巫祝承繼和發展而來。即使在巫祝時代，宗教事務的記錄和解釋也是他們取得人間族群組織權和掌控權的緣由。初期史官文獻主要包括甲骨文和圖畫文獻，它們的主要功能，是見證天命鬼神的意志。因此，巫史文獻本身就具有神聖的性質，它是人間社會行爲方式的依據和目的。在載錄和保存過程中，史職也由此獲得了對天命的解釋權利，並最終成爲天命的代言人，成爲社會意識形態的領袖，並由此而發展成爲社會事務的管理者。〔註96〕因此，早期的史官往往在王朝政治中擔當重要職務，在社會

〔註95〕（清）皮錫瑞：《經學通論四・春秋》，北京：中華書局，1954年版，第13～14頁。
〔註96〕過常寶：《史職及其文獻的產生》，《原史文化及其文獻研究》，北京：北京大學出版社，2008年版，第1頁。

知識、意識形態領域充當天命歸屬和政權合法性的證明者、指示者。在史職走向獨立的過程中，史官思想觀念和歷史意識漸漸發生了巨大的、本質性的變化，他們的記事志趣和載記內容裏，神跡漸漸趨向於人事，神意漸漸讓位於人心，天命漸漸靠攏於天道，史記的神秘性漸漸消解，客觀性日趨增強。在這個過程中，巫祝的地位下降，史官的地位提高。巫術宗教文化也就逐漸演變爲史官文化了。春秋時的史官們對解釋歷史、指導人事、褒貶現實和評騭人物的能力的保持、重視和相應權利擁有、堅守，就由此發展而來，作爲一種身份意識、職業精神和話語權利的表現，頑強地存在著。從《左傳》、《國語》中所載的史官活動和言論看，他們的政治地位與商代和西周相比雖然大降，但仍掌握著相當的影響力和話語權，君主、大夫和陪臣們仍需向他們諮詢國家興衰存亡及災異吉凶等事。他們對於天道、神道和人事的疑難，仍是較權威的解釋者和預言者。

許兆昌認爲，周代是史官文化確立和巨大發展的時期，但其形成和發展是一個漫長的歷史過程，它繼承了夏商以及其他遠古文化因素，逐漸形成其形態的獨特性和獨立性，並沒有隨著周王室的衰微和瓦解而迅速趨於消亡，而是在春秋時期仍繼續有所發展，所以東周王室和晉、秦、楚、魯、衛等諸侯國仍湧現了不少傑出的史官人物。但他又指出：

> 但是，春秋晚期，尤其是戰國以後，隨著上古文明體制的徹底崩解，從而從根本上動搖乃至取消了整個周代史官文化賴以生存和發展的核心與基礎。到這個時候，周代史官文化作爲一種歷史文化形態才真正走向全面的衰落和瓦解，最終完成其承載上古文化發展的使命，逐步讓位於新興的諸子百家文化，中國文化發展因此迎來了一個全新的歷史階段。〔註97〕

筆者認爲，在整個周代史官文化由興而盛，由盛而衰，士君子文化和諸子之學隨即應運而興的歷史發展演進中，孔子扮演了一個承前啓後者的偉大角色。

諸子之學興起前，是「學在官府」的時代，至春秋私學興起，發展到百家爭鳴、著書授徒，經歷了春秋末到戰國初的過渡期。羅根澤《諸子考索》曾指出說，「戰國前無私學著作」，「春秋時所用以教學者無私家著作」，「孔子

〔註97〕許兆昌：《周代史官文化：前軸心期核心文化形態研究》，長春：吉林大學出版社，2001年版，第6頁。

以前，書在官府」〔註98〕。其說似稍嫌絕對，但也頗近於事實。孔子確實是第一個對源自官府的「六藝」之書進行全面整理修訂的人，他整理《詩》、《書》，正《樂》贊《易》，修《春秋》，編纂完成了一套私學教育的教材，實在是開風氣之先，樹萬世師表的創舉。從這個角度認識孔子與「六經」的關係，尤其是理解漢人紛紛把六經的著作權或寫定權歸之於孔子的觀念和論說，就顯得順理成章了。

孔子未周遊列國時授學，應當有《詩》、《書》、《禮》、《樂》等教材；此時是否以《周易》與《春秋》教學，無明文記載。但六藝之學西周已然，在當時更是普遍，孔子私學應當也會採用。所以用魯《史記》為講授近代史的《春秋》教材，應當在孔子開始私學授徒時就已經開始了。後來經過周遊列國、觀周《史記》及列國史書，不斷考察魯《史記》的記載，豐富其內涵，自衛返魯後才作了最後的纂修，以垂法後學。雖然他未必存立「素王」之制的宏願，維護天命和道義的理念和懷抱還是很強烈和自覺的。從這一意義上說，張載說：「《春秋》之書，在古無有，乃仲尼自作，惟孟子為能知之。」〔註99〕還是反映了部分事實的。孟子云：「王者之跡熄而《詩》亡，《詩》亡然後《春秋》作。晉之《乘》，楚之《檮杌》，魯之《春秋》，一也。」顯然知道「春秋」乃魯國舊史，其來有自，但仍倡言孔子「作《春秋》」，必然是基於別樣的邏輯與標準。自名稱言，「春秋」由來已久，即所謂「不修《春秋》」之屬，孔子《春秋》「因魯史而修者也」，這是因；自實義言，孔子以非史官身份而「修」《春秋》，又是革。徐復觀謂孔子「以史之審判代替神審判」，我認為，更準確地說，是以「士人」的審判代替「巫史」的審判，這當然是「在古無有」的了，稱之為「作」，自然可謂當之無愧。孔子辦學傳道，更有士人階層影響和振濟天下的自覺意識與使命感。「作《春秋》」正意味著官學下移的真正實現，是春秋時代社會關係和時代精神轉變的非常重要的標誌性事件。

孔子由「述而不作」的思想方法出發，終能制作「六經」，垂法後世，也體現了春秋晚期私學興起，諸子方興時代著述觀念和模式轉變中的過渡性特徵。從此之後，依經立說和自為著述的述作觀念和方式漸漸確立，「百家爭鳴」的嶄新局面正式展開，中國文化史上最活躍、成果最豐厚的思想解放和文化

〔註98〕羅根澤：《諸子考索》，北京：人民出版社，1958年版，第55～57頁。

〔註99〕（宋）呂大臨：《橫渠先生行狀》，（宋）呂大臨等著；陳俊民輯校：《藍田呂氏遺著輯校》，北京：中華書局，1993年版，第589頁。

建設輝煌上演，爲中華民族和全世界留下了燦爛而不朽的精神遺產。這正是孔子至聖至哲的偉大之處。由此，《詩》、《書》、《禮》、《易》與《春秋》一樣存在是否爲孔子所編定或其傳文是否由孔子所授的爭論，應有更客觀的思路和解決，有些人否認孔子對「六經」的編訂權或「六經」之傳源自孔子，某種程度上是一種歷史的蔽障和觀念的誤區。許多人僅認爲孔子對《詩》、《書》、《春秋》等是一般意義上的文獻整理和編定，無疑是簡單化和低估了他的貢獻的巨大價值和不朽意義。

結　語

　　在閱讀本課題相關文獻材料的過程中，排比古今學人對孔子及其思想言說的不同解讀、評價和態度，我常常發現，由於孔子在古代政治、文化、思想史上無可替代的巨大影響和尊崇地位，歷史上每一次制度變革和社會思潮的興起，都會引來對孔子及其思想的重新評價和重新解讀。處於不同的歷史時期，面對不同的社會狀況和問題，或處在不同的思想氛圍下，或屬於不同的學說流派，出於不同的學術志趣，就孔子同樣的言論和思想，解讀者對它們的本旨的理解會千差萬別，對孔子發出這些言論和產生這些思想的原因、立場和目的的理解，也會歧異紛呈。很多時候，某些政治集團和思想派別往往借尊孔尊己，借批孔批人，總是通過尊孔批孔號召支持、團結同類，或者排斥異見、打擊異己。更多的時候，由於對孔子及其話語的熟悉和尊由，無論面對人生困惑，還是遇到學術疑難，人們總是習慣於借孔子之酒杯澆自己之塊壘，表達自己的同時，也重新解釋了孔子，常常有意無意間忽視或錯會了孔子言論的具體語境、所涉問題和所指原本。在孔子文學思想或文學批評理論的研究中，這種情況也很普遍。每一次新的文藝思潮和文學革新運動的發生，都會伴隨著對孔子的相關思想和言說的依託、利用或反思、重構，帶來無數大大小小的爭議甚至論戰。甚至同一個人，在不同的時代氛圍和社會思潮的影響下，對孔子文學思想的態度和評價，對孔子相關言說的解釋和衡量，都會前後差別很大，乃至完全相反。尤其近代以來的一個多世紀裏，孔子地位的起伏跌宕前所未有，上述情形更是屢見不鮮，令人感慨頻生。造成這種現象的原因很多，據我粗淺的思考，大致說來，有如下幾條：首先是歷史久遠和隔膜，後人對孔子所面對的社會問題和人生困境很難感同身受；其

次是長久而廣泛的解釋和傳播，使孔子言說和思想不斷增益、變異，本旨失真，漸難釐清。這是從「儒分爲八」的時代就開始了的；再次，「述而不作」的著述觀念和含蓄雋永的言說方式，再加上文獻闕佚和語文演變，也使孔子的許多言說常變成單議孤文，具體意義難以顯現；第四，語錄體和引述式的載記方式，少有足夠、完整的上下文聯繫，使孔子言論所涉問題、所處語境和生說對象、氛圍往往很難索解；第五，歷來對儒家經傳的時代和眞僞的認識和處理，常有很多不同意見。尤其曾經的疑古過甚的思潮，使學界甚至一度產生研究孔子只有《論語》中的材料可信可憑的觀念，無疑影響到對孔子思想和言說全面理解和準確闡釋。

在本文的思考和寫作過程中，我常常想起哲學解釋學的創立者之一、德國學者加達默爾說過的一段著名的話：

「理解一個問題，就是對這個問題提出問題。理解一個意見，就是把它理解爲對某個問題的回答。」〔註1〕

這段話常讓我深思：孔子所生的世界究竟是什麼樣的？孔子最高的理想和最大的志向究竟是什麼？他那些偉大的思想何所本而生，何所爲而發？他面對混亂的世道和艱難的人生，最基本的抱負和最底線的原則是什麼？看到《論語》等典籍中的一條語錄，比如「學而」章，比如「巧言令色鮮矣仁」，比如「文質彬彬」和「述而不作」，我常禁不住想：這是孔子什麼時候說的？青年，壯年還是晚年？對誰說的？子路，顏回，子貢還是子夏？還是對別的什麼人？還有，對同樣的一條語錄，一個概念，爲什麼會有那麼多不同甚至相反的理解和看法？這些見解的產生和提出，基於什麼樣的社會氛圍、思想背景和學術理念？……儘管很多時候問題的答案根本找不到，或者至多是在若有若無間，我感到，這樣的思索還是必要和有益的。

本文選取了一些學術界向來歧見較多、爭論難平的與孔子文學思想相關的問題進行考證和論述，基本的思想方法，就是把其中那些發生語境不明朗、言說意旨難把握和歷代注釋闡發分歧多的孔子言論，盡可能放在孔子所處時代的社會環境、思想觀念當中，放在他的整體的道德、倫理、哲學和審美思想的總體背景上去理解和論證，力求還原他發言出語的當時困境和具體意旨。通過對這些問題的疏理和論述，我對孔子文學思想大致上形成了這樣的

〔註1〕（德）漢斯－格奧爾格‧加達默爾著，洪漢鼎譯：《眞理與方法——哲學詮釋學的基本特徵》，上海：上海譯文出版社，1999年版，第482頁。

感受和見解：孔子的文學觀，以「仁」學爲哲學基礎和理論中心，以「中庸」思想爲審美標準，以《詩經》、《尙書》、《周易》、《春秋》、《禮》、《樂》及西周至春秋貴族辭令、文章的解讀、欣賞、學習、應用和傳播爲活動內容和審美對象，雖然承繼和保持了相當的三代政教傳統和綜合性的特徵，但在文學的社會功能，文章的表達方式、語言技巧和寫作原則，作品解讀的基本方法和原則，文學批評的基本範疇和理念等方面，與前代相比，已有了長足的進步，在某些領域和方面，做出了關鍵性的發展和突破。孔子儘管未能留下完整的專門論著，但也已經形成了一定的深刻的批評理論和理論體系，由此奠定了中國古代文學和文學理論的主要思想資源和發展方向，其偉大創造和成就，與孔子在政治、經學方面的一樣，影響至巨，貢獻至大。

　　論文提交在即，與想要對孔子文學思想的把握總體、揭示體系的初衷和目標距離之遠，對所涉及的幾個問題的考證和論述的疑問和不滿之多，讓我深感慚愧和自責。我將努力提高自己的學力，繼續鑽研，竭力彌補不足，不斷改進，爭取更多的收穫。

參考文獻

古籍類（以首字音序排列，下同）

1. 《楚辭補注》，洪興祖，北京：中華書局，1957 年版。
2. 《春秋左傳注》，楊伯峻，北京：中華書局，1999 年版。
3. 《國語集解》，徐元誥，北京：中華書局，2002 年版。
4. 《韓非子集釋》，王先慎，北京：中華書局，1998 年版。
5. 《韓詩外傳集釋》，許維遹，北京：中華書局，1980 年版。
6. 《漢書》，班固，北京：中華書局，1962 年版。
7. 《淮南子集釋》，何寧，北京：中華書局，1998 年版。
8. 《孔叢子》，孔鮒，商務印書館叢書集成本。
9. 《孔子家語》，王肅注，上海：上海古籍出版社，1990 年版。
10. 《禮記譯解》，王文錦，北京：中華書局，2001 年版。
11. 《呂氏春秋新校釋》，陳奇猷，上海：上海古籍出版社，2002 年版。
12. 《論語彙校集釋》，黃懷信，上海：上海古籍出版社，2008 年版。
13. 《論語集注》，朱熹，北京：中華書局新編諸子集成本，1983 年版。
14. 《論語正義》，劉寶楠，十三經清人注疏本，北京：中華書局，1990 年版。
15. 《毛詩稽古編》，陳啓源，文淵閣四庫全書臺灣商務印書館影印本，第 85 冊。
16. 《孟子正義》，焦循，北京：中華書局，1987 年版。
17. 《墨子閒詁》，孫詒讓，北京：中華書局，2001 年版。
18. 《詩集傳》，朱熹，上海：上海古籍出版社，1980 年新 1 版。
19. 《詩經原始》，方玉潤，北京：中華書局，1986 年版。
20. 《詩品集注》，曹旭，上海：上海古籍出版社，1994 年版。
21. 《詩疑》，王柏，北京：中華書局，1955 年版。

22. 《十三經注疏》整理本繁體版，李學勤主編，北京：北京大學出版社，2000 年版。

23. 《史記》，司馬遷，北京：中華書局，1982 年版。

24. 《史通》，劉知幾，上海：上海古籍出版社，1978 年版。

25. 《說文解字注》，許慎著；段玉裁注；許惟賢整理本，南京：鳳凰出版社，2007 年版。

26. 《四書章句集注》，朱熹，北京：中華書局，1983 年版。

27. 《文心雕龍彙評》，黃霖編著，上海：上海古籍出版社，2005 年版。

28. 《白話文心雕龍》，郭晉稀，長沙：嶽麓書社，1997 年版。

29. 《文選》，蕭統，上海：上海古籍出版社，1986 年版。

30. 《荀子集釋》，王先謙，北京：中華書局諸子集成本，1954 年 12 月版。

31. 《晏子春秋集釋》，吳則虞，北京：中華書局，1961 年版。

32. 《藝概》，劉熙載，上海：上海古籍出版社，1978 年版。

33. 《逸周書彙校集注》，黃懷信，北京：中華書局，2007 年版。

著作類

1. 《春秋書法與左傳學史》，張高評，上海：上海古籍出版社，2005 年版。

2. 《復古與復元古：中國復古文學理論的美學探源》，劉紹瑾，北京：中國社會科學出版社，2001 年版。

3. 《古代思想文化的世界 春秋時代的宗教、倫理與社會思想》，陳來，北京：三聯書店，2002 年版。

4. 《古代宗教與倫理：儒家思想的根源》，陳來，北京：三聯書店，1996 年版。

5. 《古典文獻論叢》，趙逵夫著，北京：中華書局，2003 年版。

6. 《郭店楚簡校讀記》（增訂本），李零，北京：北京大學出版社，2002 年版。

7. 《簡帛佚籍與學術史》，李學勤，南昌：江西教育出版社，2001 年版。

8. 《經學通論》，皮錫瑞，北京：中華書局，1954 年版。

9. 《君子儒與詩教：先秦儒家文學思想考論》，俞志慧，北京：生活·讀書·新知三聯書店，2005 年版。

10. 《孔子》，劉守安，見《中國歷代著名文學家評傳》續編一，濟南：山東教育出版社 1988 年版。

11. 《孔子評傳》，匡亞明，南京：南京大學出版社，1990 年版。

12. 《孔子詩論研究》，陳桐生，北京：中華書局，2004 年版。

13. 《孔子詩學研究》，蔡先金，濟南：齊魯書社，2006 年版。

14. 《孔子與春秋》，錢穆，《兩漢經學今古文平議》，北京：商務印書館，2001 年版。

15. 《孔子與孔門弟子研究》，楊朝明，濟南：齊魯書社，2004 年版。

16. 《孔子——周秦漢晉文獻集》，姜義華等編，上海：復旦大學出版社，1990 年版。

17. 《老子注譯及評介》，陳鼓應，北京：中華書局，1984 年版。

18. 《禮化詩學：詩教理論的生成軌跡》，陳桐生，北京：學苑出版社，2009 年版。

19. 《兩漢思想史》，徐復觀著，上海：華東師範大學出版社，2001 年版。

20. 《兩周詩史》，馬銀琴著，北京：社會科學文獻出版社，2006 年版。

21. 《美的哲學》，徐慶譽，世界學會，1928 年版。

22. 《詮釋學與先秦儒家之意義生成》，劉耘華著，上海：上海譯文出版社，2002 年版。

23. 《儒家美學思想研究》，李孝悌主編，北京：中華書局，2003 年版。

24. 《儒家美學與經典詮釋》，陳昭瑛著，上海：華東師範大學出版社，2008 年版。

25. 《儒家文藝美學：從原始儒家到現代新儒家》，張毅，天津：南開大學出版社 2004 年版。

26. 《儒家文藝思想研究》，趙利民主編，北京：中華書局，2003 年版。

27. 《儒家元典與中國詩學》，李凱，北京：中國社會科學出版社，2002 年版。

28. 《上海博物館藏戰國楚竹書（一）》，馬承源主編，上海：上海古籍出版社，2001 年版。

29. 《詩經比較研究與欣賞》，裴普賢，臺北：學生書局，1983 年版。

30. 《詩經學史》，洪湛侯，北京：中華書局，2002 年版。

31. 《詩經與周代社會研究》，孫作雲，北京：中華書局，1966 年版。

32. 《詩言志辨》，朱自清，上海：華東師大出版社，1996 年版。

33. 《文質彬彬》，陳良運，南昌：百花洲文藝出版社，2001 年版。

34. 《先秦兩漢文學流變研究》，郭令原，北京：中國社會科學出版社，2009 年版。

35. 《先秦兩漢文學論集》，章必功等，北京：學苑出版社，2004 年版。

36. 《先秦儒家文學思想研究》，周衛東著，北京：中央編譯出版社，2005 年版。

37. 《先秦文論全編要詮》，趙遠夫主編，北京：人民文學出版社，2010 年版。

38. 《先秦文學編年史》，趙遠夫主編，北京：商務印書館，2010 年版。

39. 《先秦諸子繫年》，錢穆著，石家莊：河北教育出版社，2002 年版。

40. 《先秦諸子與中國文學》，饒龍隼，南昌：百花洲文藝出版社，2001 年版。

41. 《興的源起——歷史積澱與詩歌藝術》，趙沛霖，北京：中國社會科學出版社，1987 年版。

42. 《繹史齋學術文集》，楊向奎，上海：上海人民出版社，1983 年版。

43. 《原史文化及其文獻研究》，過常寶，北京：北京大學出版社，2008 年版。

44. 《中古文論要義十講》，王運熙，上海：復旦大學出版社，2004 年版。

45. 《中國傳統文論的知識譜系》，吳興明，成都：巴蜀書社，2001 年版。

46. 《中國古代文人集團與文學風貌》，郭英德，北京：北京師範大學出版社，1998 年版。

47. 《中國古典美學從編》，胡經之，南京：鳳凰出版社，2009 年版。

48. 《中國古典美學史》（第二版），陳望衡，武漢：武漢大學出版社，2007 年版。

49. 《中國美學史》，李澤厚，合肥：安徽文藝出版社，1999 年版。

50. 《中國美學史大綱》，葉朗，上海：上海人民出版社，1985 年版。

51. 《中國詩論史》（上），霍松林主編，漆緒邦等撰，合肥：黃山書社，2006 年版。

52. 《中國詩學精神》，胡曉明，南昌：江西人民出版社，2001 年版

53. 《中國詩學批評史》，陳良運，南昌：江西人民出版社，1995 年版

54. 《中國詩學思想史》，蕭華榮，上海：華東師大出版社，1996 年版。

55. 《中國詩學體系論》，陳良運，北京：中國社會科學出版社，1992 年版

56. 《中國思想史論》（上），李澤厚著，合肥：安徽文藝出版社，1999 年版

57. 《中國文論與西方詩學》，余虹，北京：三聯書社，1999 年版。

58. 《中國文學八種第七種：中國文學批評》，方孝岳，北京：世界書局，1934 年版。

59. 《中國文學精神》，徐復觀，上海：上海書店出版社，2004 年版。

60. 《中國文學理論批評史》，敏澤，北京：人民文學出版社，1981 年版。

61. 《中國文學理論史》，蔡鍾翔、黃保真、成復旺，北京：北京出版社，1987 年版。

62. 《中國文學批評史》（上），劉大杰，北京：中華書局，1964 年第 1 版，1979 年新 1 版。

63. 《中國文學批評史》，陳鍾凡，北京：中華書局，1927 年初版，1936 年第 6 版。

64. 《中國文學批評史》，郭紹虞，北京：商務印書館，1934 年版。

65. 《中國文學批評史》，郭紹虞，上海：上海古籍出版社，1979 年新 1 版。

66. 《中國文學批評史》，羅根澤，上海：上海書店出版社，2003 年版。

67. 《中國文學批評史大綱》，朱東潤，上海：上海古籍出版社，2001 年版。

68. 《早期北大文學史講義三種》北京：北京大學出版社，2005 年版。

69. 《中國藝術精神》，徐復觀，上海：華東師範大學出版社，2001 年版。

70. 《中國哲學史新編》，馮友蘭著，北京：人民出版社，1998 年版。

71. 《周代史官文化：前軸心期核心文化形態研究》，許兆昌，長春：吉林大學出版社，2001 年版。

72. 《諸子考索》，羅根澤，北京：人民出版社，1958 年版。

論文類

1. 《八進位制子遺與八卦的起源及演變》，趙遠夫，霍想有編：《伏羲文化》，北京：中國社會科學出版社，1994 年版。

2. 《〈春秋〉筆法」與「微言大義」——儒家經典的解讀模式及話語言說方式》，曹順慶，北京大學學報（哲學社會科學版），1997 年第 2 期。

3. 《從詞源學角度看〈論語〉之「論」及其異解》，何茂活、程建功，《孔子研究》，2007 年第 6 期。

4. 《從殷墟甲骨文論古代學校教育》，王貴民，《人文雜誌》1982 年第 2 期。

5. 《古文論條辨》，李壯鷹，《河南社會科學》，2010 年第 1 期。

6. 《關於孔子「詩可以興」的理解》，毛毓松，《孔子研究》，1989 年第 3 期。

7. 《關於應瑒的〈文質論〉》，王運熙、楊明，《古代文學理論研究叢刊第 12 輯》，上海：上海古籍出版社，1987 年版。

8. 《經學與文學的會通》，張高評，《長江學術》，2007 年第 4 期。

9. 《孔子「思無邪」新探》，孫以昭，《安徽大學學報》（哲學社會科學版），1998 年第 4 期。

10. 《孔子〈詩〉說綜覽》，鄒然，載中國詩經學會編：《第二屆詩經國際研討會論文集》，北京：語文出版社，1996 年版。

11. 《孔子美學的潛體系》，鄧承奇，《孔子研究》，2000 年第 1 期。

12. 《孔子文藝思想研究百年回顧》，劉紹瑾、朱華英，《孔子研究》，2002年第 6 期。

13. 《孔子與〈春秋〉》，李學勤，《李學勤文集》，上海：上海辭書出版社，2005 年版。

14. 《論〈詩經〉的編集與〈雅〉詩分爲「大」「小」兩部分》，趙逵夫，《河北師院學報》1996 年第 1 期。

15. 《論孔子的詩教主張及其思想淵源》，馬銀琴，《文學評論》2004 年第 5 期。

16. 《論孔子的文學觀念——兼釋孔門四科與孔門四教》，王齊洲，《孔子研究》，1998 年第 1 期。

17. 《論先秦時代的文學活動》，趙逵夫，《鄭州大學學報》（社會科學版），2005 年第 6 期。

18. 《齊桓公時代〈詩〉的結集》，馬銀琴，《文學遺產》，2004 年第 3 期。

19. 《陝西周原所出甲骨文的來源試探》，王玉哲，《社會科學戰線》，1982 年第 1 期。

20. 《商代神話與巫術》，陳夢家，《燕京學報》第 20 期，1936 年 12 月。

21. 《失去的天眞——「思無邪」傳統批評的批評》，程怡，《華東師範大學學報》（哲學社會科學版），1990 年第 5 期。

22. 《詩的採集與〈詩經〉的成書》，趙逵夫，見韓高年編：《隴上學人文存·趙逵夫卷》，蘭州：甘肅人民出版社，2010 年版。

23. 《詩話詩經學》，龔鵬程，北京大學出版社（哲學社會科學版），2005 年第 3 期。

24. 《〈詩經〉結集歷程之研究》，劉毓慶，《文藝研究》，2005 年第 5 期。

25. 《詩經在春秋戰國間的地位》，顧頡剛，《古史辨》第三冊，上海：上海古籍出版社，1982 年版。

26. 《試論先秦儒道兩家在文學理論探索上的成就》，趙逵夫，《江西社會科學》，2009 年第 2 期。

27. 《試談孔子以雙重標準論鄭詩》，羅章，《西南師範大學學報》（哲學社會科學版），1997 年第 3 期。

28. 《釋「史」》，王國維，見《觀堂集林》卷六，北京：中華書局，1959 年版。

29. 《「釋放過去的能量」——古代文學理論的原創性還原和現代文論建設》，楊文虎，《東方叢刊》，2006 年版

30. 《「思無邪」新解——兼談〈詩·駉〉篇的主題及孔子對〈詩〉的總評價》，薛耀天，《天津師大學報》，1984 年第 3 期。

31. 《「思無邪」與「鄭聲淫」考辯——孔子美學思想探索點滴》，蔣凡，載《古典文學論叢》第三輯，濟南：齊魯書社 1982 年版。

32. 《「思無邪」與「鄭聲淫」——淫邪世界中的聖者話語》，程世和，《東方叢刊》1996 年第 2 期。

33. 《「溫柔教厚」與民族的審美特徵》，劉健芬，《古代文學理論研究》第十三輯，上海：上海古籍出版社，1988 年版。

34. 《先秦〈詩〉學觀與〈詩〉學系統》，鄭傑文，《文學評論》，2004 年第 6 期。

35. 《「修辭立其誠」本義探微》，王齊洲，《文史哲》2009 年第 6 期。

36. 《「修辭立其誠」的語義學詮釋》，丁秀菊，《周易研究》，2007 年第 1 期。

37. 《異姓史官與周代文化》，胡新生，《歷史研究》，1994 年第 3 期。

38. 《雲南幾個民族記事和表意的方法》，李家瑞，《文物》，1962 年第 1 期。

39. 《鄭聲辨析》，苗建華，《星海學院學報》2000 年第 2 期。

40. 《「鄭聲淫」辨》，辛筠，《中州學刊》1984 年第 5 期。

41. 《「鄭聲淫」臆說》，杜道明，《中國文化研究》1996 年第 4 期。

42. 《鄭聲淫考論》，楊興華，《江淮論壇》2001 年第 1 期。

43. 《中國的潛美學》，蕭兵，見湖北省美學學會編：《中西美學藝術比較》，武漢：湖北人民出版社，1986 年版。

44. 《周宣王中興功臣詩考論》，趙逵夫，《中華文史論叢》總第 55 輯，上海：上海古籍出版社，1996 年版。

碩博論文

1. 《孔子詩教的歷史淵源：試探周代禮官制度中的詩教》，吳昌政，臺灣大學文學院碩士論文，2007 年。

2. 《孔子文學思想及其影響研究》，劉洪柱，黑龍江大學碩士論文，2010 年。

3. 《「述而不作」與「微言大義」》，盧可佳，首都師範大學碩士論文，2004 年。

4. 《先秦時代幾個重要文論範疇的研究》，郭令原：西北師範大學博士論文，2003 年。

5. 《先秦文論範疇生成土壤和來源的考察》，張沈安，遼寧大學博士論文，2008 年。

6. 《先秦文學思想考論》，徐正英，西北師範大學博士論文，2003 年。

7. 《早期詩教研究》，金寶，吉林大學博士論文，2010 年。

後　記

　　這篇早該完成的論文，終於到了結尾的時候。

　　記得論文開題時，恩師趙逵夫先生語重心長地對我說：一個好的題目，若不能努力寫好，就糟蹋了。論文題目確定後，先生一看到相關的重要文獻和新出論著，總是馬上詢問我是否知道，提醒我注意。還記得一次去先生家，先生拿出半張報紙給我，原來是《光明日報》「文學遺產」專版上的一篇相關課題研究的述評文章，關鍵之處已經用紅筆劃出。當我在上個月才把粗疏無比的論文初稿交上時，先生連夜審讀，次日一早就打電話叫我去，指出了許多問題和錯誤，提出修改意見；看到我惶愧無地的樣子，又特意說了些鼓勵的話……此時此刻，面對這樣一篇連自己也很不滿意的拙劣之作，我深感有負先生多年的關愛和教誨，滿心愧疚。駑鈍如我，得侍先生門下，實乃三生有幸。因為本來就愚頑無恒，加之身體疾病的痛苦和學業遲滯的壓力，我一度瀕於自卑自棄的境地。若無先生的耐心開導和不斷激勵，我可能無法從人生的艱困和陰霾中走出。對我這樣的弟子，先生於傳道、授業、解惑之外，給予的慈父般的寬宥和愛護，倍於他人。片言無力，難表對先生的感激和敬意。此恩此德，我必銘記不忘！

　　西北師大的霍旭東教授、尹占華教授、伏俊璉教授、陳曉龍教授、郝潤華教授，蘭州大學的張崇琛教授，為本書的寫作給予過很多啟發和指導；他們以淵博的學識、嚴謹的治學態度以及為人師表的道德風範，給了我巨大的啟迪、鼓舞和鞭策。各位先生的教誨之義，我永志不忘，在此謹致謝忱。

　　我所供職的河西學院的各位領導、同事，為我的學業提供了許多便利和重要幫助。感謝石玉亭、朱衛國、唐援朝、張勇、張漢燚、潘鋒、謝繼忠及

黃大祥、趙建國、楊萬壽、楊璞、朱瑜章等先生的關心和支持。感謝程建功、何茂活二位兄長於萬分忙碌中幫我細緻審閱論文初稿，並多所指正。還有田河、張青春夫婦，劉澈元、藺映眞夫婦，唐志強、劉娟夫婦，作爲我多年的朋友，他們的深厚情義和熱忱幫助，令我感念不已！

感謝韓高年、馬世年、丁宏武、杜志強、武漢強、王永等學長，感謝譚淑娟、王忠祿、郭吉軍、延娟芹、王偉琴、王偉、姚軍、王浩、竇開虎、盧尚建等同學，他們的鼓勵和幫助，令我難忘。願友誼之樹常青！

感謝含辛茹苦養育了我的母親！對我的學業和功名，她老人家毫不在意，只爲兒子的健康和平安愁不成眠。在母親年過古稀之時，我還讓她老人家倚門而望，爲兒擔憂，內心常深感愧疚和不安！還有我的哥哥和弟弟，他們這些年奉養老母，各承家庭的重擔，沒有從我這裡得到多少助力，卻給了我很多的理解和支持。手足之情，常存我心！

感謝我的妻子楊雪梅和女兒蘇蘇。這十餘年中，我有六、七年在外攻讀，就職於城郊鄉村中學的妻子，常年奔波於家和單位之間，負擔著繁重的工作和家務。在我身心俱疲的時候，她以柔弱的身軀承受著別人難以想像的壓力，給了我無微不至的照料和寬慰。十年前我去讀碩時，女兒蘇蘇還不到三歲。聰明可愛的她，現在已經是初一年級的學生了，她總是能以優異成績和出色表現，讓我感到欣慰和驕傲。在我休息的時候，她甚至曾用有些笨拙的手指，把我的幾段博士論文的初稿輸入了電腦。對於我這個不太稱職的爸爸，她所懷抱、表現的毫無保留的敬愛和崇拜，常常成爲我自醒自強、努力向上的動力。妻子和女兒的愛，是我此生莫大的財富！

無論如何，這篇遠非完滿的論文總算完成了。在此過程中，我所領受和感悟到的師長之教、朋友之誼和親人之愛，值得我永遠珍視；我因此而得到的磨練、增長的見識，由此積累的經驗和教訓，是最寶貴的收穫。「路漫漫其修遠兮，吾將上下而求索！」我將懷著無盡的感激，堅定信念，繼續前行，絕不辜負自己所經歷和擁有的這一切！

党萬生

2011 年 4 月 26 日